로열 셰프 영애님

fio
ret

로열 셰프 영애님 5

초판 1쇄 인쇄 2020년 7월 20일
초판 1쇄 발행 2020년 8월 20일

지은이 리샤
발행인 오영배
편집 편집부
표지·내지디자인 오정인
제작 조하늬

펴낸곳 (주)삼양출판사 · 피오렛
주소 서울시 강북구 도봉로 173
대표 전화 02-980-2112 / **팩스** 02-983-0660
편집부 전화 02-987-9393 / **팩스** 02-980-2115
블로그 blog.naver.com/dan_gul
출판등록 1999년 3월 11일 제9-00046호

ISBN 979-11-283-9965-7 (04810) / 979-11-283-99960-2 (세트)

fioret 은 (주)삼양출판사의 로맨스 판타지 문학 브랜드입니다.

로열 셰프
영애님

Royal Chef Lady

V

리샤
장편소설

fioret

Contents

13장

나는 피곤한 표정의 도미니크와 그에게 매달린 카트린 르마르를 번갈아 보았다. 그러니까 이건 도미니크가 결혼을 한다는 소리였다.

'르마르 영애와.'

*　　*　　*

며칠 전, 황궁. 일신상의 이유로 동부에 내려간 프렌시프 후작 대신 나베리우스 프렌시프가 다시 황도의 집권을 맡았다. 그가 프렌시프 황도 저택의 지휘봉을 잡은 건 십여 년 만의 일이었으나, 황도는 전에 없는 긴장에 휩싸였다.

"어르신이 무슨 일로 황도에 올라오셨을까요."

"부자(父子) 다툼이 파국에 이르렀다는 소문이 있더이다."

"그것보다는 새로운 금좌 선발에 어르신께서 직접 개입하시는 게 아닙니까."

"모르긴 몰라도 한바탕 피바람이 불겠지요."

나베리우스의 그림자 뒤로 호사가들의 목소리가 따라붙었다. 황궁 복도를 성큼성큼 걷는 그에게 금좌들이 다가왔다. 금좌 11석의 수장, 카렌듈라 후작이 싱긋 웃으며 악수를 건넸다.

"나베리우스, 자네는 볼 때마다 젊어지는군."

"그쪽은 볼 때마다 쪼그라들고 말이지."

"이 사람, 여전히 말투가 호탕해."

"잡소리 집어치우고 르마르를 내놓게."

나베리우스의 눈에 시퍼런 안광이 일렁였다. 그러자 카렌듈라 후작이 희게 센 눈썹을 까딱 들어 올렸다.

"내가 르마르 공작을 숨겨 주기라도 했다는 말처럼 들리는군. 무슨 수로 다 큰 사람을 숨기겠나."

"내게는 자네 개수작이 안 통한다는 사실을 다시 짚어 줘야겠는가. 20년 전처럼."

나베리우스의 말에 카렌듈라 후작과 함께 있던 귀족들이 난색을 표했다. 20년 전, 카렌듈라와 프렌시프는 동부와 서부의 경계에 있는 고원으로 인해 마찰을 빚었다. 수력석이 내장된 고원을 두고 두 가문은 칼부림을 마다치 않았다. 결과는 카렌듈라의 패배. 카렌듈라 후작의 자존심을 무참히 짓밟은 사건이었다.

후작이 어깨를 으쓱하며 낮게 웃었다.

"글쎄, 다시 맞붙으면 누가 이길지 나도 궁금하지만, 황제 폐하께서 제국의 기둥이 무너지는 것을 바라진 않으실 텐데."

"무너지는 기둥이 황후의 외척이기 때문이겠지."

"설마."

금좌들의 시선이 빠르게 움직였다.

'빌어먹을, 고래 싸움에 새우 등 터지게 생겼군.'

동년배, 그것도 같은 후작이었던 두 사람은 철천지원수였다. 나베리우스가 서늘한 목소리로 경고했다.

"일주일 주지. 그 안에 르마르를 내놓아야 할 걸세."

나베리우스가 떠나자 카렌듈라 후작의 표정이 굳어졌다.

"르마르 공작은 무얼 하고 있느냐."

"살 방법을 모색 중이겠지요. 아발론(황제의 궁)을 찾아 살려 달라 애걸했답니다."

"쓸모없는 작자 같으니. 살고 싶으면 나다니지 말라고 전해라. 나베리우스, 저 늙은이가 바짝 독이 올랐으니."

"그리 멍청하지는 않을 겁니다."

하지만 겁에 질린 생쥐는 어디로 튈지 모르는 법이었다. 르마르 공작이 그러했다.

얼마 전, 아발론. 황제는 애걸하듯 말하는 르마르 공작을 보며 관자놀이를 주물렀다.

"그래서."

"나, 나베리우스 프렌시프의 교만이 도를 넘었습니다. 감히 제국의 태양이신 황제 폐하의 권위에 도전하니, 이 이반 르마르! 폐하를 도와—"

"요점."

"……프렌시프 부자를 말려 주십시오."

"살려 달라는 말을 뭐 그리 길게 하나."

황제는 귀찮다는 표정으로 한숨을 내쉬었다.

"그러니 왜 쓸데없는 짓을 해서 짐을 난처하게 하는가."

"저는 그저 폐하께 선물을……."

"성녀의 관리를 바란 적 없네. 공이 언제부터 그리 짐을 생각했다고."

쯧쯧, 혀를 찬 그는 납작 엎드려 벌벌 떠는 르마르 공작을 쳐다보았다.

"폐, 폐하, 저희는 이제 사돈이 될—"

"도미니크를 방패막이로 쓸 생각 마라."

황제는 르마르 공작이 괘씸했다. 저놈은 도미니크가 황자로 인정받지 못했을 적엔 딸이 죽고 못 산 대도 '절대 불가'를 외치던 놈팡이였다. 그런데 목이 달아나게 생겼으니 이제 와 사위로 달라며 징징이다. 도미니크는 황제가 유난히 아끼는 자식이었다. 내색하지 않으려 했지만, 근처에 있는 자들이 황제의 심중을 모를 리 없다.

'도미니크 황자를 사위로 들이면 황제도 모른 척하기만 할 수는 없을 것이다.'

"황자 저하의 연치를 생각하십시오. 장성하셨으니 가정을 두셔야지요."

황제는 별생각이 없다는 듯 눈을 감았다.

"폐하께서도 손주를 보고 싶지 않으십니까."

손주? 그의 머릿속에 저를 닮은 손녀딸이 스쳐 지나갔다.

[하바맘마, 하바맘마, 아나 주떼요!(할바마마, 할바마마, 안아 주세요!)]

고사리 같은 손을 내밀며 어리광 피우는 손녀…….

황태자와 4황자(미카엘)의 아이는 달갑지 않다. 자식만 낳으면 황위를 달라 칭얼댈 터이니. 황제는 "흠……." 침음하며 실눈을 떴다. 르마르라면 도미니크와 수지가 맞는 가문이었다. 격이 떨어지는 것도 아니요, 그렇다고 황위 싸움의 판도를 단숨에 바꿔 버릴 만큼 권력도 아니니.

"도미니크가 원한다면 군이 결혼을 반대할 생각은 없다."

공작의 얼굴이 단숨에 환해졌다.

"자리만 마련해 주십시오."

"……도미니크는 아카데미에 있을 것인데."

"곧 저하의 생신이 아닙니까. 딸을 보내 축하하도록 하겠습니다."

─라는 일이 닷새 전. 카트린 르마르가 그러한 이유로 아카데미에 들이닥쳤다. 도미니크는 피곤한 표정으로 매달린 손을 떼어 냈다.

'빌어먹을.'

카트린의 손엔 황제의 친서가 들려 있었다.

[……다 늙은 짐이 이제 와 무엇을 바라겠느냐. 다만, 손녀 재롱이나 보며 여생을 보내길 바랄 뿐이다.]

콕 집어 손녀를 언급하는 까닭을 모르지 않는다. 도미니크는 *[하면 종마로 쓸 아들을 하나 더 낳으시지요.]* 하고 답장을 보냈다. 그랬더니 잔뜩 골이 났다.

'노인네, 갈수록 유치해지는군.'

도미니크는 떼어 낼수록 더 달라붙는 카트린을 보며 인상을 찌푸렸다.

*　　*　　*

카트린은 받아 주지 않는 도미니크 때문에 결국 눈물을 터뜨리며 숙소를 떠났다. 난 소파에 가만히 앉아 도미니크를 지그시 응시했다.

"영애."

"저하는……."

"예?"

음, 그러니까 이렇게 여자들을 몰고 다니는 남자를 뭐라고 부르더라. 나는 고개를 갸웃하다가 "아." 하고 말했다.

"난봉꾼."

"……!"

얼굴이 굳어진 그가 "아닙니다!" 하고 소리쳤다.

"하지만 에이레네 사비에르 때도 그랬고, 지금도……."

"모두 제 의사와는 상관없는 일이었습니다."

내가 대답이 없자 도미니크는 굳은 얼굴로 마른침을 삼켰다. 눈치를 보듯 말을 고른 그가 "영애……." 하며 애처롭게 날 불렀다.

"이런 상황에서 애교는 비겁해요."

"애교…… 먹히겠습니까?"

"먹히면요?"

"부려 보죠."

그가 결기 어린 표정을 지었다. 순간 풉! 하는 실소가 들려왔다. 알베르가 손등으로 입을 막은 채 어깨를 가늘게 떨고 있었다. 도미니크에게 발등을 밟힌 알베르는 펄쩍 뛰어올랐고, 난 소파에서 몸을 일으켰다. 도미니크가 얼른 나를 쫓아왔다.

"어디 가십니까?"

"침실이요. 저하가 쉬셔야 할 것 같으니까."

나는 침실로 가서 문을 열어 주었다.

"일단은 쉬세요."

"괜찮습니다."

나는 왈칵 인상을 찌푸리고 "떽!" 소리쳤다. 도미니크의 눈이 동그래졌다.

"혼절하셨다면서요."

"……."

도미니크는 얌전히 침대에 누웠다. 나는 간이 의자를 끌어와 침대 맡에 자리 잡았다.

"어디가 아파서 혼절하신 거예요?"

"해마다 앓는 몸살입니다."

"몸이 약하셨군요."

"마력 때문이죠. 이 시기엔 감당하기 힘들거든요."

"아하, 젖몸살 같은 거군요."

산모도 모유가 많이 돌면 아프지 않은가. 딱 죽었으면 좋겠다고 생각할 만큼 아플 때도 있다고 했다.

"젖몸살……."

그가 당황스러운 어조로 중얼거렸다. 난 그의 이마를 짚었다.

"음, 열은 없네요."

"한 번 앓고 나면 고통은 금세 사라집니다. 걱정할 필요 없어요."

지금은 괜찮다는 말에 난 한숨을 내쉬었다.

"실습에서 막 돌아오셨으니 피곤하실 텐데요. 돌아가 보셔도 됩니다."

"지금 기숙사로 가면 카트린 르마르가 쫓아올 것 같아요."

"……경비대를 보내 호위하도록 하겠습니다."

"그럼 저하와 제 사이를 모두가 알게 될 텐데요? 저희 가족들도요."

나와 도미니크의 사이를 가족들이 알면…….

왠지 저하가 엄청 위험할 것 같다는 예감이 든다. 나는 덜컥 겁이 나서 도미니크의 이불을 목 끝까지 바짝 올린 뒤에 토닥토닥 두드렸다.

"나을 때까지는 들키지 말아야 할 텐데. 카트린 르마르가 일러바치면 어떡하지요?"

"하면 결혼해야죠."

"카트린과요?"

그가 미간을 좁혔다.

"당신과."

"하지만 황제 폐하께서 르마르 영애와의 결혼을 추진하신다고……."

"곧 해결할 겁니다."

나는 흐으음, 하고 믿을 수 없다는 침음을 흘렸다.

"되게 피곤한 남자였네요, 저하는."

"제가요?"

"선 — 아니, 어머니가 왜 잘생긴 남자를 피하라고 했는지 알겠어요."

[세냐야, 어차피 얼굴은 늙으면 다 찌그러지는 거란다. 웬만하면 적당히 생기고, 성격 좋은 남자와 살아. 애초에 처음부터 결혼을 하지 않는 것도 좋겠지.]

선생님은 첫사랑 얘기를 할 때마다 내 어깨를 잡고 주의시켰다. 그리고 우리 선생님의 말은 항상 옳다.

"불안하게 하고."

내가 골이 나서 웅얼거리자 도미니크는 한숨을 푹 내쉬었다.

"그건 저도 마찬가지입니다."

"제가 언제 저하를 불안하게 했지요?"

아닐걸! 나는 당당한 표정으로 말했다.

"미카엘과 사비에르의 애송이도 —"

"두 사람이 왜요?"

여기서 왜 그 둘 얘기가 나오는가. 난 고개를 갸웃했고, 도미니크는 그들을 떠올리듯 싸늘한 얼굴로 "아닙니다." 하고 말했다.

"아무튼 르마르 양은 지금 당장 저를 방해꾼 취급하는걸요. 저하 잠드셨을 때 키스도 하려고 하고 — !"

"……죄송합니다."

잊으려고 해도 두 사람이 가까워지는 모습이 자꾸만 떠올랐다.

'기분 좋은 생각을 하자.'

나는 눈을 꼭 감고서 가족들을 떠올렸다. 시트론. 칭찬하는 쟝뤼크. 마릴린. 알렉시아. 각종 맛있는 음식들. 버터를 잔뜩 녹인 뜨거운 팬에서 치익— 익는 스테이크. 알이 큰 고운 빛깔의 딸기. 그 위에 주르륵 흘러내리는 달콤한 휘핑크림. 루시, 스위트피, 그리고…….

좋아하는 것들을 떠올리고 있는데 볼에 차가운 손끝이 닿았다. 도미니크였다.

"그거 아냐."

내가 싸늘한 눈으로 쳐다보자 도미니크는 "예……." 하며 애처롭게 손을 내렸다.

* * *

다음 날. 졸업식을 목전에 둔 터라 학교는 한산했다. 로열 키친 응시가 안정권인 학생들만 아침부터 지도 교수에게 교육을 받았다. 나도 쟝뤼크에게 수업을 받기 위해 아침 일찍 교정에 나왔다. 학사로 향하고 있는데 "이봐요." 하고 부르는 소리가 들렸다.

"……르마르 영애."

날 찾을 줄은 알았지만, 기숙사도 아니고 학사 앞에서 당당히 찾을 줄은 몰랐다.

"얘기 들었어요. 프렌시프 영애라지요?"

신분을 알아서인지 그녀의 말투가 어제보다는 무례하지 않았다. 난 주변을 살피고 목소리를 죽였다.

"아카데미 학생의 신분을 드러내는 일은 황제령으로 금했습니다. 주의하세요."

"잘난 척은, 고작 식칼이나 든 주제에."

그녀가 입매를 비틀며 나를 노려보았다.

"남의 것을 탐내는 건 프렌시프의 특성인가요?"

"뭐라고요?"

"집안 어른들 욕 먹이고 싶지 않다면 처신 똑바로 하세요. 모친 핏줄 자랑하는 건가요?"

날카롭게 빈정거리는 말에 나는 기분이 상했다. 선생님은 이민족 신관이지만, 대외적으론 매춘부라고 알려져 있었다. 신분을 숨기기 위해 일부러 낸 소문이었다. 그러나 내 입장에선 기분이 단단히 상할 수밖에 없다.

"영애야말로ㅡ"

"센! 돌아왔구나!"

멀리서 반가운 목소리가 들렸다. 스위트피가 나를 발견하고 냉큼 뛰어왔다.

"언제 왔ㅡ 르마르 양."

카트린을 본 스위트피의 표정이 일순 굳어졌다.

"여기서 뵙는군요. 샤르파크 양."

샤르파크? 나는 깜짝 놀라 스위트피를 쳐다보았고, 스위트피는 마른 침을 삼켰다.

"여기서 할 얘기가 아닌 듯싶군요. 무슨 일로 아카데미까지 오셨습니까."

"저하를 뵙기 위해서지요. 한데……."

카트린이 나와 스위트피를 번갈아 가리켰다. 그리곤 우습다는 듯 입꼬리를 슬며시 올렸다.

"프렌시프 영애와 샤르파크 영애의 사이가 이리 좋은 줄은 몰랐어요."

프렌시프 영애라는 말에 스위트피가 나를 쳐다보았다.

"프렌시프 영애라니 무슨―"

"모르셨구나. 친구 사이에도 신분을 숨겨야 한다니 아카데미 학칙 한번 무섭네요. 아니면 누군가 뒤에서 희롱한 건가."

카트린은 나를 빤히 쳐다보며 조소했다.

"샤르파크 영애의 오라비가 프렌시프 영애 때문에 후작의 눈 밖에 났잖아요?"

"네?"

내가 묻자 카트린은 "모른 척은." 하며 혀를 찼다.

"프렌시프 양의 일로 문제가 생겨서 샤르파크 후작이 영애의 오라버니를 후계자리에서 물러나게 했어요. 부관직도 거뒀고요."

부관? 그럼 샤르파크 성에서 본 후작의 부관이 스위트피의 오빠였단 말이야?

"샤르파크의 방계라고 해도 사정이 어려운 모양이던데요. 아들을 후계로 내준 덕에 겨우 풀칠하고 산다죠?"

"……."

"프렌시프 양은 음흉하네요. 지기의 앞날을 망쳐 놓은 주제에 모른 척이라니."

나는 스위트피를 얼른 쳐다보았다.

"스위트피, 나, 나는—"

"미안. 나중에 얘기하자. 지금은 좀…… 혼란스럽네."

스위트피는 아카데미에 와서 내가 처음 사귄 친구였다. 또래, 그 것도 같은 목표를 가진 친구는 처음이라 그녀는 내겐 소중한 사람이었다. 자리를 떠나는 스위트피를 쫓아가려 했으나, 카트린에게 손목을 붙잡혔다.

"당신 같은 비열한 사람이 저하 곁에 있는 건 더 보고 싶지 않아요."

"……."

"프렌시프의 딸이라고 내 앞에서 잘난 척할 생각은 말아요. 나는 황위 계승권을 가진 공작 가의 영애입니다. 신분으로 함부로 누를 수 있는 사람이 아니죠."

카트린은 거센 콧김과 함께 내 어깨를 거칠게 밀치며 지나갔다.

"저하!"

그녀의 목소리가 밝아지며 발이 빨라졌다. 도미니크가 굳은 얼굴로 우리에게 다가왔다.

"네가 왜 이 사람과 함께 있는 거지?"

"교정에서 만났어요. 그보다 몸은 괜찮으세요? 어제는 흥분해서 저하를 곤란하게 했어요. 부끄럽게 생각해—"

"저하."

나는 낮은 목소리로 그를 불렀다. 도미니크와 카트린의 시선이 내게 향했다.

"르마르 영애가 제게 손을 댔어요."

"무슨—!"

카트린이 기가 막힌 얼굴로 나를 쳐다보았다. 난 그녀에게 잡혔던 손목을 들어 보여 주었다. 얼마나 거칠게 잡았는지 잔뜩 붉어졌다.

"어깨도 막 밀치고."

"정신이 나갔군."

"저하에게서 떨어지라고 협박하기도 했지요."

"빌어먹을! 더 다친 데는 없습니까?"

"……마음이?"

도미니크가 카트린을 살벌하게 쳐다봤다.

"마음이 다치셨다잖아."

고저 없는 싸늘한 목소리에 카트린은 기막힌 얼굴로 나를 흘겼다. 카트린은 주먹을 꽉 움켜쥔 채로 바르르 떨었다.

"……."

"사과는?"

도미니크의 종용에 그녀는 짓씹던 입술을 억지로 움직였다.

"실례가 많았습니다."

억지로 고개를 숙인 그녀는 서둘러 자리를 떠났고, 동시에 학생들이 와글와글 떠들며 교정에 들어섰다. 나와 도미니크는 눈빛을 교환한 후 서로 멀어졌다. 난 학사 내로 들어가면서 한숨을 내쉬었다. 카트린보다 스위트피가 더 염려된다.

'어쩌지⋯⋯.'

스위트피가 교육받는, 레아 교수의 연구실 안을 힐끔거리다 손을 꼼지락거렸다.

＊　　＊　　＊

카트린은 호텔로 돌아오자마자 울음을 터뜨렸다.

"어머나, 아가씨!"

르마르가의 유모가 그녀를 부축해 소파에 앉혔다.

"우리 아가씨가 무슨 일로 이리 서럽게 우신담."

얼굴을 왈칵 일그러뜨린 채 눈물을 뚝뚝 흘리던 카트린이 웅얼거렸다.

"저하의 앞에서 망신을 당했어! 프렌시프 영애는 영악해! 못됐다고!"

카트린이 교정에서의 일을 털어놓자 그녀의 유모는 난감한 표정이 되었다.

"이런⋯⋯."

"물론 귀족의 몸에 손을 댄 것은 나빴지만, 그래도 — 그래도 —"

"나쁘다니요!"

유모가 버럭 소리치며 카트린의 어깨를 잡았다.

"전혀요. 르마르 공작 가의 영애님이 이 세상에서 못 할 일이 뭐가 있나요."

"⋯⋯하지만."

카트린은 유모의 팔에 매달려 그녀를 올려다보았다.

"저하가 원하지 않는데 내가 매달리는 것은 아닐까? 그건 수치스러운 일이잖아."

그녀의 유모가 인자하게 미소지으며 카트린의 어깨를 가볍게 두드렸다.

"그럴 일은 없어요. 저하께 어울리는 분은 특별하고도 특별한 아가씨뿐이랍니다."

"나도 나 싫다는 사람은 싫어!"

"이런."

그녀는 곤란한 얼굴로 눈물로 범벅이 된 카트린의 볼을 문질렀다.

"마음 잡지 못하는 사내에게 품이라는 쉼터를 내주는 것도 레이디의 미덕이라 가르쳐 드렸죠?"

"……."

"차라도 드시면서 마음을 다독이세요. 훌륭한 레이디는 쉽게 감정을 드러내지 않는답니다."

카트린이 시무룩한 표정을 짓자 그녀의 유모는 얼른 차를 내왔다. 일렁이는 검은 액체를 크림 대신 듬뿍 넣고, 가볍게 젓자 찻잔 안에서 기분 좋은 향이 퍼져 나왔다. 카트린은 낮게 한숨을 내쉬고 유모가 내주는 찻잔을 잡았다. 한 모금 목 안으로 흘려 넣자 수치로 죄어들던 가슴이 진정된다.

'신기한 일이지.'

어릴 때부터 유모가 끓여 준 차를 마시면 놀랍도록 마음이 진정되며 머리가 맑아진다. 그리고 —

'그분이 그리워지지.'

성장(盛粧)한 그를 처음 보았던 날. 피부를 스쳤을 때 정전기 같은 푸른 빛이 퍼지며 손끝이 찌릿하던 일.

유모는 제 어깨에 기댄 카트린을 다정히 토닥였다.

"그분의 운명의 상대는 아가씨뿐이에요."

낮은 목소리가 화살처럼 귓속을 파고들었다.

카트린이 잠든 것을 확인한 유모는 주변을 살피며 호텔을 나섰다. 인적이 드문 으슥한 곳에 접어든 후에야 발걸음을 멈추고 통신을 연결했다.

"연락드립니다, 형제님."

[오르가. 르마르의 딸에게 문제는 없나.]

"워낙 어릴 때부터 성식에 중독되어 있습니다. 지금만 같다면 염려하실 일은 없을 겁니다. 다만."

[다만, 이라니.]

"조율자에 대한 집착이……."

[그건 성식 중독 증상 중 하나지 않은가. 그 문제는 걱정하지 마라. 에이레네 사비에르 때도 보았지.]

강해지는 게 아니라 약해지고 있었다.

'성녀의 힘 때문일까.'

유모, 아니, 오르가는 찝찝한 기분을 거둘 수 없었다.

[감정만 잘 추스르면 돼. 올리비에 때처럼 모성에 감복해 일순이라도 제정신이 돌아오면 곤란하다.]

올리비에 폐공작은 잠시 제정신을 차렸었다. 정신이 돌아온 올리비에 폐공작은 소피아 대부인(황제와 올리비에 폐공작의 모후)에게 역모에 가담한 자들을 고해바쳤다. 그 일만 아니었더라면 오늘날 테르반(릴리 레제의 외조부)을 잃는 일은 없었다.

'물론 부모 자식 간의 정이 전부는 아니었을 것이다.'

그 십여 년 전 황제의 명으로 올리비에 폐공작을 처리한 사람은 어린 도미니크. 노망이 든 소피아 대부인이 여전히 도미니크를 두려워하는 까닭이 바로 그것이었다. 조율자의 힘으로 일순 정화되어 제정신이 돌아온 것일 터.

"그때와는 상황이 다르지요. 당시엔 조율자의 힘이 안정되지 않아 저도 모르는 새 제 백부를 정화시킨 것이겠지만, 지금은 안정되어 있지 않습니까."

[안심하지 말라 그리 일렀거늘.]

"카트린 르마르를 직접 키운 접니다."

[흠…….]

"카트린은 지고는 못 사는 아이입니다. 삿된 힘을 몰아낼 만한 이로운 감정을 가질 리 없습니다."

[그렇다면야.]

"그 아이는 계획대로 길라게온의 두 번째 반마(半魔)가 될 겁니다. 믿고 기다려 주십시오."

[카트린 르마르가 조율자와 이뤄져도 되겠는가.]

"반마와 조율자의 혼약이라면 응당 이뤄져야겠지요."

[그분께 연락드려 결혼을 빠르게 추진하도록 하지.]

"예."

통신을 종료한 오르가는 음험한 미소를 머금었다. 아탈란이 십수 년을 그려온 청사진이 이제 곧 완성될 것이다.

*　　*　　*

다음 날. 나는 조마조마한 기분으로 쟝뤼크를 쳐다보았다. 볶은 당근을 맛본 그가 "크흠." 침음하더니 이내 고개를 끄덕였다.

"기본기는 이만하면 되겠군."

"신난다!"

활짝 웃으며 양팔을 쭉 펼치자 쟝뤼크가 내 이마를 꾹 눌렀다.

"신나긴 무슨. 이제 응용하는 법을 배워야지."

"배움엔 끝이 없군요……."

"죽을 때까지 정진해야 해. 내일부터는 본격적으로 레시피 점검에 들어갈 테니 꼼꼼하게 준비해 둬라."

"내, 내일이요? 그럼 오늘은……?"

"쉬어."

세상에! 나는 감동한 얼굴로 시계를 바라보았다. 두 시밖에 되지 않았는데 벌써 교육이 끝나다니!

'뭘 하지? 뭘 할까?'

맘 편하게 쉰 날이 얼마 만일까. 실습 때는 샤르파크와의 일도 있어서 전혀 쉬지 못했고, 돌아와서도 짐을 푼다고 나만의 시간을 갖지 못했다.

'오늘은 스위트피를 만나자.'

음식이라도 해서 같이 먹으며 이야기를 할 참이었다. 달콤한 걸 만들어 가면 이야기도 달콤하게 풀리지 않을까.

"마카롱이 좋겠다."

학교에 있는 재료를 가지고 후식 조리실에 들어가서 끙끙거리며 마카롱을 만들었다. 제과와 요리는 궤가 조금 다른 편이었다. 요리는 재료 상태 등을 고려해 그때그때 상황에 맞게 간을 맞추는 게 좋은데, 제과는 계량 싸움이었다. 몇 그램이라도 오차가 생기면 실패한다. 그리고 나도…… 실패했다.

"으아, 코크 겉면이 다 깨졌네."

보기 좋지 않은데 시간이 없어서 다시 만들기도 어려웠다.

'마카롱은 제과 초보자에겐 난제구나.'

나는 한숨을 내쉬며 정리하려다가 손을 우뚝 멈췄다. 겉면만 가리면 되지 않을까. 코크 자체는 부드러운 데다 쫀득쫀득해서 맛있으니까. 그러고 보니까 한국에서 인절미 마카롱이 유행이었던 게 기억났다.

"콩가루, 콩가루."

샹뤼크가 낸 레시피 과제에 쓰려고 만들어 둔 게 있었다. 난 얼른 콩가루를 가져왔다. 미리 만들어 놓은 커스터드 필링에 콩가루를 넣어 섞었다. 그리고 코크 사이에 샌드한 뒤, 분무기를 찾았다. 설탕 시럽을 마카롱 위에 칙칙 뿌린 다음, 콩가루에 잘 묻히자 제법 그럴듯한 인절미 마카롱이 완성되었다.

인절미 마카롱이 든 접시에 덮개를 씌우고 복도를 걷는데, 익숙한 인영이 보였다.

"얘기 좀 하죠."

카트린이 오만한 표정으로 나를 쏘아보았다.

"싫은데요."

"해요."

"싫어요."

"하자니까!"

교장실이 바로 밑층이었다. 나는 창문에 다가가 "저―!" 하고 도미니크를 부르려고 했다. 카트린이 쏜살같이 다가와 내 입을 틀어막았다.

"프렌시프의 미친개라더니."

그건 내가 아니라 내 몸에 들었던 가짜 세니아나다.

"기가 막혀."

난 얼른 그녀의 손을 떠밀었다.

"이거 놔요."

"정신 나갔어요? 소란을 일으켜서 좋을 게 뭐예요! 저하와의 일, 전부 퍼뜨려 버릴까요? 매춘부의 자식이라 요망하다는 소리라도 듣고 싶은 거예요?!"

"내가 분명히 말하는데."

난 그녀에게 바싹 다가가 낮게 읊조렸다.

"한 번만 더 내 어머니에게 매춘부 운운했다간 그 혀 온전하지 못할 거야."

"뭐, 뭐라고?!"

"저하와의 소문을 내든 말든 상관없어요. 하지만 그 일로 프렌시프가 곤경에 처한다면."

나는 멀린의 마원을 쥐고 음산히 덧붙였다.

"이 대륙이 아닌 저기 저 오지로 날려 버릴 거예요."

멀린이 타이밍 좋게 "크르릉." 울어 주었다. 카트린은 새하얗게 질려서 한 발 멀어졌다.

"감히 날 협박하는 거예요?! 나는 이 제국에 둘 뿐인 공작 가의 영애라고요!"

"……."

"나를 오지로 날려 버리면 당신이 무사할 것 같아요?"

"포털은 편하지요. 먼 곳으로 한 번에 이동할 수도 있고—"

"……?"

"증거도 없고."

카트린의 얼굴이 새하얘졌다가 새파래졌다가 종국엔 거무죽죽해졌다. 나는 그녀를 노려본 뒤에 다시 걸음을 옮겼다. 카트린은 씩씩대며 날 쫓아왔다.

"증거가 왜 없어요. 마법사들이 있는 이유가 뭐예요?"

"그럼 해 보시든가요. 마법사들이 오지까지 구해 주러 올 수 있을진 모르겠지만."

"천박해요! 알아요? 힘으로 협박하는 일은—!"

이대로 계속 종알거리며 쫓아올 기세였다. 나는 우뚝 멈춰 서서 그녀를 돌아보았다. 그러자 흠칫 놀라더니 뒷걸음질 쳤다.

"공작가의 영애라고 날 협박하던 건 누구지요?"

"그, 그건 —!"

할 말이 없는지 "이익!" 하고 소리치기 시작했다. 나는 접시 위에 놓인 마카롱을 꺼내서 그녀의 입에 쑤셔 넣었다.

"단 거라도 먹으면 제대로 생각할 수 있으려나."

콜록! 콩가루 때문에 기침한 그녀가 붉어진 눈으로 날 노려봤다.

"천박하다기에 천박한 짓을 했는데 뭐가 문제예요?"

난 가던 길로 다시 걸었고, 카트린은 더 이상 쫓아오지 않았다. 기숙사로 돌아간 난 입실 명부를 확인했다.

'아, 스위트피가 있다.'

스위트피의 방에 올라가서 콩콩, 문을 두드렸다.

"저…… 스위트피."

안에서 인기척 소리는 들리는데 답이 없다. 난 문 앞에 쪼그려 앉아서 웅얼거렸다.

"저기, 아카데미에서는 신분을 드러내면 안 되니까…… 그래서…… 고의로 널 곤란하게 한 건 아닌데……."

우물우물 변명하던 난 한숨을 내쉬었다. 십 분이 지나도, 삼십 분이 지나도 문은 열리지 않았다. 시무룩하게 고개를 떨구고 있는데 누군가 내 어깨를 두드렸다.

"아!"

"센, 돌아가자. 스위트피는 나오지 않을 거야."

스위트피와 절친하게 지내는 남자애였다. 이 아카데미에서 내게 처음으로 말을 걸어 준 무리 속 애이기도 했다.

"하지만……."

"사정은 나도 알아."

안다고? 난 깜짝 놀라서 눈을 동그랗게 떴고, 남자애는 곤란한 듯 웃었다.

"저 녀석과 알고 지낸 지 십육 년이거든. 정확히 말하면 내 아버지가 스위트피 가문의 유일한 고용인이었어."

"아……."

"스위트피는 나오지 않아, 아니 —"

그가 한숨을 내쉬며 꽉 닫힌 방문을 바라보았다.

"못 나오지."

못 나온다니. 난 어리둥절한 표정을 지었고, 그는 함께 가자며 엄지로 뒤편을 가리켰다. 인절미 마카롱을 문 앞에 잘 놔둔 후에 그를 따라 기숙사 밖으로 향했다. 향신료 밭에서 우리는 한참을 침묵했다. 이내 남자애가 어렵게 입을 열었다.

"스위트피의 가문은 귀족이긴 하지만 재정이 많이 어려워."

"으응, 들었어."

"샤르파크 후작께선 능력 없는 방계들이 세금을 축내지 않도록 쳐냈거든. 그중 하나가 스위트피의 아버지야."

"그렇구나……."

"운 좋게 도련님이 후작의 보좌이자 후계로 본가에 들어가기 이전엔 빚이 산더미였지."

"……."

"그 빚의 대부분이 르마르 공작가에서 나왔고."

르마르 공작가? 카트린의 가문 말인가.

"스위트피는 어릴 때부터 르마르 양의 시녀처럼 살았어."

그래서 카트린이 스위트피를 알고 있던 건가.

아카데미의 재학생, 혹은 재학을 예정에 둔 학생들은 데뷔탕트를 하지 않는다. 아카데미 학칙을 위해서였다.

"도련님이 본가에서 쫓겨난 지금 르마르 양의 눈 밖에 나면 그 많은 빚은 어떻게 되겠어."

남자애는 표정 없이 기숙사를 돌아보았다.

"네게 미안해도 르마르 양의 허락 없인 절대로 널 만나지 않을 거야."

어쩐지 말투가 수상쩍었다. 나는 미간을 좁힌 채 그를 빤히 쳐다보았다.

"카트린 르마르가 날 만나지 말라고 한 거야?"

"……그건 내가 말할 수 없어."

"카트린이 스위트피를 협박한 거야. 빚을 가지고! 그렇지?"

"……."

비열하고 천박한 쪽은 카트린이었다. 내게 무례한 것은 몰라도, 나를 가지고 내 친구를 협박하는 건 도를 넘는 일이다. 나는 굳은 얼굴로 주먹을 꽉 움켜쥐었다. 마침 통신석이 가늘게 진동했다. 남자애는 통신을 받으라며 떠났고, 난 굳은 얼굴로 통신석을 잡았다.

[세니아나.]

란슬롯이었다.

"네."

[우리 막내 목소리가 왜 이렇게 안 좋을까?]

"……아니에요. 무슨 일이세요?"

[황도로 가다가 아카데미를 지나게 되어서. 잠깐 전해 줄 게 있는데 이쪽으로 올래?]

나는 카트린이 머문다는 커다란 호텔을 노려보며 "네." 하고 말했다.

*　　*　　*

카트린은 짜증 어린 얼굴로 호텔의 사환에게 소리쳤다.

"그래서 계단은 언제 수리된다는 거야!"

"송구합니다, 영애. 앞으로 한 시간은 더 —"

"쓸모없는 것들! 아버님께 다 고해바칠 줄 알아라."

"여, 영애!"

"이거 놔!"

기분이 나빠서 참을 수가 없었다. 그 계집애 때문에 되는 일이 없다.

'유모는 대체 어딜 간 거야!'

가슴이 울렁거린다. 이럴 땐 유모가 타 주는 차 한 잔이면 가라앉는데, 도무지 그녀를 찾을 수가 없었다. 호텔의 지배인이 다가왔지만, 카트린은 그를 거칠게 밀치며 호텔 밖으로 나섰다. 르마르의 기사들이 허둥지둥 그녀를 따라갔다. 주변을 둘러보던 그녀가 가장 가까운 카페에 들어가자 종업원이 다가왔다.

"테라스로."

"죄송하지만, 테라스엔 예약하신 분이……."

"테라스에 자리가 하나뿐이야?!"

"2층을 전부 예약하신지라……."

"시끄러워! 난 르마르 공작가의 사람이라고!"

종업원을 획 밀치고 마구잡이로 계단에 올랐다.

'기분 나빠. 기분 나빠!'

가슴이 빠르게 뛰고 손이며 발이 저려 왔다. 그녀가 쿵쿵 걸으며 고개만 돌려 기사를 돌아보았다.

"유모더러 당장 차를 챙겨서 이쪽으로 오라고 전─ 꺄악!"

발이 접질려 넘어진 카트린이 의자를 붙잡고 신음했다.

"으……."

"괜찮으십니까."

낮은 미성이 귓전으로 흘러들었다. 피아노 선율처럼 감미롭고 아름다운 소리였다. 카트린이 인상을 확 찌푸리며 고개를 들었다.

"내가 괜찮은 거로 보……!"

결 좋은 금발, 투명하고도 짙은 청안, 오뚝한 콧날이며 빚은 듯 섬세한 얼굴의 선.

"……여요. 괜찮아요."

"다행이군요."

그녀는 멍하니 의자에 앉은 사내를 바라보았다.

'아름다워.'

신화에 나오는 청년 신의 모습이 이러했을까. 한 폭의 그림 같은 미남이었다. 어딘지 익숙한 얼굴이기도 했다.

'누군가와 매우 닮았는데……'

남자는 빙그레 미소지으며 말했다.

"하면 일어나십시오."

"……네?"

"일어나라고. 내 동생이 앉을 자리거든요, 그 자리."

*　　*　　*

나는 고개를 갸웃하며 눈앞의 건물을 바라보았다.

'어디지.'

아카데미 앞 상점가의 세 번째 골목. 호텔의 바로 뒤편 흰색 지붕의 건물. ……은 여러 채인데요.

"디아쥬, 디아쥬가……."

이럴 땐 윤세나 세계의 휘황찬란한 간판이 그립다. 수도처럼 큰 상점가가 아닌 이상 가게 이름은 대부분 작은 입간판으로 구분했다.

'그런데 여긴 사람이 너무 많아서 입간판이 안 보여.'

나는 건물 앞에 포진한 사람들 뒤에서 폴짝폴짝 뛰며 입간판을 확인하려 애썼다. 아무래도 안 되겠다. 통신석에 란슬롯의 코드를 입력했다.

[세니아나?]

"비슷한 건물이 많아서 어딘지 모르겠어요."

[앞에 뭐가 있지?]

"으음, 꽃집이요. 앞에 프리지어 꽃이 잔뜩 있어요."

[그쪽이야. 내가 내려갈게. 꽃집 골목 안으로 우리 마차가 있으니 거기서 기다릴래?]

"네!"

나는 통신을 종료하고 꽃집 골목 안으로 들어갔다. 마차 근처에 있던 마부가 "아가씨!" 하며 나를 반겼다.

"잘 지냈어, 도노반?"

"물론이지요. 아가씨께서는 별고 없으셨습니까?"

있었지. 별고는 많았다. 그러나 나는 "으응." 하며 애써 표정을 수습했다. 얼마 지나지 않아 란슬롯이 마차 앞에 도착했다. 늘 그 렇듯 녹을 것처럼 아름다운 미소를 머금은 그가 내 머리를 살짝 쓰 다듬었다.

"오빠!"

"오늘따라 유난히 반가운걸."

"헤어진 지 며칠밖에 안 된걸요."

"며칠이나 된 거지?"

그는 빙그레 웃으며 내게 꽃다발을 건네주었다.

"와!"

올포러브(장미의 일종)다. 영지 정원에 만개했던 올포러브처럼 근 사한 꽃다발이었다.

"네 눈동자 색과 똑같지?"

"그런 것 같아요."

"발견하자마자 네게 선물하고 싶었거든."

"이거 주시려고 오신 거예요? 바쁘시잖아요."

"널 만나는 일보다 바쁜 일은 없지."

나는 란슬롯을 꽉 끌어안으며 "고마워요, 오빠!" 하고 말했다. 안겨 든 나로 인해 잠시 당황했던 란슬롯이 이내 싱긋 미소지었다.

"이런 답례를 받을 줄 알았다면 더 일찍 올 걸 그랬군."

란슬롯은 정말로 다정했다. 카트린과 스위트피의 일로 신경이 바짝 서 있던 차에 그의 다정함이 날 안심시켰다.

"나온 김에 함께 식사하고 갈까?"

"좋아요! 아빠와 작은오빠는요?"

"다른 마차로 떠났지. 슬슬 동부를 벗어났을 거야."

오빠가 내 손을 가볍게 잡으며 "가자." 하고 말했다.

*　　*　　*

카트린은 몽롱한 얼굴로 호텔에 돌아왔다.

[괜찮으십니까?]

묻던 목소리가 세상 어느 디저트보다 달콤했다. 호텔의 계단 수리가 끝나서 방에 올라가 있자 얼마 지나지 않아 유모가 허겁지겁 들어왔다.

"아, 아가씨."

"대체 말도 없이 어딜 갔던 거야?"

"아가씨 좋아하시는 차를 구하러 갔었지요. 생각보다 시간이 걸렸던 터라…… 한데 표정이 왜 그러십니까?"

카트린은 베개를 끌어안으며 소파 등받이에 깊게 몸을 기댔다.

"운명은 뭘까."

잠시 눈을 크게 뜬 유모가 낮게 웃으며 카트린의 손등을 두드렸다.

"아가씨와 저하를 운명이라 부르지요."

"……저하 말고."

"예?"

"저하 말고! 유모는 저하 없이는 말이 안 나오는 거야?!"

날 선 반응에 유모는 당황스러운 기색이 역력했다.

"아가씨?"

"됐어. 나가 봐."

"우리 아가씨 심기가 불편하신 모양입니다. 프렌시프 영애가 무슨 짓이라도 한 건가요?"

"그 여자는…… 됐어. 말하고 싶지 않아."

기분 나쁜 여자. 황비들도 한 수 물러 주는 제게 감히 고개를 빳빳하게 드는 데다 한마디도 지지 않는다.

"운명은 예기치 못한 것이지."

"예, 아가씨와 저하의 만남처럼 말이에요."

카트린의 눈초리가 샐쭉 올라갔다. 유모는 빙그레 웃으며 말했다.

"차라도 내올까요?"

"안 먹어!"

"하지만 아가씨―"

"됐다니까! 당분간 떨어져 있어."

"아가씨, 제가 무슨 실수라도―"

"듣기 싫단 말이야. 나가, 나가!"

카트린은 유모를 방 밖으로 밀어냈다. 쿵! 문을 닫고서도 한참을 씨근덕거렸다.

'나도 나 싫다는 남자는 싫어.'

도미니크는 제가 그렇게 매달렸는데도 시선 한 번 내주지 않았다. 반면에 오후에 본 사내는 얼마나 근사하던가. 말투도, 표정도 녹을 것처럼 다정하다.

'유모에게 말하면 금세 아버님 귀에 들어갈 테지?'

아버님은 가문을 위해 무슨 일이 있어도 결혼 확답을 받아 오라고 했다. 과거엔 도미니크가 무뢰배라도 되는 양 질색을 하더니.

"정말이지 운명은…… 예기치 못한 것이라니까."

카트린은 또 한 번 베개를 끌어안은 채 앓는 신음을 터뜨렸다.

*   *   *

"아곤이 스승님과 함께 로열 키친에 있었다고요?"

"아곤 쪽이 기수가 더 높다고 들었어."

이야기에 집중하느라 입을 헤, 벌리고 있었더니 란슬롯이 빙그레 웃으며 입에 고기를 넣어 주었다. 나는 열심히 고기를 씹었고, 란슬롯은 "잘 먹어 주니 고마운걸." 하며 뺨을 쿡 찔렀다. 그때 레스토랑 내부에서 움직이던 여성이 "앗!" 하며 란슬롯 쪽으로 쓰러졌다. 그녀가 허둥지둥 일어나며 고개를 수그렸다.

"시, 실례를 범했네요. 저 때문에 재킷이 구겨졌으니……."

"배상은 됐습니다."

"네?"

"배상도, 사과의 편지도 모두 됐으니 돌아가 주시죠. 소중한 사람과 식사 중이라."

그녀는 새빨개진 얼굴로 돌아갔고, 란슬롯은 아무렇지 않게 흘러내린 냅킨을 가지런히 무릎에 올렸다. 식사 후 레스토랑을 나서자 이번엔 다른 여성이 그의 앞에서 넘어졌다.

"기사를 대동하셨으니 일으켜 드리지 않아도 되겠죠."

그렇게 말한 란슬롯이 나를 끌고 그녀를 지나쳤다. 그리고 얼마쯤 더 걷다가.

"어머! 제 손수건이 —"

"제 손수건이!"

"죄송하지만, 손수건을 주워 주시겠어요?"

정확히 란슬롯 앞에 흰 손수건이 몇 장이나 떨어졌다. 그는 첫 번째 여성과 두 번째 여성 때와는 달리 손수건을 주워 주었다.

"감사합니다."

"별말씀을."

"이, 이렇게 만난 것도 인연인데……."

란슬롯은 다정하게 그녀들과 몇 마디 말을 더 주고받았다. 이전엔 완곡히 거절하더니 이번엔 고작 몇 마디뿐이었지만, 대화를 나눈다. 그녀가 대화 중에 나를 흘깃 보더니 "그런데 이분은……." 하고 물었다.

"제 동생입니다."

"그렇군요~! 세상에, 사랑스러워라."

그녀는 과하게 흥분하여 내 손을 답삭 잡았다.

"어쩜, 오빠를 쏙 빼닮았네요."

"앗, 네……."

"영애에게는 에메랄드로 만든 머리 장식이 잘 어울리겠어요. 에메랄드 좋아하세요? 마침 저희 상단에—"

그러자 다른 여성이 불쑥 끼어들며 제 머리 장식을 휙! 뜯어 내 손에 쥐여 주었다.

"에메랄드는 아니지만 아주 좋은 루비랍니다. 아끼는 것인데 영애께 더 잘 어울릴 것 같군요."

"아니, 괘, 괜찮—"

다른 여성들도 반지며 목걸이를 빼서 얼른 내 손에 올려 두었다.

"보석은 다이아몬드가 제일이지요. 반지가 마음에 들었으면 좋겠네요."

"요새 누가 산호나 다이아를 하나요? 동대륙에서 넘어온 비취랍니다. 아름다운 연홍색이에요."

경쟁하듯 내게 패물을 넘겨준 그녀들은 란슬롯을 힐끔힐끔 보며 호호호 웃었다. 그녀들이 돌아간 후 나는 눈을 반짝이며 물었다.

"오빠의 이상형이 저분들 중에 있던 것이지요? 그렇지요?"

오빠의 연애라니! 생경한 일이라 나는 몹시 들떴다. 그러나 란슬롯이 픽 웃으며 내 머리를 쓰다듬었다.

"아니."

"네?"

"방금 본 붉은 머리의 여성분은 동부에서 제일 큰 상단의 장녀고,

금발의 여성은 서부의 유서 깊은 자작가의 영애지. 그리고 흑안의 여성은 조부가 타국의 재상이야."

"그런 걸 어떻게 아세요?"

"웬만한 유명인사는 다 머릿속에 있어서."

나는 "아하." 하며 고개를 끄덕였다. 란슬롯 대(代)에서 프렌시프가 몰락할 일은 절대로 없겠다.

"오빠는 눈치가 빠르시군요."

"내가?"

"네. 세 여성분이 다가오실 때도……."

사람이 엄청 많았는데도 자신에게 다가오는 걸 귀신처럼 눈치챘다. 내가 눈을 동그랗게 뜨며 보자 그는 픽 실소를 흘렸다.

"내게 호감을 가진 사람의 눈빛을 분간할 수 있으니까."

"아, 어릴 때부터 인기가 많았지요?"

그는 그저 빙그레 웃을 뿐 아니라고는 말하지 않았다. 난 고개를 주억거리며 중얼거렸다.

"그래서 오빠를 두고 몇 명이나 되는 사람들이 치고받고 싸운 거구나. 오빠는 연애의 고수군요."

오빠가 움찔, 걸음을 멈추고 나를 쳐다봤다.

"누가 우리 막내에게 그런 말을 했을까?"

"작은오빠가 그렇게 말씀하셨잖아요. 오빠도 거기에 계셔놓곤."

란슬롯은 "역시 혀를 지져 놨어야……." 하고 중얼거렸다.

"네?"

"아니야, 가자."

"다른 때에도 이렇게 많은 분이 다가오세요? 제가 오기 전에도 요?"

"오늘 널 만나기 전엔 황도 귀족이 접근했지."

"황도 귀족이요?"

"그쪽에선 내 신분을 모르는 것 같지만."

그러더니 눈을 가늘게 뜨며 눈썹을 까딱 들어 올렸다.

"아무래도 좀 더 이 근방에 있어야겠다."

"오빠가요? 와, 신난다!"

"내일도 함께 식사를 할까?"

"네!"

나는 밝게 대답했고, 그는 귀엽다는 듯 내 머리를 쓰다듬었다.

이틀 후, 난 도서관에서 레시피 북을 끌어안고 나오다가 도미니크의 숙소 근처에서 시끄럽게 떠드는 사람들을 발견했다. 그중 한 사람을 보자 절로 인상이 써졌다.

'카트린.'

그녀는 중년의 여성과 언쟁을 벌이고 있었다.

"안 가, 안 간다고!"

"주인님께서 오늘은 꼭 저하와 단둘이 만나게 하라 명하셨어요."

"싫다니까!"

"우리 아가씨가 요새 왜 이렇게 예민하실까. 그 좋아하시던 차까지 입에도 안 대시고."

"유모가 이러면 아무것도 안 먹을 거야! 굶어 죽을 거란 말이야!"

카트린은 씨근덕대며 중년 여성의 손을 탁! 쳐냈다. 그리고 쿵쿵, 발을 구르며 뒤돌아 걸었는데 나와 딱 마주치고 말았다. 카트린이 인상을 팍 찡그린 채 날 쏘아보았다.

"역시 아카데미로 들어오는 게 아니었어. 기분 나쁜 얼굴을 봤잖아."

혼잣말처럼 빈정거리더니 나를 위아래로 훑는다. 난 고개를 모로 꼰 채 그녀를 빤히 바라봤다.

"다행이네요. 보기 싫은 건 나도 마찬가지인데."

"대체 집안에서 어떻게 배웠으면 이렇게 매일 무례할까."

"그러게 말이에요."

"내가 무례하다는 거예요?"

"네."

카트린은 화를 참지 못하고 내 어깨를 탁! 밀쳤다. 날카로운 통증에 난 인상을 썼다.

"이거 뭐 하는 짓?"

"왜요? 가서 이르시게요? 그러시든가요. 난 이제 저하는 신경 안 써요!"

신경을 안 쓴다고? 며칠 전과는 다른 반응에 나는 의아해졌다. 카트린은 내게 바짝 다가와 속삭였다.

"앞으로도 친구와 이야기 나누고 싶지 않은 모양인가 봐요. 아니면, 그렇게 소중하지는 않은가요?"

스위트피를 운운하는 말에 난 그녀를 노려보며 말했다.

"스위트피는 건들 생각 말아요."

"샤르파크 양이 가엾네요. 친구 잘못 사귄 덕에 곤란하게 생겼으니."

"……카트린 르마르."

"아니면 어르신께 말씀드려서 샤르파크 양의 빚이라도 갚아 주시든가요. 그런데 샤르파크 양 자존심에 적선을 받을지 모르겠네."

나는 주먹을 꾹 말아 쥐었고, 카트린은 입꼬리를 비죽 올렸다. 그녀가 흥, 콧방귀를 뀌더니 내 어깨를 다시 밀치고 사라졌다. 때마침 통신석이 점멸했다.

[세니아나.]

란슬롯이었다.

"네."

[주말 약속 잊지 않았지?]

[추수 감사절을 앞두고 근방에서 가면무도회가 열리거든.]

[그래요?]

[가면무도회이니 신분이 드러날 걱정은 하지 않아도 되겠지?]

[그렇겠지요.]

[하면 데이트 신청을 받아 주시겠습니까, 영애님?]

나는 고개를 끄덕이며 말했다.

"기억하고 있어요."

[그날 보자.]

"네. 그보다 제가 부탁한 건요?"

[준비해 뒀어.]

난 카트린의 뒷모습을 바라보며 "네." 하고 낮게 대답했다.

*　　　*　　　*

"아가씨, 제발―"

카트린은 유모의 애원은 들은 척도 하지 않고 호텔을 나섰다. 그녀에게 제일 잘 먹히는 반항이 단식이라는 것은 어릴 때 경험으로 잘 알고 있었다. 기사들이 쫓아왔지만, 카트린은 벌컥 성을 내며 그들을 따돌렸다.

'유모와 기사들은 전부 아버님의 끄나풀이야.'

요새 왜 그리 상점가로 나서는지 안다면 모두 아버님께 고해바칠 것이다. 카트린은 몇 시간 내도록 카페 테라스에서 아래를 내려다보았다. 며칠이나 이 카페에 있었지만, 찾고 있는 남자는 볼 수 없었다.

'공자님은 어디 계시는 건가요.'

절로 앓는 신음이 나왔다. 오늘도 틀렸나. 한숨을 내쉬고 몸을 일으키려던 그녀가 우뚝 움직임을 멈췄다. 태양을 한데 그러모은 듯 찬란한 금발과 낮고 감미로운 목소리.

"……그분이다!"

카트린은 종종걸음으로 카페를 나섰다. 계단을 내려오는 짧은 찰나에 꽁지깃을 펼친 공작새 같은 여자들이 그의 주변에 포진해 있었다.

"그래서 경, 저는 가면무도회에서 붉은 드레스를······."

"공자님!"

카트린은 여성들을 뚫고 그에게 다가갔다.

"또 뵙는군요."

"저, 절 기억하고 계셨어요?"

"물론이죠."

그는 가볍게 눈을 돌리며 "잊을 수 없는 광경이었잖습니까." 하고 말했다.

"이, 이렇게 뵌 것도 인연인데 차라도 한잔 함께 하시겠어요?"

그러자 다른 여자들이 눈을 치켜뜨며 말했다.

"저희가 먼저 경과 이야기를 나누고 있었잖아요."

"내가 누군 줄 알고—!"

"어머머, 난폭한 것 봐. 경, 보세요. 저희는 너무 무서워서······."

카트린이 흠칫하여 그의 눈치를 보았다.

"수, 숙녀답지 않은 부끄러운 모습을 보였습니다."

"그림처럼 가만히 있는 분만이 숙녀인 건 아니죠."

"······!"

'어쩜, 말도 너무 로맨틱하게 해.'

다정한 미소를 보고 있노라면 온몸이 흐물흐물 녹아드는 것 같다.

"저어······ 그럼 차를."

"오늘은 동생과 선약이 있어서요."

그러자 다른 여자들이 아는 체하며 물었다.

"일전에 거리에서 뵌 여동생분이신가요?"

"예."

"너―무 사랑스러운 분이셨어요. 그런 동생을 둔 경이 부러워요. 제게도 그런 동생이 있다면 좋겠네요……."

시누이로.

여자들이 볼을 붉히며 란슬롯을 힐끔거렸다. 카트린은 신경질적으로 여자들을 쳐다보다가 어색하게 웃었다.

"동생과 사이가 좋으신 모양이에요."

"예, 세상에서 가장 사랑하는 사람이죠."

"그, 그런가요."

"누이가 정해 주는 여성과 혼인해야겠다, 싶을 정도랄까요."

란슬롯이 빙그레 미소짓자 카트린을 비롯한 여자들의 눈에 이채가 떠올랐다. 그의 누이다! 누이를 공략해야 한다. 카트린은 "누이……." 하며 마른침을 삼켰다. 어떻게서든 누이의 마음에 들고 말리라.

*　　*　　*

주말이 되었다. 드레스로 갈아입은 나는 스위트피의 방문 앞에 인절미 마카롱을 내려놓았다. 인절미 마카롱을 두고 간 날, 방문 앞엔 깨끗이 씻은 빈 그릇이 있었다.

"저기, 스위트피. 나 오늘은 저녁 밖에서 먹고 오니까…… 그러니까 식당으로 와도 돼."

나로 인해 카트린에게 행동을 제지받는 그녀에게 미안해서 자꾸만 목소리가 기어들어 갔다. 어깨를 축 떨군 채로 걸으면서 내내 스위트피의 방문을 힐끔거렸다.

　'어제 오빠에게 그걸 받았으니까 이제 곧······.'

　나는 한숨을 푹 내쉰 후, 약속 장소로 이동했다. 골목 안에서 날 기다리고 있던 란슬롯이 빙그레 미소지었다.

　"와―!"

　제대로 꾸민 란슬롯을 보는 건 처음이었다. 모델처럼 약간 마른 몸에 꼭 맞게 맞춘 예복엔 화려한 금사가 수놓아져 있었다. 남자치고 약간 흰 얼굴에 검은 재킷이 얼마나 잘 어울리는지 나는 감탄을 금치 못했다.

　"와, 와― 오늘 엄청 멋있어요."

　"우리 공주님은 항상 아름답고."

　나는 공주란 말이 부끄러워서 손을 꼼질거렸다. 그런데 이 세계엔 진짜로 공주가 있으니까 '공주님'이란 말을 내가 듣는 건 엄청 무시무시한 일이 아닐까.

　그런 의미를 담아서 쳐다봤지만, 란슬롯은 그저 웃을 뿐이었다. 그가 내 손끝에 입 맞추며 "에스코트할 영광을 주셔서 감사합니다." 하고 말했다.

　'낭만 소설에 나오는 왕자님 같다.'

　나는 란슬롯이 건네는 가면을 썼다. 고양이 귀가 달린 가면은 포슬포슬 부드러운 데다가 편해서 마음에 쏙 들었다. 일전에 황궁 주최의 무도회는 가 봤지만, 젠트리(성시민: 중산층 백성)까지 포함한 무도회, 그것도 가면무도회는 처음이었다. 조금 설레서 콩콩 뛰는 가슴을 꼭 붙들었다.

"불꽃놀이 이후엔 가면을 벗어도 되지만 세니아나, 넌 되도록 벗지 않는 게 좋겠지?"

"네!"

난 힘차게 대답하고 오빠와 함께 무도회 홀로 들어갔다. 삼삼오오 모여 떠들던 사람들이 입장하는 우리를 주목했다. 정확히 말하면 란슬롯을. 감기와 사랑과 미남은 숨기기 힘들구나. 아무리 가면을 써도 귀티가 줄줄 흘렀다.

"첫 춤은 역시 나와 춰야겠지?"

"그럼 두 번째 춤은 다른 사람과 춰도 돼요?"

"······."

오빠들이 아닌 다른 사람과의 춤은 처음이라 가슴이 콩닥거렸다. 잠깐 대답을 지체한 그는 이내 "물론." 하며 뒤쪽을 쳐다보았다.

'으응?'

벽 쪽에 있던 가면을 쓴 남성들과 왜인지 눈짓을 주고받는 것 같은 느낌이었는데.

"가자."

황궁 무도회에선 내내 왈츠 등의 느리고 달콤한 선율의 곡이 나왔는데, 이곳은 빠르고 경쾌한 음악이 더 많이 연주되었다. 란슬롯의 손을 잡고 콩콩 뛰다가 빙글빙글 돌기도 하고, 잡은 손을 쿵짝쿵짝 흔들며 가볍게 걷기도 했다.

'즐거워~!'

한 곡이 다 끝났을 땐 얼굴이 빨갛게 달아올라서 달뜬 숨이 터져 나왔다.

"재밌어요!"

"마음에 든다니 기쁘네. 음료라도 가져다줄게. 잠시 있어."

"네!"

오빠가 가고 난 오도카니 서서 춤추는 사람들을 구경했다. 그런데 얼마 지나지 않아 다른 남성들이 손을 내밀기 시작했다.

"어떠십니까, 저와 한 곡―"

"제게도 기회를."

춰도 되겠지? 그런데 이렇게 우람한 사람들과의 춤은 약간 두려웠다.

'사채업자들과 날 때렸던 용병들이 생각나.'

우물쭈물하고 있는데 다른 손이 불쑥 내밀어졌다.

"……?"

세 번째 남성은 어쩐지 익숙했다.

'아니, 많이 익숙한데.'

다른 사람들보다는 익숙한 느낌이 들어서 안심이 된다. 나는 그의 손을 살포시 잡고 나섰다.

"……."

"……."

우리는 말 없이 움직였다. 춤을 추면서 가볍게 대화를 나누는 다른 사람들과는 영 딴판으로. 남자는 굉장히 경직되어 움직이고 있었다. 척 보기에도 이런 곳에 자주 오는 사람 같아 보이진 않는다.

탄탄하지만 약간 마른 몸. 굳은살이 배긴 손. 익숙한 체향.

"……고레일?"

"아닙니다."

맞는데. 우리 집 기사 고레일인 것 같은데.

"아가씨, 해 봐요."

"……."

"……."

"……."

"고레일 맞지."

때마침 곡이 끝났다. 남자, 아니, 고레일은 도망치듯 사라졌다. 그 뒤로 다른 남자들이 접근했는데, 또다시 익숙한 손이 다가왔다. 또 춤을 추다가 보니 이상했다. 새빨간 머리의 남자는 고레일보다 더 춤을 못 췄다. 구체 관절 인형이 삐걱삐걱 움직이는 것 같았다.

"바커스."

쿠울럭! 쿨럭! 붉은 보랏빛 머리의 남자가 사레들린 듯 격렬하게 기침했다.

"여기서 뭐 해?"

"살려 주십시오. 큰 도련님께 들키면 저희는 다 죽습니다."

"……."

다음 사람은 란슬롯 직속 엘리트 부대의 소대장. 그다음 사람도 잘생기기로 유명해서 하녀들의 마음을 설레게 한 우리 집 기사였다. 나는 어느새 음료를 들고 다가온 란슬롯을 보고 고개를 갸웃했다.

"기사들에게 휴가를 주셨나요?"

"뭐."

"휴가라고 다들 무도회에 왔나 봐요. 벌써 우리 기사만 네 명째 보았어요."

"그랬어?"

란슬롯은 빙그레 웃었다. 그리고 어딘가를 쳐다봤는데 붉은 머리, 아니, 바커스가 내게 손을 내밀었던 남자들의 목을 잡은 채 홀 밖으로 향하고 있었다.

'으응?'

란슬롯은 어리둥절해하는 나를 돌려세우며 물었다.

"즐거웠나?"

"네. 제가 우울해 보이니까 일부러 데려오신 거지요?"

내색하지 않으려고 했는데, 란슬롯은 정말로 섬세하다.

"우리 막내의 기쁨이 내 기쁨이지."

"오빠가 다정해서 좋아요."

"다시 한 번."

"네?"

"좋아요, 그거."

"좋아요!"

"귀엽긴."

란슬롯이 내 볼을 쓰다듬었다. 곧 불꽃놀이가 시작한다는 얘기가 나왔고, 우리는 테라스에서 함께 불꽃을 구경했다. 영지에서 보았던 불꽃만큼이나 아름다웠다.

　　　　　*　　　*　　　*

　세니아나가 화장실로 향하자 란슬롯은 홀 내에 숨어 있던 알렉시아에게 눈짓했다.

"호위."

"명 받듭니다."

그는 벽에 기대서서 시기를 가늠했다.

'이제 슬슬 우울해하던 이유를 물어도 되겠군.'

세니아나는 억지로 캐물으려고 하면 바짝 털을 곤두세우고 숨어 버린다. 아탈란에 의해 몸을 빼앗겨 살았던 십여 년. 동생은 큰일일수록 침묵하는 법에 익숙해졌다. 마치 몸이 아프면 구석으로 숨어드는 고양이처럼.

'기분이 고조된 틈을 타서 미끼를 던져야 겨우 입을 열겠지.'

불꽃놀이가 끝나자 무도회에 참석한 사람들이 하나둘 가면을 벗었다. 이곳에 머무는 동안 제게 접근했던 영애들도 가면을 벗고, 회장을 두리번거렸다. 자신을 발견하곤 반색하여 다가왔다.

"경이시지요?"

"들어오실 때부터 알았답니다."

"숨기려야 숨길 수 없는 분위기이시니까요."

"함께 오신 분은 누이가 맞죠? 일전에 보았을 때 보다 더 사랑스러워서 —"

란슬롯은 차게 식은 표정을 순식간에 수습하고 입꼬리를 끌어당겼다. 그런 모습을 주시하고 있는 여성이 있었다.

'공자님……'

막 파티장에 들어온 카트린이 흥분된 기색을 숨기지 못하고 바로 그에게 다가갔다.

"여기서 다 뵙네요!"

사실은 그의 근처를 맴도는 날파리 떼들이 하는 말을 주워듣고 찾은 거지만.

[경께서 무도회장이 어딘지 물으신 건, 이번 가면무도회에 오신다
는 게 아닐까요?]

[그럴 거예요.]

[이럴 줄 알았으면 드레스라도 챙겨올 것을 그랬어요.]

날파리 떼들은 여전히 공자님 곁에 붙어서 윙윙 거슬리게 굴고 있었다. 그때 한 여자가 뒤를 보며 밝게 소리쳤다.

"어머나, 영애!"

"영애!"

"어디 계신가 했어요."

"이쪽으로 오셔요. 영애께서 찾아주시니 유난히 홀이 빛나는군요."

날파리들은 순식간에 한 여자에게 들러붙었다.

'누이구나.'

카트린은 그들이 멀어진 사이에 란슬롯에게 다가갔다.

"제 소개가 아직이었지요. 공자님, 저는 —"

"알고 있습니다."

"네?"

알고…… 있다고?

카트린의 얼굴이 밝아졌다.

'나를 알고 있어?'

내게 관심이 있었다는 말씀일까. 심장이 어찌나 뛰는지 무도회장의 소음 속에서도 그에게 전달될 것만 같았다. 도미니크를 처음 보았을 때, 아니, 그보다 더 짜릿한 감정이 전신을 내달렸다.

'이 남자는 내 거야.'

이 남자가 어떤 한미한 가문의 영식이든, 아니, 귀족이 아니라도 좋다. 그녀가 발그레 달아오른 얼굴로 입술을 옴짝거렸다.

"서, 성함을 여쭐 수 있을―"

그러던 찰나 날파리들을 벗어난 노란 드레스의 여성이 다가왔다.

"오빠."

'공자의 누이구나!'

카트린은 최대한 상냥한 표정으로 뒤를 돌아보았다. 그런데 어쩐지 목소리가 아주 익숙했다. 그리고 실루엣 또한…….

"……!"

"……!"

눈이 마주친 두 사람이 동시에 멈칫했다.

"르마르 영애가 여긴 왜……."

"그러는 그쪽이야말로 여기서 뭐 하는―"

"세니아나."

란슬롯은 다정히 웃으며 가면을 벗었다. 그리고 카트린을 흘끔 쳐다보며 말했다.

"란슬롯 프렌시프입니다."

카트린은 와들와들 떨리는 손으로 란슬롯과 세니아나를 번갈아 가리켰다.

"라, 란슬롯 프렌시프라면 영애의……!"

세니아나는 고개를 끄덕였다.

"우리 오빠예요."

말도 안 돼! 운명의 사람이 재수 없는 저 계집애의 혈육이라니!

＊　　＊　　＊

카트린이 여기서 뭘 하는 거람. 나는 고개를 갸웃하다가 퍼뜩 드는 생각에 란슬롯의 팔을 끌어안았다.

"스위트피 때처럼 오빠에게 무슨 짓을 하려는 거라면 절대로 안 돼요!"

내가 차갑게 경고하자 카트린은 세상이 무너진 사람처럼 비틀거렸다. 란슬롯에게 호감이 있는 여성들이 "무슨 일 있나요?" 하며 다가왔다.

"……아니에요."

"표정이 좋지 않으신데요."

"그러게요. 제 시중인 중에 의사가 있답니다. 진료를 받아 보시는 게 어떨까요. 아가씨, 아니! 영애~?"

"제게도 약초에 해박한 하녀가 있어요."

나는 그녀들에게 상냥한 어투로 "괜찮아요……." 하고 말했다.

"배려에 감사드립니다."

"배려라니요. 당연한 일을."

"그럼요."

란슬롯은 와들와들 떨며 어쩔 줄 몰라 하는 카트린을 지그시 보다가 내게 손을 내밀었다.

"곧 들어갈 시간이지?"

"아, 네."

란슬롯은 생글생글 웃고 있는 여성들에게 가볍게 허리를 굽혔다.

"동생을 배웅해야 해서 이만."

"아쉬워라. 영애, 다음에 꼭 저희 상단에 오세요. 영애에게 어울리는 아름다운 브로치가 있답니다."

"제 조부님의 궁에도 오세요! 솜씨 좋은 제과 장인이 있어요. 꼭 대접을……."

나는 그녀들의 과한 환대를 받으며 무도회장을 나섰다. 카트린이 퍼뜩 정신을 차린 듯 나를 쫓아왔다.

"여, 영애!"

난 무슨 일이냐는 듯 카트린을 쳐다봤고 그녀는 란슬롯을 힐끔거리다가 고개를 푹 수그렸다.

"조, 좋은 꿈 꾸세요. 내일도 기분 좋은 하루가 되시길 빌어요."

뭐지? 빈정거리는 건가?

난 오빠의 배웅을 받고 학교로 돌아왔다.

"아가씨."

교문을 넘자 알렉시아가 다정한 목소리로 말을 붙였다.

"가시죠. 기숙사로 모시겠습니다."

"으응……."

"무엇을 그리 고민하고 계십니까?"

"카트린 르마르가 이상해서……."

학교 내에서의 호위는 알렉시아 전담이라 그녀는 카트린과 있었던 일의 대부분을 알고 있었다.

"르마르 영애가요?"

"무도회장에서 만났는데…… 음, 좀 이상했어. 왜 그럴까……."

"다른 영애들과 같은 이유가 아닐까요?"

"같은 이유?"

"란슬롯 도련님 말입니다."

란슬롯이 왜?

잠깐 고민하던 나는 휙 얼굴을 들고 알렉시아를 쳐다보았다.

"오빠에게 반해서?"

그녀가 가볍게 고개를 끄덕였다.

"하지만 카트린은 저하를 ― !"

"사람 마음은 언제든 변할 수 있기에 무섭지요."

"……카트린이 새언니인 건 싫은데."

"다른 영애 중에는 마음에 드시는 분이 있으셨습니까?"

나는 걸음을 우뚝 멈추고 고개를 갸웃 기울였다.

"내 마음은 중요하지 않잖아. 영애와 오빠의 마음이 중요한걸."

"하지만 상냥하시던걸요."

"그야 오빠에게 마음을 주는 사람들이니까. 감사하잖아."

"그런가요."

그녀들이 내게 잘해 주는 이유는 오빠를 좋아하기 때문일 거다. 단지 사모한다는 감정만으로 본인의 인생에선 하등 상관없는 내게마저 상냥하려고 애쓴다. 그건 얼마나 다정하고 고마운 일인가.

"하지만 카트린은, 카트린만은…… 으으음."

"싫어하고 계시다는 걸 알려드리시지요."

"두 사람이 좋으면 어쩔 수 없는 거니까……."

"글쎄요. 아가씨가 싫어하는 분을 만나실까요."

그녀는 의뭉스러운 표정으로 "큰 도련님의 우선순위는 절대로 변하지 않을 것 같은데요." 하고 중얼거렸다.

"응?"

"도착했습니다. 안전하게 방으로 들어가시면 불을 두 번 깜빡여 주세요."

"알겠어."

나는 기숙사 방으로 돌아가 불을 두 번 깜빡였고, 무사히 도착한 것을 확인한 알렉시아는 떠났다.

그리고 이튿날. 나는 기가 막힌 표정으로 교감과 함께 있는 여자를 쳐다보았다.

'정말이지.'

내가 만나지 않겠다고 할 것을 알고, 교감을 꼬여내 자리를 만들었다.

"하면 전 나가보지요."

교감은 아하하, 웃으며 내 귀에 속삭였다.

"이 분의 마음만 살 수 있다면 네 앞날에 큰 도움이 될 거다."

"……."

그녀는 어깨를 토닥이곤 방을 나섰다. 나는 카트린을 보며 한숨을 내쉬었다.

"아무리 이래도 오빠와의 일은……."

내가 도움을 줄 수 있는 게 아니다. 카트린이 내 손을 덥석 잡았다.

"영애, 이때껏 있었던 무례는 용서해 주세요."

"……."

카트린이 바리바리 싸 온 무언가를 꺼냈다.

"좋은 차가 있어서요! 제가 즐기는 것인데, 영애도 마음에 들어하면 좋겠네요."

그녀가 꺼내는 병을 본 난 우뚝 굳어졌다. 투명한 유리병 안에서 넘실거리는 검은 액체.

'저건…….'

그것을 보자마자 나는 형용할 수 없는 불쾌감에 사로잡혔다. 이러한 기분을 느꼈던 적이 예전에도 있다.

'삿된 자들을 만났을 때!'

정확히 말하면, 삿된 자가 된 에이레네 사비에르를 마주했을 때와 꼭 닮은 감정이었다. 카트린은 맑은 물에 검은 액체를 넣고, 티스푼으로 가볍게 저었다.

"그걸 먹는다고요?"

"그럼요. 향과 맛 모두 훌륭하답니다. 기분을 좋게 해 주고, 피부며 머리를 맑게 해 줘요."

"……."

"이렇게 훌륭한 차는 아마 저희 가문에만 있을 겁니다."

카트린은 붙임성 있게 웃으며 내 앞에 차를 내려놓았다.

'역한 냄새!'

나는 코를 막고 고개를 돌렸다. 이게 향이 좋다니 도무지 이해되지 않는다. 이건 샤르파크 성에서 맡았던 성식의 냄새와 유사했다.

'그보다 더 기분 나빠.'

유리병 안의 검은 액체는 끊임없이 일렁였다. 카트린은 말릴 새도 없이 검은 차를 입에 머금었다. 한두 번 더 홀짝인 그녀는 "하아." 신음을 흘리며 어깨를 늘어뜨렸다.

"역시 좋네요. 며칠 만에 마시거든요. 란슬롯 님을 뵙고 나선 전혀 못 마셨었는데……."

"……."

"저, 영애. 제게 감정이 좋지 않다는 걸 알아요."

그러더니 내 손을 덥석 잡고 간절한 표정으로 말했다.

"사과드릴게요. 그러니까 그간의 일은 없던 것으로 해요."

"이미 생긴 일이 어떻게 없던 것이 되지요?"

"란슬롯 님께만은 저와의 일을 전하지 말아 주세요."

그녀는 간절한 표정으로 말했고, 나는 정말로 당황스러웠다. 그녀의 손을 떼어 내고 한숨을 푹 내쉬었다.

'란슬롯의 미모는 놀랍구나.'

왜 길거리에서 몇 사람씩이나 치고받고 싸웠는지 알 것 같기도
하고…….

카트린은 대답 없는 나 때문에 목이 타는지 연신 차를 마셨다.
나는 말 없이 카트린이 차를 마시는 것을 지켜보았다. 그녀의 찻잔
에서 차가 반쯤 사라진 후.

'이만하면 되겠지.'

─하고 생각한 나는 슬쩍 몸을 일으켰다.

"저는 이제 그만……."

"……."

"르마르 양?"

"……저하가 보고 싶어."

뭐?

"저하는 어디에 계시죠?"

"무슨─"

조금 전만 해도 란슬롯의 이야기를 하며 그렇게 간절해 보이던
사람이 갑자기 도미니크는 왜 찾는 거지?

난 어리둥절한 표정으로 그녀를 쳐다봤다.

"저하를 뵈어야 해. 내가 그의 곁에 있어야 해."

"잠깐만요, 잠깐, 영애!"

아무래도 이상해서 그녀의 손목을 잡았다.

"이거 놔요!"

그녀는 벌컥 성을 내며 나를 떠밀었는데, 그 탓에 풍성한 소매가
나부끼며 팔등이 보였다.

'어?'

"저하를, 저하를 —"

난 얼른 카트린을 붙들었다.

"이거 뭐예요?"

그녀의 팔등에 검은 반점이 보였다. 마치 에이레네에게 생겼던 반점처럼!

"이 점, 원래 있던 건가요?"

"……점이라니요?"

"반점이 있잖아요. 영애의 팔등에!"

"무슨 말씀을 하시는 거예요. 반점은 무슨."

카트린은 기가 막힌 표정으로 내 팔을 쳐 내고, 교감의 집무실을 떠났다.

'말도 안 돼. 저렇게 큰 점이 안 보인단 말이야?'

차를 마시기 전 내 손을 잡았을 땐 분명 없던 점이었다. 나는 카트린이 놓고 간 검은 차를 들었다. 가까이 마주하니 점점 더 기분이 나쁘다. 병을 열어 냄새를 맡아 본 나는 "우욱 —" 하고 입을 틀어막았다.

'에이레네의 냄새다.'

정확히 말하면 삿된 자가 된 에이레네에게서 나던 냄새. 시체가 부패한 것 같은 역한 냄새 말이다.

난 검은 병을 가지고 쟝뤼크의 연구실을 찾았다.

'성식을 분명히 여기에 두었는데…….'

조미료가 든 찬장을 뒤지고 있을 때, 덜컹! 문이 열렸다.

"아직 수업 시작 전인데 벌써 온 것이냐."

"교수님."

쟝뤼크가 성식 병을 든 채로 내게 말을 걸었다.

"그거—!"

"아, 그렇지. 이건 네가 가져온 것이지."

"교수님께서 그걸 왜……."

"내 스승의 일기에 쓰인 것이 이것과 비슷하거든."

"일기장에요?"

쟝뤼크는 성식 병과 어떤 책을 조리대 위에 올려 두었다. 저 책은 내가 줄리아 리올 재상으로부터 찾아다 준 쟝뤼크의 스승, 쟝의 레시피북이었다. 책장을 넘기던 쟝뤼크가 표시한 곳을 발견하고는 낮은 목소리로 읽기 시작했다.

[옥타비우스력 12년 4월.

어느 귀족이 나를 찾아와 붉은 가루를 건넸다. 온갖 조미료를 가진 내게 붉은 가루에 관해 물으려던 것이다. 하지만 나조차도 육십 년 평생 본 바 없는 조미료였다. 제국 사방(四方)에서 모인 로열 키친의 요리사들에게도 물었으나 아무도 정체를 알지 못했다.]

[옥타비우스력 12년 5월.

내게 붉은 가루를 맡겼던 귀족이 다시 나를 찾아왔다. 효험을 눈으로 확인했다는 그는 흥분한 기색이었다. 그는 죽을 날을 받아 온

환자가 기력을 차리고, 시력을 잃은 기사가 다시 세상을 보았으며, 아둔한 자의 머리에서 세기의 지략이 나왔노라 말했다.

이 신비한 조미료를 로열 셰프의 령으로 제국에 퍼뜨린다면 제국은 역사에 다시 없을 강대국이 될 것이라 호언장담했다. 나는 잠꼬대는 밤에나 하라며 그를 쫓아냈다.]

[옥타비우스력 13년 2월.

로열 키친에서 쫓겨났다. 내 휘하의 요리사가 노쇠로 미각을 잃었다며 나를 밀고한 것이다. 개자식들. 내가 미각을 잃은 이유는 음독 때문이다. 나이 들었기 때문이 아니다. 내게 독을 먹인 건 분명 그 귀족이다. 붉은 가루의 수입을 허가하지 않아 앙심을 품은 게 틀림없다.]

[옥타비우스력 13년 3월.

나는 로열 키친에 다시 입관하기 위해 아발론을 찾으려 했지만, 그 귀족 때문에 단념했다. 제자의 앞날이 나로 인해 망가지길 바라느냐는 협박 앞에서 난 굴복할 수밖에 없었다.]

[옥타비우스력 18년.

살날이 얼마 남지 않았다는 느낌이 온다. 이런 시기에 붉은 가루의 정체를 알게 된 것은 다행일까, 불행일까.

붉은 가루는 절대로 제국에 퍼져서는 안 되는 삿된 물건이다. 아탈란이 성식이라고 부르는 그것은 삿된 자의 덩어리를 일부 떼어 낸 검은 액체에서 가공한 것이다.

내가 있는 지역의 관리들에게 고발장을 썼지만, 노망난 늙은이의 헛소리로 치부되었다. 전설 속에나 나오는 삿된 자들의 시체로 만드는 조미료라니. 나조차도 믿을 수 없는 일이다.]

쟝뤼크와 나는 굳은 얼굴로 시선을 교환했다.

"검은 액체라면 이거예요."

쟝뤼크에게 병을 건네자 그는 서둘러 뚜껑을 열어 냄새를 확인했다.

"맞구나."

"성식이 널리 퍼지고 있어요. 어떡하지요? 폐하께 말씀드려서 ─"

"삿된 자를 보이지 않는 한, 스승님 때처럼 헛소리로 치부될 거다."

그는 골치 아프다는 듯 이마를 쥐었다.

"보인다 해도 거리낄 뿐이지 계속 쓰일 테지."

맞아. 아둔한 자가 영리해지고, 죽을 날을 받아 놓은 사람이 건강해진다면 절박한 자들은 외려 성식을 찾을 거다.

"하지만 성식엔 부작용이 있어요!"

"부작용?"

"에이레네 사비에르가 이걸 복용했던 것 같아요."

나는 검은 액체가 든 병을 가리키며 말했다.

"그 애는 종국엔 삿된 자가 되어서 죽었어요."

"……!"

카트린 몸의 반점을 보면 내 추측이 맞을 거다.

"하지만 그걸 증명하기 위해 산 사람을 붙잡아 이것을 계속 복용시킬 수도 없지 않으냐."

"그런데 아탈란은 삿된 자들을 어디서 데려오는 걸까요…… 아!"

"에이레네 사비에르 때 그러했듯 직접 만드는 거겠지. 실험장이 있을 거야."

실험장이라고 하니 떠오르는 게 있었다.

'우리 영지 근처에 있는 슈라의 부족 마을이야!'

하지만 슈라의 부족은 아탈란을 몹시 경계하고 있었다. 분명 그런 실험장이 하나 더 있을 것이다.

"하지만 왜지? 제국민을 삿된 자로 만들어서 좋은 게 뭐야."

순간 황실 서고에 있던 삿된 자와 관련된 책이 떠올랐다.

'삿된 자 만 구의 시체와 다섯 가지의 재료가 모이면 인력으로는 다스릴 수 없는 거대한 어둠이 도래한댔어.'

그거다! 아탈란의 목표는 강대한 어둠을 도래시켜 다시 종교를 부흥시키려는 거야.

'잠깐만.'

[조율자는 내 것……. 조율자…… 도미니크…….]

에이레네는 삿된 자가 되어 죽기 직전에 그렇게 말했다. 그렇다면 조율자가 도미니크라는 건가.

'그래, 에이레네도 카트린처럼 도미니크에게 집착했어.'

내가 알고 있는 바를 쟝뤼크에게 말하자 그는 얼굴을 왈칵 일그러뜨렸다.

"개자식들."

"저는 저희 가족에게 이 일을 알릴게요."

"그래."

나는 즉시 통신석을 들고 아빠에게 이 일을 알렸다.

"─그렇게 된 거예요."

[해서 너는.]

"네?"

[너는 괜찮으냐.]

"아직까지는요."

[곧 졸업이니 일단 황도로 돌아와. 카트린 르마르에게 반점이 생겼다는 건 그녀가 샷된 자화될 거라는 의미일 거다.]

"여기서 더 성식 원액을 복용하지 않으면 괜찮을지도 몰라요. 아직 알아볼 것도 있고요."

[어떻게 막으려고?]

"으음, 그 애가 성식 원액을 멀리할 정도로 집착할 만한 게 있어요."

[집착할 만한 것?]

"그러니까…… 큰오빠요."

내가 어색하게 웃자 아빠는 [그렇군.] 하더니 잠시 침묵했다.

*   *   *

난 카트린과 란슬롯을 흘끔흘끔 쳐다봤다.

'우와…….'

아빠에게 지시를 받은 란슬롯은 작정하고 달콤했다.

"잘 지내셨습니까, 영애."

"그럼요! 란슬롯 님께서도 잘 지내셨는지……."

"저야 물론. 한데 얼굴이 상하셨습니다."

"그, 그런가요?"

"염려를 숨길 수 없음을 용서하십시오."

"용서라니요! 전혀!"

란슬롯은 싱긋 웃으며 그녀의 손등에 입 맞췄다.

"다시 뵈어 영광입니다."

본래 로맨틱한 남자가 마음먹고 유혹하려 드니 세상에 저런 요물이 없는 것 같다. 카트린은 흐물흐물 녹을 것 같았다.

"아차! 란슬롯 님께 드릴 것이 있는데, 잠시만요."

그녀가 후다닥 사라지자 란슬롯의 표정이 단숨에 변했다. 지루하다는 듯 미간을 약간 좁히다 내 머리칼을 살짝 쥐고 끝에 입 맞췄다.

"소독."

"……?"

"귀찮은데 가 버릴까."

그가 짓궂게 말해서 난 펄쩍 뛰며 반대편 머리칼도 그에게 쥐여 주었다.

"하세요. 마음껏 소독하세요."

쿡쿡 웃은 그가 머리를 쓰다듬었다.

"그런데요, 오빠……."

"음?"

"연기 천재예요. 완전 요물! 깜짝 놀랐어요. 최고!"

내가 엄지손가락을 들며 칭찬하자 란슬롯의 표정이 묘해졌다.

"……마음에 든다니 다행이네."

다행이라고 하면서 어쩐지 떨떠름한 기색이라 나는 고개를 갸웃했다. 카트린이 다시 카페 안으로 들어왔다. 환히 웃으며 몸통만 한 꽃다발을 들고 오더니 란슬롯 앞 테이블에 풀썩! 내려놓았다.

'엄청 크다.'

란슬롯이 내게 준 올포러브 꽃다발의 서너 배쯤은 되겠다. 란슬롯은 잠시 침묵하더니 "이게 뭡니까?" 하고 물었고, 카트린은 부끄러운 듯 고개를 수그렸다.

"란슬롯 님과 꼭 어울리는 프리지어랍니다. 첫 데이트의 선물로……."

"그러니까 제게 말이죠……. 꽃다발을 영애가 제게……."

"마음에 드셨으면 좋겠어요……."

란슬롯은 기막힌 듯 실소를 흘리며 "강적인데." 하고 중얼거렸다. 카트린이 못 들었는지 "네?" 하고 되물었다.

"아닙니다. 그럼 식사하러 가실까요? 우리 막내가 점심때라."

"아……. 프렌시프 영애는 계속 여기 계시는……?"

"저는 데이트를 할 적엔 늘 막내를 데리고 다닐 생각입니다. 싫으시다면 —"

그가 나를 보며 말을 이었다.

"오늘 만남은 이것으로 마칠까요."

돌려보내는 게 아니라? 나는 그냥 가면 안 될까?

카트린은 얼른 손을 내저으며 말했다.

"아니에요! 식사하러 가지요!"

우리는 식사를 했고, 오빠는 계산을 마치자마자 말했다.

"잠시 걸을까요. 막내에게 보여 주고 싶은 산책로가 있어서."

산책이 끝나면.

"잡화점은 어떠십니까? 막내에게 사 주고 싶은 물건이 있어서."

잡화점에 들렀다 나오는 길엔.

"아카데미로 걸으실까요. 막내가 낮잠을 잘 시간이어서."

이거 아무리 봐도 데이트 아닌 것 같아…….

나는 기숙사 침대에서 뒹굴뒹굴 구르며 가웨인과 통화했다.

"네! 엄청 이상한 데이트였는데요, 카트린은 좋아했어요."

[그렇겠지. 형은 사람 다루는 데는 천재거든. 특히 본인에게 반한 사람.]

가웨인은 헹, 코웃음 치며 말해서 난 고개를 끄덕였다.

[아무튼 검은 성식을 가져왔다는 카트린 르마르의 하녀 말인데.]

"네."

[조사해 보니 확실히 미심쩍은 구석이 있더군. 과거에 일했던 귀족가가 전부 올리비에 폐공작과 연관된 곳이었어.]

"그럼 제가 직접 만나서 수사를—"

[안 돼!]

[절대로.]

[하지 마!]

가웨인의 말에 이어서 아빠와 할아버지가 버럭 소리쳤다. 난 깜짝 놀라 어깨를 움츠렸다.

"지금 화내신……."

무서워.

그러자 통신석에서 당황한 것 같은 목소리가 들려왔다.

[화를 낸 게 아니라, 아탈란의 끄나풀일 것이 뻔한데 굳이 네가 직접 만날 필요가 있느냐는 것이지.]

할아버지가 변명하듯 말했다.

[기사들을 시키면 되고.]

[우리가 잡아들일 테니 너는 아카데미에 얌전히 있어라. 아무래도 도미니크 황자 때문에 아탈란이 쉽게 접근하지 못하는 것 같으니.]

"저하요?"

[그래. 삿된 자화 된 자들이 모두 그에게 집착했다는 건 삿된 자들이 도미니크에게 우호적이란 뜻이겠지.]

[만 구의 삿된 자를 만들어야 한다면, 만드는 동안 그들을 사육할 방도도 필요할 거다.]

[조율자라는 게 그런 역할을 하는 자일지도 모르지.]

아하. 그럴 수도 있겠다.

"그럼 저하에게 딱 붙어 있어야겠군요!"

잘됐다.

내가 밝게 얘기했다.

[……딱 붙어 있을 필요는 없어.]

[굳이 뭘 붙어 있어.]

[그래.]

[되도록 멀찍이.]

[옷깃이 스치지 않는 안전거리로.]

[맞다.]

언제는 도미니크의 옆에 있으랬으면서?

나는 통신을 종료하고 흠, 침음을 흘렸다.

'저하도 일에 엮인 장본인이니 아는 게 좋겠지?'

시간을 확인하니 때마침 도미니크가 숙소로 돌아올 즈음이다. 나는 알베르에게 연락해서 숙소에 가 있어도 되느냐고 물었다.

[예, 저하께 전달하겠습니다. 곧 돌아가실 테니 응접실에서 기다리시지요.]

허락을 받은 후 포털을 통해 숙소로 이동했다. 그런데 가지고 있던 검은 성식이 난데없이 격렬히 휘몰아치기 시작했다.

'삿된 자의 일부라서 도미니크의 공간에 있으니 동요하는 걸까.'

내가 본 삿된 자들은 덩어리가 뭉쳐져 커다란 괴물이 되기도 했다. 혹시나 검은 액체가 다른 삿된 자를 몰고 올까 봐 불안해졌다. 난 멀린과 테디의 마원을 쥐었다.

'현신해 주세요.'

그러자 마원들이 밝게 빛나며 땅이 미세하게 진동했다. 멀린과 테디가 금세 현신하여 내 앞에 나타났다.

"아얏!"

테디는 몰라도 멀린은 너무 크다! 응접실이 부서질지도 몰라.

"머, 멀린, 여기 소파에 앉을 수 있을 정도로 작아지세요."

"누나, 나도? 나도? 나도 소파에 앉아?"

테디는 이미 작지만, 나는 대충 고개를 끄덕였다. 다시 한 번 빛이 퍼졌고, 두 성수는 다른 것으로 변모했다. ……사람으로.

"멀린도 사람으로 변할 수 있었어요?"

"주인이 원하는 모든 것으로 변할 수 있다오."

상한 곳 하나 없이 매끄러운 은발과 새파란 눈동자를 가진 미남이 대답했다. 말투를 보고 인간으로 현신하면 할아버지쯤 되는 줄로 알았더니, 도미니크 또래로 보였다. 테디가 나를 꽉 끌어안아 왔다. 일전에 보았던 것처럼 아이돌 인상의 귀여운 미소년이 되어서.

"잠깐만, 숨 막혀."

"누나 좋아. 누나는 내 거야."

"주인이 숨 막힌다지 않느냐."

멀린이 내 어깨를 감싸 안았고, 테디는 내게 딱 붙어 떨어지지 않았다. 그때―

"오셨습니까, 영…… 너희는 뭐 하는 새끼들이야."

도미니크의 얼굴이 싸늘하게 굳어졌다. 테디가 아무렇지 않은 표정으로 대답했다.

"나는 누나 건데."

"나도 그렇소."

도미니크가 나를 쳐다봐서 난 해맑게 "네, 제 거예요!" 하고 외쳤다.

"……."

"……?"

도미니크가 미간을 엄지로 꾹 눌렀다.

"그러니까 저들이 성수라는 겁니까."

"네."

"인간 남자가 말이죠."

"동물로도 변할 수 있어요. 멀린은 엄청 멋진 백사자고, 테디는 귀여운 반달곰이에요."

"멋지고 귀엽다……."

"네!"

"나보다?"

"네?"

"……."

"……?"

도미니크는 한숨을 가늘게 내쉬고 멀린과 테디를 쳐다봤다. 테디는 여전히 내 허리를 꽉 끌어안고 있었다.

"마음에 안 들어."

테디의 말에 멀린은 침묵했지만, 왜인지 동의하는 것 같아서 난 민망해졌다.

"면전에서 그런 말 하면 못써."

"하지만 저 꼬맹이는 면전에서 눈으로 말하는걸. '너 싫어' 하고."

도미니크가 "꼬맹이……." 하며 인상을 썼다.

"누구더러 꼬맹이라는 거야. 이 꼬맹이가."

"꼬맹이지! 나는 네 조상의 조상의 조상이 젖 투정할 때부터 이만했다고!"

"빌어먹을 신수가……."

"누나, 쟤 나쁜 말 써요."

테디가 나를 보며 눈썹을 착 늘어뜨렸다.

"저하도 그런 말씀 하시면 안 돼요."

도미니크는 짓씹듯 "약아빠져선." 하고 테디를 노려봤다.

"누나, 쟤가 나 노려봐요."

"왜 영애는 '누나'고 난 '꼬맹이'지?"

"누나는 누나니까 그렇지. 넌 바보야?"

"내 조상이 젖 투정하는 것도 봤다면서 왜 영애가 네 누나가 되느냔 말이다. 누나란 손위 여자 형제를 가리키는 말인데."

"누나, 쟤가 어려운 말 해……."

테디가 울먹거렸고 난 당황해서 그를 흘끔흘끔 쳐다보았다.

"아, 아무튼! 아무튼 제가 온 이유는 성수를 보여드리기 위해서가 아니고요."

나는 얼른 말을 돌렸다. 소파에 삐딱하게 앉아 있던 도미니크가 자세를 바로 했다.

"일전에 에이레네 사비에르가 저하를 조율자라고 부른 것에 대한 이야기인데요."

"삿된 자를 부리는 신관을 말씀하시는 겁니까."

"알고 계세요?"

"제 쪽에서도 조사를 진행해 왔으니까요. 황족이니 정보에 접근하는 게 영애보다는 쉽습니다."

나와 도미니크는 서로 알고 있는 정보에 관해 교환했다.

"……올리비에 폐공작 사건에도 연루되었다, 라."

"르마르 영애도 검은 성식을 복용 중이에요. 에이레네 사비에르와 르마르 영애가 저하께 집착했던 건……."

"제가 조율자이기 때문이었군요. 하면 어둠을 도래시키기 위해 필요한 재료는……."

조율자. 빼앗긴 자. 빼앗은 자. 성수. 만 구의 샷된 자. 이렇게 다섯이 아탈란에서 필요로 하는 재료였다.

"하면 영애는 빼앗긴 자입니까, 빼앗은 자입니까."

"그걸 모르겠어요. 제가 재료 중 하나라는 건 확실한데……."

"영애가 로열 키친에 입관할 수 없도록 방해했다는 점을 고려할 때, 어쩌면 그건 로열 키친에 가면 알게 될 수도 있습니다."

"네."

이대로 도망친다고 해도 아탈란의 목적에 나와 저하가 필요하다면 언제고 공격해올 거다. 또다시 그들에 의해 인생이 송두리째 망가지기 전에 계략을 저지한다. 그게 우리의 결론이었다. 그때 똑똑, 문 두드리는 소리가 들렸다.

"아가씨, 알렉입니다."

나는 도미니크에게 얼른 "들어와도 되죠?" 하고 물었고 그는 떨떠름한 표정으로 고개를 끄덕였다.

"들어와!"

이내 알렉시아가 들어왔고, 난 깜짝 놀라 눈을 동그랗게 떴다.

"어…… 오늘은 유난히 멋지네."

저 옷은 소대장급이나 입는 게 아닌가? 고레일과 바커스 그리고 빅터, 카터 형제가 입던 화려한 정복이었다. 알렉은 아직 그렇게 높은 직급은 아니었던 것 같은데…….

내가 당황해서 말하자 알렉시아가 빙그레 미소지었다.

"영광입니다. 한데 두 분은……."

그녀가 내 양옆에 있는 성수들을 쳐다보았다.

"으응. 내 성수들."

"그렇군요. 한데, 아가씨. 밤이 깊었으니 이제 기숙사로 돌아가시는 게 어떨까요. 두 분 도련님께서 걱정이 크십니다."

"가야지……. 금방 나갈게. 먼저 나가 있어."

"예."

알렉시아가 나가고 난 성수들을 다시 마원 안으로 불러들였다. 응접실엔 도미니크와 나만 남았고, 그의 표정은 좀처럼 풀리지 않았다.

"저하."

"……예."

"눈 아프실 것 같은데."

"안 아픕니다."

"엄청 힘줘서 문과 마원을 노려보고 계시잖아요."

"괜찮습니다."

나는 눈을 도르륵 굴리다가 그의 옆에 착 앉았다. 그의 몸이 잠깐 흠칫, 굳어졌다. 혹여나 문밖의 알렉시아가 들을까 봐 양손으로 입을 모은 채 그의 귓가에 속삭였다.

"사실은 저하가 제일 멋져요."

"……."

"알렉과 성수들이 알면 서운해할 테니까 비밀이에요?"

도미니크는 한숨을 푹 내쉬며 "정말이지." 하고는 나를 끌어안 았다.

"나를 얼리는 것도 녹이는 것도 영애뿐일 겁니다."

난 헤헤 웃으며 그의 등을 토닥였다. 그가 내 뺨을 가볍게 잡고 입 맞췄다. 촉, 촉. 떨어지는 게 아쉽다는 듯 몇 번이나 달콤하게 입 맞추곤 내 어깨에 턱을 괴었다.

"제게 마음을 주고 계십니까."

"물론이지요."

"나만 애걸하는 것 같은데. 증명해 보세요."

그가 짓궂게 말해서 난 "으음." 하고 신음하다가 그의 입술에 쪽 입 맞췄다. 도미니크는 얼굴이 약간 붉어진 날 보고 픽, 실소를 흘 렸다.

"말은 언제까지 높일 겁니까?"

"하지만 저하는 저하고 또 교장이기도 하고…… 말을 놓은 걸 들 키면 저는 벌을 받을 테고……."

"해 봐요. 말."

"말."

"그게 아니라……."

도미니크는 고민하듯 한쪽 눈을 찌푸리고 나를 보다가 허탈하게 웃었다.

"공대가 편하다면 됐습니다."

"편한 건 아니야."

"……!"

그의 눈이 미미하게 흔들렸다. 한참 나를 보던 그가 내 어깨에 얼굴을 묻고 가늘게 떨었다.

"나도 참 중증이군."

"중증?"

"이마저 좋으니까요."

"너는 안 놔?"

도미니크는 웃음기 가득한 얼굴로 "너?" 하고 물었다.

이건 심한가.

"그러면 오빠?"

"프렌시프 경들도 다 듣는 말은 싫습니다."

"그럼……."

나는 끙끙 고민하다가 슬쩍 그를 쳐다봤다.

"자기?"

"……."

"꺄악!"

순식간이었다. 그가 나를 소파에 휙! 눕혀선 점점 가까이 다가왔다.

"한 번 더."

"자기야."

난 킥킥 웃으며 말했고, 그는 내 코를 아프지 않게 깨물었다.

"좀 더."

"이제 그만할래요. 이러다가 입에 붙어서 남들 앞에서 말을 놓으면 어떻게 해요? 자기라고 부르면 정말 큰일 난다고요."

나는 '제발 봐주세요' 하는 눈으로 그를 쳐다보았다. 도미니크의 눈이 가늘어졌다.

"그럼—"

그때였다. 문이 벌컥! 열리더니 알베르가 들어왔다.

"저하, 황궁에서 급한 전갈……."

우리의 자세를 본 알베르는 잠깐 굳어져서 입을 뻐끔거렸다.

"그, 저기, 음…… 마저 하십시오."

으악! 난 얼른 도미니크를 밀어내고 벌떡 일어났다.

"겨, 경이 생각하는 그런 게 아니라…… 어, 그러니까…… 저하가 미끄러져서! 네! 미끄러져서요!"

"소파에서 어떤 일을 해야 미끄러지는지 모르겠지만, 그런 것으로 하지요."

"아니, 그게—!"

난 몰라.

온몸이 화르륵 달아오르는 것만 같아서 양손으로 얼굴을 가린 채 뛰어나갔다. 뛰어가는 중에 퍽! 누군가 얻어맞는 소리가 들렸다. 기숙사로 돌아오자마자 통신석이 깜빡깜빡 점멸했다. 도미니크였다.

[카트린 르마르가 영애에게 검은 성식을 주었다는 걸 알게 되면

아탈란에서 무슨 짓을 할지 모릅니다.]

"그렇겠지요."

[당분간 아카데미에서 나가지 마세요. 무슨 일이 있으면 바로 호출하십시오.]

"그럴게요."

짧은 대화를 마치고 난 다시 양 뺨을 감쌌다. 자꾸만 알베르에게 들켰던 순간이 떠올라서 쥐구멍을 찾고 싶어진다.

'빨리 졸업을 해야 해.'

아카데미 내에서 다시 알베르와 마주치면 얼굴이 터질지도 모른다. 나는 후하, 후하, 심호흡한 뒤 침대에 살포시 앉았다.

'큰오빠가 카트린을 잘 데려다줬으려나?'

둘이 있을 때 검은 성석을 구해 온 하녀에 관해 묻는다고 했는데.

나는 통신석에 란슬롯의 코드를 입력했다. 하지만 한참이 지나도 그는 연락을 받지 않았다. 그가 내 통신을 받지 않는 건 처음 있는 일이었다.

"뭐지."

일찍 잠든 걸까?

어쩐지 불안해져서 난 시계를 확인했다.

'잠들 시간이긴 해.'

내일이면 내 코드가 남아 있는 것을 보고 다시 연락해 올지도 모른다. 그렇지만 혹시 몰라서 아빠와 가웨인에게 란슬롯과 연락이 되면 알려 달라고 부탁했다.

하지만 다음 날에도 란슬롯과 연락이 되지 않았다. 알렉시아가 불안에 떠는 내게 말했다.

"긴한 용무가 있어 연락이 어려우신 걸지도 모릅니다."

"하지만 아빠와도 연락이 안 된다고 하는걸! 호위들은? 마부는 뭐래?"

"……어젯밤엔 숙소로 돌아오지 않으셨다고 들었습니다."

"아무래도 이상해. 벌써 대낮이야. 세 시라고!"

나는 알렉시아에게 카트린의 통신석 코드를 알아 오라고 지시했다. 알렉시아는 황도의 정보부에게 연락해 카트린의 코드를 알아 왔는데, 카트린과도 전혀 연락이 되지 않았다.

'카트린이 샷된 자가 된 게 아닐까. 그래서 란슬롯이 그녀를 막아내다가…….'

하지만 그렇다면 '그것'이 발동했을 텐데.

자꾸만 끔찍한 상상이 머릿속을 어지럽혔다.

*　　*　　*

카트린의 유모로 일한 아탈란의 수족, 오르가는 호텔 방에 늘어진 남자를 지그시 응시했다.

"물러나라."

그녀가 쓰러진 남자의 주위를 맴돌고 있는 검은 덩어리에게 외쳤다. 그러자 검은 덩어리가 기괴하리만큼 날카로운 이빨을 드러냈다.

"키에엑—!"

"물러나!"

오르가가 수정구를 들이밀자 검은 덩어리가 주춤, 물러섰다. 이 윽고 덩어리는 오물 같은 검은 액체로 변모해 사라졌다.

어젯밤, 그녀는 검은 성식이 사라졌다는 것을 알아차렸다. 그것을 빼낼 만한 이는 카트린 르마르 하나뿐. 즉시 카트린을 추적했고, 란슬롯 프렌시프가 그녀에게 검은 성식에 관해 묻는 것을 보았다.

'카트린 르마르가 생떼를 써서 주변의 기사들을 물려 놨기에 다행이지.'

그렇지 않았다면 란슬롯 프렌시프를 잡을 수 없었을 것이다. 오르가는 품 안에서 통신석을 꺼냈다.

"접니다."

[란슬롯 프렌시프는.]

"명하신 대로 잡아 놓았습니다. 어찌할까요."

[빌어먹을! 빌어먹을! 일이 이리 갑자기 틀어져서……!]

통신석 속의 남자는 잔뜩 흥분한 기색이었다. 오르가가 쓰러진 란슬롯을 흘깃 쳐다보았다.

"처리해야 합니다."

[프렌시프의 후계를 죽이자는 말이냐? 노인네가 어찌 나올지 알고!]

"하지만 살려 보내는 게 더 위험하지 않겠습니까."

[…….]

"저와 사제들만으로는 처리할 수 없었기에 삿된 자들까지 불러들였습니다."

란슬롯 프렌시프가 삿된 자를 목격했다. 이 영리한 자라면 아탈란의 계획을 쉽게 알아차릴 터. 지금에 와서 일을 그르치느니 차라리 처리하는 게 낫다.

[시체는 제대로 처리할 수 있겠느냐.]

"어둠을 틈타 처리할 것이니 염려 마십시오."

[……카트린 르마르는?]

오르가가 침대 맡에서 오들오들 떨고 있는 카트린을 흘끔 쳐다보았다.

"억류하여 검은 성식에 중독시키겠습니다. 이번 주 내로 삿된 자로 만들어 지부에 인계하지요."

[실수가 없어야 할 것이다.]

"예."

통신을 종료한 오르가는 쓰러진 란슬롯에게 다가갔다. 카트린이 발작하듯 소리쳤다.

"공자님께 무슨 짓을 하려는 거야……?"

"들으신 대로지요."

"유, 유모!"

오르가는 새파랗게 질린 카트린을 보며 히죽 웃었다.

"하루라도 더 명줄을 붙들어 놓고 싶으시다면 침묵하십시오."

"나, 나는 살려 주는 거야? 삿된 자로 만들겠다는 건 무슨 소리ー"

오르가가 피에 젖은 머리칼을 쓸어 올리며 후ー, 하고 짙은 한숨을 내쉬었다. 카트린에게 성큼성큼 다가간 오르가는 그녀의 멱살을 쥐고 몸을 일으켰다.

"유, 유모, 컥!"

짝! 뺨에 불이 붙은 것만 같았다. 태어나 한 번도 맞아 본 적 없었다. 아버님, 어머님에게도. 카트린은 충혈된 눈으로 시퍼런 안광을 뿜어내는 오르가를 보고 어깨를 발발 떨었다.

"입 닥치라지 않았니."

"……흑, 흐윽."

카트린은 엉망이 된 손으로 입을 틀어막았다. 오르가가 카트린을 내던졌다. 쿵! 침대 모서리에 등을 찍힌 카트린은 몸을 동그랗게 말고 신음했다.

"왜 네 멋대로 성식을 가져간 거야. 네가 섣불리 움직이지만 않았어도 프렌시프의 후계가 죽는 일은 없었잖아."

그때 검은 로브를 쓴 남자가 방안으로 들어왔다.

"르마르 가의 기사와 시중인은 모두 처리했습니다."

"호텔을 은밀히 빠져나갈 루트는."

"찾았습니다."

"란슬롯 프렌시프를 옮겨라."

검은 로브의 사내가 란슬롯을 둘러맸다. 오르가는 카트린에게서 통신석을 빼앗고 그녀가 있는 방의 문을 단단히 걸어 잠갔다. 두려움에 떠는 카트린은 어떤 반항도 하지 못하고 그대로 방 안에 갇혔다.

아카데미 근처 숲. 검은 로브의 사내가 나무 기둥에 그를 던져 놓자 오르가는 그의 주변에 기름을 뿌렸다.

"정말로 이리 처리해도 되겠습니까."

검은 로브의 사내는 찝찝하다는 표정이었다.

"무엇이 문제란 말이냐."

"근처에 성녀가 있지 않습니까."

"그러니 이곳에서 죽이는 것이지. 세간엔 성녀가 후계 자리가 탐나 제 오라비를 죽였다고 알려질 것이다."

"프렌시프 일가가 그것을 믿을는지요."

오르가가 입꼬리를 바짝 올렸다.

"처음에야 믿지 않을 수도 있겠지."

하지만 사소한 논쟁이라도 오가면 다를 것이다. 그것이 균열을 만들어 불신을 심어 줄 테니까. 정말로 세니아나가 란슬롯을 죽인 게 아닐까, 하고.

"사람은 믿는 것보다 불신하는 것을 더 잘하는 생물이거든."

성냥을 갑에 밀자 화르륵 불이 붙었다. 오르가는 빙그레 웃으며 성냥을 던졌다.

"다음 생엔 이런 개죽음은 당하지 않기를 우리의 신, 아탈란께 빌겠습니다."

— 하고 말하며.

"멀린!"

등 뒤에서 비명 같은 고함이 들려왔다. 오르가와 검은 로브의 사내가 황급히 고개를 돌렸다. 순간 눈앞이 새하얗게 변할 정도로 강렬한 빛이 사방을 뒤덮었다.

오르가가 눈을 찡그렸을 때였다. 쿵! 커다란 소음과 함께 천지가 요동치며 "크르릉—!" 거대한 사자가 하늘을 찢어발길 듯 날카롭게 포효했다. 툭, 투둑, 툭. 머리 위에서 하나둘 빗방울이 떨어지는가

싶더니 이내 하늘에 구멍이라도 뚫린 듯 세찬 비가 쏟아지기 시작
했다.

"이런! 형제님!"

검은 로브의 사내가 란슬롯을 가리키며 소리쳤다. 오르가가 재
빨리 고개를 돌렸다. 옷깃을 태우던 불씨가 순식간에 사그라졌다.

"오빠!"

오르가는 새파랗게 질린 얼굴로 세니아나를 쳐다봤다.

'저 계집애가 여길 어떻게 — !'

오르가와 검은 로브의 사내가 자리를 피하기 위해 몸을 움직였
다. 크르릉! 멀린이 그들을 막아서며 위협하듯 우짖었다.

'삿된 자들을 다시 불러들여야 한다.'

사람의 힘으로는 성수를 물리칠 수 없다. 게다가 세니아나의 성수
인 백사자는 성수들 중 가장 강력한 공격력을 가지고 있었다. 아탈
란의 신관이었던 미아(세니아나의 모친)의 성수였기에, 그의 힘이 얼마
나 강대한지 잘 알고 있었다. 삿된 자가 아니고서는 상대할 수 없다.

"형제님."

검은 로브의 사내가 오르가에게 눈짓했다. 오르가가 삿된 자들
을 불러들이기 위해 수정구에 손을 올렸을 때였다.

"움직이지 마라."

멀린의 뒤에서 도미니크가 걸어 나왔다.

'조율자!'

"제기랄⋯⋯."

조율자가 있는 한 삿된 자들은 불러들일 수 없다. 공격하기는커

녕, 까딱 잘못하다간 삿된 자가 도미니크의 수중에 떨어질 수도 있었다. 성수가 푸른 빛에 휩싸여 사라지더니 등 뒤에서 다시 나타났다. 앞은 도미니크, 뒤는 성수. 도망칠 곳이 없다.

"오빠! 란슬롯!"

나는 축 늘어진 란슬롯을 흔들었다.

"오빠, 오—"

그의 긴 속눈썹이 미약하게 떨려왔다.

"정신 드세요?"

"그……래."

희게 질린 입술 사이에서 쉰 소리가 흘러나왔다. 란슬롯이 희미하게 웃었다.

"괜찮아요? 괜찮은 거예요?"

손발이 벌벌 떨리고 자꾸만 눈물이 솟구쳤다. 란슬롯이 죽었을지도 모른다고 생각하자 온몸의 피가 차게 식는 기분이었다.

"괜찮아."

하나도 안 괜찮아 보이는데, 내가 염려할까 봐 애써 웃는다. 나는 입술을 꾹 깨물고 벌떡 일어나서 아탈란의 수족들에게 성큼성큼 걸어갔다. 중년의 여성이 입매를 비틀며 말했다.

"겁이 없으십니다, 성녀님."

"네가 우리 오빠를 이렇게 만들었어?"

"모든 일은 신이 안배하신 것이지요. 섭리가 그리 흘렀을 뿐—"

짝! 뺨을 내리친 나는 그녀를 노려보았다.

"사람을 죽이려고 한 주제에 섭리라고."

"……."

"그럼 오늘 너희가 내 손에 죽는 것도 섭리겠군."

검은 로브의 사내는 움찔, 뒷걸음질 쳤고 중년의 여자는 이를 악물었다.

"제 뒤에 누가 있는 줄 아시고 이리 무례하게 나오실까요." .

"아탈란의 신 따위 하나도 무섭지 않아."

내 입에서 '아탈란'이라는 말이 나오자 여자의 얼굴이 딱딱하게 굳어졌다.

"어떻게 당신이 —"

"너나 내 뒤에 있는 사람을 두려워해야 할 거야."

"인간은 신의 피조물일 뿐. 신의 품 안에 있는 제가 누구를 두려워한단 말입니까."

"나다."

쿵, 쿵, 쿵! 구둣발 소리와 함께 기사들이 우르르 몰려나와 주변을 에워쌌다. 그리고 그 사이에서 나온 인물은 —

"할아버지."

할아버지는 싸늘한 얼굴로 중년의 여자와 검은 로브의 사내를 쳐다보았다. 검은 로브의 사내가 겁을 집어먹은 채 "오르가 님……." 하며 중년의 여자를 불렀다. 할아버지는 성큼성큼 걸어 여자, 아니, 오르가에게 다가갔다.

"내 성에 쥐새끼를 숨겨 놓질 않나, 내 손녀는 납치하려 하질 않나 —"

"……."

"후계를 죽이려고 하질 않나."

"……."

"이리 방자하게 구니 늙은이가 쉬지를 못하지 않으냐. 칼립스!"

비상군의 대장 칼립스가 발을 구르자 프렌시프의 기사들이 그녀와 검은 로브의 사내에게 검을 겨누었다. 나는 할아버지에게 달려가서 물었다.

"죽이실 건가요."

"너는 신경 쓰지 마라. 이 일은 할애비가 —"

"안 돼요."

나는 할아버지의 팔을 얼른 붙잡았다. 그러자 바커스와 고레일이 곤란한 표정으로 말했다.

"아가씨의 상냥함은 잘 알고 있지만, 부디 이번 일은 지나치시기를 바랍니다."

"예, 그렇습니다. 프렌시프의 혈족을 공격한 것은 전쟁의 효시입니다. 피하는 건 프렌시프의 명예에 —"

아니, 그게 아니라!

"쉽게 죽이면 안 된다고!"

"……뭐라?"

할아버지가 눈을 홉뜨고 물었다.

"그러니까 죽는 것보다 더 괴로워야 한다는 말이에요."

나는 오르가를 노려보며 음산히 중얼거렸고, 알렉시아에게 부축을 받던 란슬롯이 픽 실소를 흘렸다. 할아버지는 얼빠진 얼굴로 나를 가만히 보다가 이내 으하하! 웃음을 터뜨렸다.

"과연 내 손녀다."

"……."

"네 말대로 절대 쉬이 죽이지 않을 테니 안심하여라."

어느 정도 상황을 정리한 후 호텔로 왔다. 나는 란슬롯의 옆에 딱 붙어서 그에게 미음을 먹였다.

"입맛 없어도 드세요? 약 드시기 전엔 속에 뭐라도 채워 두는 게 좋아요."

"그래."

란슬롯은 빙그레 웃으며 내 머리를 두드렸다. 내가 그를 구하러 가기 전에 포털로 이동시킨 할아버지와 아빠, 가웨인은 내내 진지한 대화를 나누고 있었다.

"르마르 가의 유모였던 여자와 로브를 입은 놈이 사라진 후 형이 모습을 드러내면 우리 쪽에서 저들을 처리한 걸 아탈란이 알게 될 텐데요."

"그러니 미끼가 필요하지. 우리가 전쟁을 벌이려는 상대는 대외적으론 르마르여야 한다."

"군이 미끼가 필요합니까. 지금 당장이라도 쓸어 버리지요."

"르마르 공작가와 내 성에도 숨어든 놈이다. 황제의 형제인 올리비에 폐공작까지 이용해 먹은 놈들이니 쉽사리 움직이는 건 멍청한 짓이다."

"이번엔 어르신의 말씀이 맞으니 자중해라."

란슬롯은 미음을 먹는 내내 가족들의 대화를 경청하고 있었다.

"한 입만 더요."

"이제 괜찮아."

"안 괜찮아요! 한 번만요. 네? 오빠……."

내가 간절한 표정으로 그를 보자 란슬롯이 빙그레 웃으며 입을 벌렸다.

"아이, 잘한다! 한 번 더요."

"아."

"자, 또 한 번."

열심히 죽을 먹이느라 몰랐는데, 어느새 내게 시선이 집중되어 있었다. 할아버지가 "어흐흠." 헛기침하며 말했다.

"나도 약 먹을 시간이 됐는데 말이지."

그러자 아빠가 미간을 좁히며 말했다.

"어르신이 무슨 약을 잡수신다는 겁니까."

"나도 약 먹어! 그렇지, 세니아나?"

'음, 드시기야 하지.'

혈압약. 나는 대충 고개를 끄덕이며 란슬롯에게 한 번 더 죽을 먹였다.

"옳지, 잘하셨어요. 이제 딱 한 스푼 남았으니까 이것만 마저 드세요?"

가웨인이 눈살을 찌푸리며 말했다.

"꾀병 아니야?"

스푼으로 그릇을 싹싹 긁어서 한 스푼을 가득 모으던 나는 가웨인을 새초롬히 노려봤다.

"이렇게 다쳤는데 무슨 꾀병이에요. 작은오빠, 나빠요."

"아니, 죽기 직전에 맞춰서 신호를 보낸 것도 그렇고……."

"그건 팔찌 때문이거든요!"

나는 인상을 쓰고 란슬롯의 손을 들었다.

"팔찌? 그거……."

"네, 콜린 백작이 졸업시험 2차 심사자로 왔을 때 영지에서 가져왔던 팔찌요."

"그게 왜 형 손에 있는 거지?"

"원래 제가 쓰려고 큰오빠에게 가져다 달라고 했어요."

카트린이 란슬롯에게 홀딱 빠진 걸 몰랐을 때. 나를 원망해서 스위트피에게 무슨 짓이라도 할까 봐 염려되었다. 그래서 스위트피에게 차고 있으라고 하려 했는데, 일이 바뀌며 란슬롯에게 채웠다.

이 팔찌형 마도구는 누를 때마다 위치를 신호로 잡아서 영지로 전송한다. 그래서 이동 경로와 현재 위치를 잡을 수 있었다. 란슬롯이 아카데미 근처 숲으로 이동하며 정신을 차리고 버튼을 누른 덕에 위치를 알 수 있었다.

"잔머리는 확실히 프렌시프의 혈족 답네."

가웨인이 씩 웃으며 내 머리를 쓰다듬었다. 칭찬인지 아닌지 모를 말에 난 입을 부루퉁 내밀었다.

'아차차.'

마지막 미음! 나는 식기 전에 미음을 란슬롯의 입에 넣어 주고, 약을 손에 쥐어 주었다.

"드세요."

"이런 대접이라면 다칠 만한걸."

"그런 말씀 마세요!"

난 심장이 떨어지는 줄 알았다. 란슬롯의 로브에 불이 붙는 걸 봤을 땐 무슨 정신이었는지도 모르겠다. 살려야 한다는 생각만 들어서 냅다 멀린만 불렀다.

'멀린이 현명하게 공중으로 바닷물을 이동시켜서 다행이지.'

성수가 어떤 능력이 있는지도 모르고 위험하면 멀린만 찾다니. 이 기회에 멀린과 테디가 어떤 능력을 가졌는지 자세히 얘기를 들어 봐야겠다.

난 란슬롯이 약을 먹는 걸 확인하고 이불을 가슴까지 올려 주었다.

"쉬세요."

"우리 막내도 쉬어야 할 텐데. 얼굴이 새하얘."

본인이 훨씬 많이 다쳤으면서 내 생각을 먼저 하는 게 마음 아프고 고맙다.

"오빠⋯⋯. 죄송해요."

"네가 죄송할 게 뭐가 있을까."

란슬롯은 고민하는 척 허공을 보다가 날 보고 고개를 갸웃 기울였다.

"아무리 생각해도 모르겠는걸."

"제가 카트린을 만나 달라고 부탁하는 바람에—"

"기뻤어."

"네?"

"네가 의지해 주는 건 언제나 기쁜 일이야."

"……."

"네가 날 죽이라고 지시한 게 아니니 사과할 필요가 없지."

"오빠……."

"어제 일은 그저 사고야. 피하지 못한 나도 나빠."

피하지 않은 거면서.

나는 오빠의 속내를 알고 있다. 팔찌를 가지고 있으니 위험 신호를 보내면 내가 포털로 이동시켜 줄 텐데, 란슬롯은 그러지 않았다. 일부러 저들에게서 도망치지 않은 것이다. 아탈란의 수족을 수중에 넣기 위해서.

'매번 빚만 지는 것 같아.'

마음의 빚을 어떻게 해야 갚을 수 있을까. 난 한숨을 내쉬며 그의 어깨를 축 늘어뜨렸다.

"맞아. 사고를 피하지 못한 형이 나쁘다고."

"그래."

"그러니 마음 쓰지 마라."

"세니아나, 넌 잘못한 게 없어."

"사과는 그만하려무나."

아빠와 할아버지, 가웨인이 입을 모아서 말하는 바람에 난 기가 막혔다. 생각해 보니 이들은 나처럼 마음 졸인 건 아닌 것 같다. 란슬롯이 없어졌을 때도 굉장히 이성적이었다. 감정에 치우치지 않고, 조사를 명했을 뿐.

'그러고 보니까 이상하다.'

가족이 납치당했을지도 모르는데 어떻게 침착할 수 있을까.

"할아버지랑 아빠, 그리고 작은오빠는요……."

그들이 무슨 일이냐는 듯 나를 쳐다보았다.

"어떻게 매사 그리 침착하실 수 있으세요?"

"더한 일도 숱하게 겪으니까."

아빠의 말에 할아버지가 고개를 끄덕였다.

"이 위치에 오르기 위해선 포기해야 하는 것들도 있지."

"어떤 것들이요?"

"감정 같은."

가웨인과 란슬롯도 고개를 끄덕여서 난 가족들이 정말로 대단해 보였다. 이렇게 무서운 일은 어떻게 아무렇지 않다고 생각할까. 지금까지 이만한 일을 숱하게 겪었다니 정말로 대단하다.

"힘드셨겠어요. 대단하시고…… 음, 저는 그렇게 못할 것 같아요."

"그러지 않아도 돼."

"그래."

난 희미하게 웃으며 고개를 끄덕였다.

"잠깐 계세요. 저는 저하께 다녀올게요."

"네가 왜!"

가웨인이 버럭 소리쳐서 난 눈을 동그랗게 떴다.

"도와주셨잖아요. 아마 아탈란의 수족들이 삿된 자를 풀지 못한 건 저하 때문일걸요?"

"그건……!"

"감사 인사를 드려야 해요."

"……."

난 "다녀올게요." 하고 말한 뒤 종종걸음으로 호텔 복도를 걸었다. 계단을 걷고 있는데 지나가는 사람들이 떠드는 소리가 들려왔다.

"하여간에 사기꾼들이란."

"그런 비상한 머리를 가졌으면 뭘 해도 될 텐데 왜 하필 사기를 친담."

"그러게 말이에요."

"뭔데요? 무슨 일 있었나요?"

"요새 통신 사기꾼들이 기승을 부린다잖아요."

통신 사기꾼? 나는 걸음을 멈추고 대화를 나누는 사람들을 힐끔 쳐다보았다.

"호텔에서 묵는 귀족들을 노리는 사기꾼들이래요."

"호텔 로얄층에는 통신석이 비치되어 있잖아요?"

"그렇죠."

"아! 통신을 걸어서 '내가 네 자식을 데리고 있다. 돌려받고 싶으면 지시한 곳에 금을 보내라' 하고 말하는 사기꾼들 말이죠?"

젊은 여자는 들어 봤다면서 고개를 끄덕였다.

"요새는 한 단계 더 발전한 모양이더라고요."

"호텔 통신석은 음질이 안 좋잖아요. 목소리를 구분하기 힘들고, 끊겨서 들리니까 그걸 이용해서 '나야 나!' 하며 사기를 친대요."

"세상에!"

들던 나도 놀라서 눈을 동그랗게 떴다. 이상한 사람들이 참 많다.

'그런 사기, 윤세나의 세계에도 많았는데.'

보이스 피싱 말이다. 난 고개를 절레절레 저으며 다시 걸음을 재촉했다.

＊　　　＊　　　＊

"뭐 하느라 이렇게 안 오는 거야."

가웨인이 인상을 찌푸리며 창밖을 노려보았다. 도미니크를 만나러 간 세니아나가 두 시간이 되도록 돌아오지 않는다. 나베리우스와 아서의 심기도 불편했다. 참다못한 나베리우스는 세니아나를 찾으러 가겠다며 방을 나섰다. 그때 뚜르르― 방에 비치된 통신석이 울리기 시작했다.

'세니아나인가.'

나베리우스가 얼른 통신석을 연결했다.

[나야 나!]

한참 통신석에서 나오는 목소리와 대화하던 나베리우스가 통신석을 내던지고 벌떡 일어났다. 쾅! 아서와 가웨인, 란슬롯이 모인 방문을 연 그가 새파래진 얼굴로 소리쳤다.

"돈! 돈을 보내야 한다!"

나베리우스의 당황한 얼굴을 보고 아서는 미간을 좁혔다.

"난데없이 무슨 돈을 말씀하시는 겁니까."

"세니아나가 사고를 냈단다."

그러자 가웨인이 "사고라고요?!" 하고 소리쳤다. 침대 헤드에 기대있던 란슬롯도 반쯤 몸을 일으켰다.

"당장 돈을 가져오지 않으면 잡혀간다더군! 이 지역 감찰관이……
그래, 렌달이로군. 어서 그자에게 연락해라."

나베리우스는 이마를 짚으며 이어 말했다.

"헌병 대장과 이 지역의 영주인 코티아르 백작에게도."

"헌병 대장에게까지요?!"

"사람을 죽였다더군."

"성수가 말입니까."

"아무래 ─ 에잇! 가타부타 물을 것 없이 바로 연락해라. 아니지,
차라리 황궁에 연락을 해야겠다!"

나베리우스는 "내가 황제를 직접 만나겠다고 전해라!" 하며 펄펄
뛰었다. 아서는 긴가민가한 표정이었고, 란슬롯은 다급한 나베리우
스와 가웨인을 지그시 쳐다보았다.

"잠깐, 가웨인."

"형은 가만히 있어. 이번 일은 내가 처리할 테니까."

"어떻게 처리한다는 거야."

"일단 시체부터 처리해야지."

가웨인과 나베리우스가 뛰쳐나갔다. 아서는 가만히 손끝으로 테
이블을 두드리다 통신석을 꺼냈다. 세니아나에게 통신을 연결했지
만, 연락이 닿지 않았다.

"나가 봐야겠군."

아서마저 나베리우스의 뒤를 쫓아 방을 나섰다. 홀로 남아 있던
란슬롯은 열린 방문을 흘깃 쳐다보았다.

'아무래도 이거 그것 같은데.'

근래 기승을 부린다는 좀벌레들 말이다. 사기꾼들이 호텔에 비치된 통신석에 마구잡이로 연락해서는 사고를 쳤으니 어서 돈을 보내 달라고 혼을 쏙 빼놓는다고 했다. 란슬롯은 협탁에 놓인 제 통신석을 향해 손을 뻗다가 공중에서 우뚝 멈추었다.

　'굳이 조부님과 가웨인만 좋은 일을 해 줄 필요는 없지.'

　이득이 있는 것도 아니니.

　란슬롯이 입꼬리를 끌어당겼다.

＊　　　＊　　　＊

　도미니크에게 감사 인사를 한 후, 난 기숙사에 들렀다.

　"코트가…… 아, 짐가방에 있구나."

　란슬롯의 신호를 받자마자 정신없이 나선 덕에 얇은 실내용 드레스만 달랑 입은 채였다. 이제 가을이 지나고 초겨울에 접어들었다. 새벽엔 입김까지 뽀얗게 나올 정도라서 몸이 으슬으슬하다. 코트를 찾기 위해 짐가방을 풀다가 한숨을 푹 내쉬었다.

　'너무 일찍 정리했나 봐.'

　곧 졸업이라 일찌감치 정리했는데, 너무 서두른 모양이다. 짐 속에서 코트를 찾는다고 시간을 꽤 잡아먹어 버렸다. 난 얼른 외투를 두르고 기숙사를 나섰다. 포털로 이동할까 하다가 아카데미 앞 가판대에서 파는 병아리콩 수프가 떠올랐다.

　엄청나게 맛있다고 다들 호평이던데.

　'란슬롯에게 사다 줘야지.'

걸어서 아카데미를 나섰다. 그런데 길거리에 평소 보지 못한 제복의 사람들이 잔뜩 있었다.

"헌병대가 무슨 일로 이렇게 많이 모였을까요?"

"뭔가를 찾는다던데."

"살인 사건이라도 난 게 아닐까요?"

"모르긴 몰라도 큰일인 모양이야."

헌병대라고?

'대체 무슨 일이람.'

나는 고개를 갸웃하고 병아리콩 수프를 파는 노점상으로 갔다.

"저, 수프를 사려고 하는데요."

"장사 끝났소."

"벌써요?"

아직 해도 안 떨어졌다.

"살인범이 숨어 있다는데 무서워서 어디 장사하겠소? 아가씨도 괜히 어슬렁거리다가 위험한 일 당하지 말고 어서 들어가시오."

수프 장수는 어깨를 부르르 떨며 가판대를 정리했다. 나는 소득 없이 노점을 벗어나서 호텔 안으로 들어갔다. 그런데 호텔 안도 혼잡스러웠다. 웬 자루를 둘러맨 자들이 속속들이 로비로 모이고 있었다.

"그쪽도 그분께 연락을 받고 온 거요?"

"예, 하면 그쪽도……?"

"돈 있는 졸부들은 모두 불러모았다던데."

"당장 현금을 가져오라고 하시니…… 이게 강탈이 아니면 뭡니까."

"돈을 약탈하는 분은 아니셨는데……."

"역시 귀족 나리들 속은 모르는가 봅니다. 괜히 악당 위에 어르신 있다는 소리가 있는 게 아니었어요."

'어르신이라고?'

우리 할아버지 말고 어르신이라고 불리는 사람이 또 있나 보다. 그 어른은 정말 나쁜 사람이네. 남들 돈을 강탈하고. 나는 고개를 절레절레 저으며 계단을 올라갔다. 아니, 올라가려고 했다.

"찾았습니다!"

누군가 외치자 헌병대가 우르르 몰려와 나를 포위했다. 나는 화들짝 놀라서 뒷걸음질 쳤다.

'뭔데, 무슨 일인데!'

헌병대라면 한국으로 따지면 경찰 아닌가. 나는 일생 경찰에 둘러싸인 적이 없었다. 굳이 따지면 경찰보다는 조폭이나 사채업자 쪽이 익숙한 인생이었다. 처음 겪는 일에 덜컥 겁이 났다. 어깨를 바짝 움츠린 채 굳어져 있으니, 나를 포위한 헌병들 사이로 꽤 직급이 높아 보이는 사내가 걸어 나왔다.

"녹색 머리, 붉은 눈이라. 맞군."

"무, 무슨 일로 저를……."

엄청나게 무섭게 생겨서 정말로 겁이 났다. 그가 내게 바짝 다가와서 속삭였다.

"사람을 죽였다고."

"네 — ?!"

내가 왜 사람을 죽인단 말인가!

'오르가는 죽이고 싶다고 생각하긴 했지만, 그건 그냥 관용적 의미였는데…….'

그것도 죄가 되는 건가요? 하지만 그쪽이 먼저 내 가족을 죽이려고 했는데요.

처음 겪는 일이 두려워서 눈이 팽팽 돌아가는 것 같았다. 이성적으로 생각하기 힘들어서 나는 마른침을 꼴깍 삼켰다.

'치, 침착해야 해.'

마른 침을 꼴깍 삼킨 나는 눈에 힘을 주었다.

"저는 사람을 죽인 적이 —"

"모시겠습니다."

"으엉? 아니, 네?"

"어르신의 명을 받고 왔으니 안심하십시오. 시체는 깔끔하게 처리하겠습니다. 아무런 일이 없었던 듯 사실 수 있으니 염려 마십시오."

"……예?"

그게 무슨 말이람.

'그래도 되는 건가요?'

난 눈을 도르륵 굴렸고, 사내는 인자하게 웃으며 고개를 끄덕였다.

"……?"

"이제 사고를 낸 곳으로 안내해 주시지요."

"저는 사고를 낸 적이 없는데요?"

"사람을 죽였다고 호텔로 연락하셨다지 않았습니까?"

"아니요?"

"예?"

"아니라니까요?"

나와 사내는 눈을 끔뻑거리며 서로를 쳐다보았다.

'이거 설마……'

난 한숨을 푹 내쉬고 허리를 짚었다.

"할아버지는 어디 계시나요?"

"그게, 헉!"

사내는 그제야 상황을 파악한 듯 눈을 동그랗게 떴다.

"저는 방에 올라가 있어도 되겠지요?"

"그……! 예, 예! 그럼요!"

사내가 지나가라는 듯 몸을 틀어서 난 터덜터덜 계단을 올라갔다. 뒤에서 "이 등신들! 이거 그거잖아!" 하고 소리치는 사내의 목소리가 들려왔다.

"아앗 ― !"

"뻘짓만 했군. 어떤 놈이 어르신의 연락을 받은 거야! 제대로 상황을 들었어야지!"

"연락받은 분이 헌병 대장님이셔서……"

"빌어먹을! 창피만 당하게 생겼군. 헌병대가 사기에 놀아나다니! 당장 아랫놈들 입단속부터 시켜!"

헌병대의 소란스러운 소리에 난 자꾸만 한숨이 나왔다. 호텔 방으로 올라가 있자 얼마 지나지 않아 벌컥! 문이 열렸다.

"세니아나야!"

"세니아나!"

"세니안."

할아버지와 가웨인, 아빠가 순서대로 방에 들어왔다. 할아버지는 다급히 내 어깨를 잡고 물었다.

"괜찮아, 괜찮다. 이 할애비가 아무런 일 없었던 것처럼 살게 할 것이다. 나를 믿어라."

"……제가 통신을 연락해서 뭐라고 하던가요?"

"뭐?"

할아버지가 미간을 좁히며 말했다.

"사람을 죽였다고 하지 않았느냐."

"그러니까 돈을 내놓으라고 했지요?"

"그래."

"할아버지."

"그래."

"당하셨어요."

내 말에 할아버지와 가웨인이 이해할 수 없다는 듯 인상을 찌푸렸다.

"사기라고요. 요새 유행하는 통신 사기예요."

"……뭐라?"

할아버지와 가웨인은 얼이 빠졌다. 방에선 침묵이 감돌았다. 나는 붉어진 얼굴의 할아버지를 보다가 허탈한 표정의 가웨인에게 시선을 옮겼다.

"대체 왜 헌병대에게…… 설마 다른 곳에도 연락하셨어요?"

"……."

"……."

두 사람은 말이 없었다. 란슬롯이 픽 실소를 흘리며 중얼거렸다.

"다행히 황궁엔 아직 연락이 가지 않았어."

"황궁에도요!"

내가 정말로 사람을 죽인 게 아니라 천만다행이다.

'제국이 들썩일 뻔했어.'

권력자 할아버지는 무척 무서운 존재라는 것을 다시 아로새겼다. 조심해야지.

난 고개를 절레절레 저었다.

"돈은 보내셨어요?"

"아직……."

"다행이네요. 돈까지 잃지는 않아서."

그러자 아빠가 "체면을 잃었지." 하고 신랄하게 중얼거렸다. 할아버지가 아빠를 홱 노려보았다.

"네놈도 나서긴 하지 않았느냐."

"세니안과 연락이 안 되니까요. 연락을 취한 다음 움직이려 했습니다. 만에 하나라는 게 있으니."

"……능구렁이 같은 놈이."

"로비에 있는 자들은 어찌하실 겁니까."

로비에 있는 사람들?

나는 의아한 표정으로 아빠를 쳐다보았다.

"협박까지 해서 현금을 모으시지 않았습니까."

"협박이요?"

나는 깜짝 놀라서 펄쩍 뛰었다. 설마 악당 위에 있다는 어르신이 우리 할아버지였던 건가!

"어떻게 해요! 얼른 돌려보내세요."

"……."

"정말로 빼앗으려고 하신 건 아니시죠?"

"……."

"……할아버지?"

"아니, 영지나 황도 저택에서 현금이 도착할 때까지 기다릴 수 없어서……."

"그래서 빼앗으려고 하신 거예요?"

"……."

나는 호텔 로비로 연락해서 돈을 가져온 사람들을 방안으로 불러모았다. 돈 자루를 짊어진 이들이 희게 질린 표정으로 마른 침을 삼켰다.

"가, 가져왔습니다, 어르신."

"필요한 만큼 쓰시고 또 필요하시면 언제든지 ―"

"예, 예."

나는 할아버지의 허리를 쿡 찔렀다. 할아버지는 커흠, 헛기침을 하며 그들을 쳐다보았다.

"돈은 다시 가져가도 좋다."

나는 사람들이 다행이라고 생각할 줄 알았는데, 사람들의 얼굴은 이전보다 더 안 좋아졌다. 낯빛이 쑥색이 되어 벌벌 떨기 시작하더니 갑자기 통신석을 들고 소리치기 시작했다.

"당장 있는 대로 현금을 전부 가져와라!"

"이걸로는 부족하다신다. 어서!"

"전 재산이라도 가져와!"

난 당황해서 할아버지를 보았고, 할아버지는 왈칵 인상을 쓰며 말했다.

"됐다니까!"

그렇게 말하니 이번엔 얼굴이 거무죽죽해져서 "저택을 팔아서 현금을 만들어라!" 하고 통신석에 소리쳤다.

'할아버지는…… 지금까지 어떤 인생을 사신 걸까…….'

눈을 가늘게 뜨고 할아버지를 쳐다보았다.

"오해다."

할아버지가 당황스러운 어조로 말했다. 난 겁을 잔뜩 집어먹은 사람들을 진정시켰다. 그제야 사람들은 정말로 돌아가도 좋다는 뜻이었다는 걸 알고 어리둥절한 표정을 지었다.

"……하면 돈은 왜 가져오라고 하신 거지?"

누군가 중얼거리자 다른 사람이 "아하!" 하며 소리쳤다.

"충성도 시험이었군요!"

"아아—!"

사람들은 껄껄 웃다가 손바닥을 비볐다.

"저희는 어르신의 명이라면 언제든 전 재산을 헌납할 각오가 되어 있습니다."

"그럼요, 그럼요."

"언제라도 불러 주십시오."

그러더니 할아버지에게 무릎을 꿇고 "영원한 프렌시프의 종으로 살겠나이다, 어르신!" 하며 사극을 방불케 하는 연출을 했다. 그들을 돌려보내고 나니 다른 문제가 있었다.

'헌병대는 어떻게 한담.'

현금 부자들로 경험한 것으로 볼 때 무서워서라도 소문을 퍼뜨리진 않겠지만……. 걱정이 되기는 했다. 그런데 기우에 불과한 모양이었다. 졸부들이 나서자마자 이 지역 헌병대를 총괄한다는 사람이 헐레벌떡 들이닥쳤다.

"어, 어르신!"

─하며 납작 엎드린 그가 절절 사정했다.

"이런 저속한 사기는 헌병 대장님께까지 소식이 올라가지 않습니다. 하여 앞뒤 상황을 파악하지 못한 것으로, 프렌시프의 평판을 망치기 위해 일부러 헌병대를 소집한 게 아닙니다."

우리가 변명하기도 전에 자신들이 먼저 변명하며 애걸복걸했다. 할아버지가 벌컥 성을 냈다.

"손녀 앞에서 창피를 당했다. 이 내가!"

그러자 남자의 안색이 새파래졌다.

"부, 부디 용서를!"

나는 그 광경을 보며 할아버지의 무서움을 아로새겼다.

'우와…….'

권력자는 본인이 실수해도 아랫사람이 싹싹 비는 거구나.

"당장 내게 사기를 친 놈들을 잡아 와라!"

"예, 예! 이미 동부를 발칵 뒤집어서라도 잡아 오라 명했습니다."

"오늘 내로!"

"헌병대 전원을 수색에 투입하겠습니다."

그 사기꾼이 누군지는 모르겠다만, 목이 계속 붙어 있을 것 같진 않았다.

사기 사건은 금세 마무리되었다. 헌병대가 총력을 기울인 수색이라 그런지 반나절도 지나지 않아 사기꾼이 체포되었다.

"아무튼 이상한 사기가 많으니까 조심하시는 게 좋겠어요."

내 말에 할아버지는 헛기침을 하며 고개를 돌렸다.

"내 원래 이리 사기에 당하는 사람이 아니다."

"하지만 오늘 일을 보니까 엄청 잘 당하시는 것 같은데……."

"매사 흥분이라는 걸 모르는 사람이다, 내가."

"잘하시던데……."

"……."

"아무튼 감사합니다."

할아버지와 가웨인이 나를 힐끔 쳐다보았다.

"제가 걱정되어서 그러신 거지요?"

"……뭐."

"지은 죄를 없던 것으로 만드는 건 안 되지만, 그래도 되게…… 의지가 되었어요."

나는 헤헤 웃으며 두 사람을 올려다보았다. 그러자 가웨인이 씩 웃으며 내 볼을 꼬집었다.

"그러니까 통신은 재깍재깍 받으란 말이야."

"으얼에오. 응에 이언 옴 아우이엉 앙 대가오?(그럴게요. 근데 이건 좀 놔주시면 안 될까요?)"

내가 웅얼웅얼 말하자 아빠가 가웨인의 손을 탁 쳐냈다. 난 조금 얼얼한 뺨을 문지르며 아빠의 뒤에 쏙 숨었다. 가웨인은 쿡쿡 웃고는 날 빤히 쳐다봤다.

"아직도 애 같아선."

"애 아니에요. 보통 제 나이 때 다들 결혼하잖아요?"

이 세계에선 말이다. 그러자 가족들의 표정이 굳어졌다.

"아직은 일러."

"애가 무슨 결혼을 한다고."

"그래."

"한 십 년쯤 뒤면 몰라도."

"십 년도 부족하지."

"맞습니다."

너무나 쿵짝이 잘 맞아서 난 '우리 가족이 이렇게 사이가 좋았나?' 하며 고개를 갸웃 기울였다. 그때 쿵쿵, 노크 소리가 들렸다.

"2황자께서 뵙기를 청하십니다."

2황자라면 도미니크다!

난 반가워서 한달음에 달려나갔다. 문을 열자 깔끔하게 차려입은 도미니크가 들어왔다.

"저하!"

도미니크가 나를 내려다보며 빙그레 미소지었다.

"무슨 일로 오셨어요?"

"폐하의 명을 전달하기 위해 왔습니다."

"그러셨군요. 아! 여기 앉으세요."

나는 그에게 소파를 내어 주며 방긋 웃었다.

"내 딸과 막역해 보이십니다."

아빠가 나를 끌어안으며 말했다. 그러자 도미니크가 아빠와 할아버지를 향해 허리를 깊이 숙였다.

"……!"

황자님이 이렇게 허리를 굽히셔도 되는 건가?

나는 당황해서 가족들을 쳐다보았다. 가족들의 표정이 딱딱하게 굳어 있었다.

'역시 안 되나 보다.'

도미니크는 그에 지나지 않고 입을 열었다.

"오랜만에 뵙습니다. 아버님."

침대에 누워 있던 란슬롯과 굳은 얼굴의 가웨인이 낮은 목소리로 중얼거렸다.

"미친놈이."

─하고.

'다 들리는데요.'

난 당황해서 우물쭈물 눈치만 보고 있었다.

'도미니크가 화를 내면 어쩌지.'

그런데 도미니크는 그저 빙그레 웃을 뿐이었다. 날 선 반응인 건 오히려 우리 가족이었다.

"황자님의 아버님은 황제 폐하시죠."

"낳아 준 사람만이 아버지인 것은 아니죠."

"저는 아니니 호칭 거두십시오."

두 사람을 힐끔힐끔 쳐다보던 나는 "아, 아차!" 하며 손바닥을 짝! 쳤다.

"벌써 식사 때네. 다들 식사 안 하셨지요?"

가족들은 대답이 없어서 나는 도미니크를 쳐다보았다.

"저하께선요?"

"저도 아직 식사 전입니다."

"그럼 같이할까요?"

나는 아빠의 소매를 흔들며 "네?" 하고 물었다.

"……."

"아빠……."

내가 눈썹을 늘어뜨리며 웅얼거리자 아빠는 어쩔 수 없다는 듯 미간을 좁혔다.

"가웨인."

"예, 아버님."

"식사를 내오라 연락해라."

가웨인이 못마땅한 표정으로 도미니크를 보더니 호텔 로비에 연락했다. 우리는 방에 딸린 다이닝룸으로 이동했다. 그리고 커다란 원형 식탁에 빙 둘러앉았는데, 내 양옆엔 할아버지와 아빠가 자리 잡았다.

얼마 지나지 않아 음식이 올라왔다. 간단한 수프가 먼저 나왔고, 그다음엔 여러 요리가 한꺼번에 식탁에 차려졌다. 나는 가장 먼저 무화과 베이컨말이를 내 접시에 집어 왔다. 길게 썬 버섯을 베이컨으로 둘둘 말아서 구운 뒤, 무화과 소스를 뿌린 요리였다. 나이프로 베어 내 소스를 듬뿍 찍어 입에 넣었다.

'맛있어!'

버섯은 향이 좋은 데다 꼬들꼬들 잘 구웠고, 베이컨은 바삭하며 짭짤한데 무화과 소스는 달콤한 편이라 균형이 잘 맞는다. 열심히 먹고 있자니 아빠가 내 접시 위에 베이컨말이를 하나 더 올려 두었다.

"많이 먹어라."

"네, 아빠도 많이 드세요."

나는 베이컨말이를 입에 쏙 집어넣으며 다음엔 무얼 먹을까 고민했다. 그러다 알았다. 도미니크는 샐러드만 조금 깨작거리고 있다는 걸.

"많 ─ 이 드십시오."

가웨인이 도미니크 주변에 음식을 열심히 바꿔 주고 있었다.

"이것도."

란슬롯도 함께.

"관자가 괜찮군. 이것도 놔 드려라."

할아버지까지 도미니크를 챙겼다. 도미니크를 마음에 안 들어 하는 줄 알았는데, 그래도 손님이라 이것저것 챙겨 주는 모양이었다. 전부 해산물로.

'응? 잊어버리셨나?'

나는 도미니크의 앞에 열심히 해산물을 놓는 할아버지의 소매를 흔들었다.

"할아버지, 저하는 해산물을 좋아하지 않으세요."

"……."

"네?"

"……그런가."

"직접 과제를 내주시고선."

도미니크에게 해산물을 먹여서 사재를 되찾았다.

'그때는 어묵을 만들었지.'

시간이 꽤 지나서 잊어버린 모양이었다. 나는 도미니크의 앞에 규카츠를 내려놓았다.

"튀긴 고기는 좋아하시지요?"

"예."

그러자 가웨인이 입매를 삐뚜름하게 올리며 규카츠 옆에 있던 고추냉이를 듬뿍 올렸다.

"아앗! 너무 많아요."

"이런 것쯤이야. 설마 매운 음식은 못 드십니까?"

가웨인이 씩 웃으며 이어 말했다.

"어린애같이?"

"예."

도미니크는 빙그레 웃으며 선뜻 대답했다. 그러니까 오히려 가웨인이 당황해서 멈칫했다.

"……못 먹는다고요?"

"예. 고추는 좋아하지만, 고추냉이는 좋아하지 않습니다. 경은 좋아하시는 듯하니 많이 드십시오."

도미니크가 빙그레 웃으며 가웨인의 접시에 고추냉이를 잔뜩 올린 규카츠를 내려놓았다.

"오빠가 고추냉이를 좋아하셨나요?"

먹는 걸 못 본 것 같은데.

내가 빤히 쳐다보자 가웨인은 "조, 좋아해." 하며 억지로 규카츠를 입에 넣었다.

"……."

'엄청 맵겠다.'

나는 오만상을 찌푸리고 규카츠를 우적우적 씹는 가웨인을 쳐다보았다.

"괘, 괜찮으세요?"

"……괜찮…… 아."

하나도 안 괜찮아 보이는데.

나도 규카츠를 하나 맛보았다. 가웨인에 비해 아주아주 조금 올렸는데도 코가 뻥 뚫릴 것처럼 알싸하다.

'그래도 맛은 괜찮은걸.'

규카츠와 와사비를 함께 먹는 건 처음 경험하는데, 꽤 재밌는 맛이다. 란슬롯이 고개를 푹 숙인 가웨인을 보며 '등신.' 하며 조그맣게 중얼거렸다.

"형은…… 윽, 얼마나 잘하나 보자고."

"내가 나설 필요가 있나."

"왜?"

"장수가 둘이나 있는데."

란슬롯이 어깨를 으쓱하며 아빠를 보았다. 아빠가 도미니크를 흘끔 쳐다보았다. 그러자 도미니크는 등을 곧게 세우고 몸을 일으키곤 양주병을 들었다.

"한잔 어떠십니까."

"술, 잘하십니까?"

"자주 마시는 편은 아니지만, 즐거운 자리에서 피하는 편도 아닙니다."

아빠가 잔을 내밀자 도미니크는 양손으로 조심스럽게 술을 따랐다. 잠시 잔을 흔들던 아빠가 한 모금 마신 뒤에 술병을 잡았다. 도미니크가 잔을 내밀었고.

'히익!'

원래 저렇게 많이 따르는 건가. 도수…… 높아 보이는데.

"와인 도수에 무너지는 놈은 문턱도 넘을 수 없지."

아빠가 중얼거리듯 말하자, 도미니크가 얼음도 들어 있지 않은 양주를 단숨에 들이켰다.

"한 잔 더?"

그가 손등으로 입을 막으며 콜록, 기침을 했다.

"예…….."

나는 오도카니 앉아서 두 사람을 힐끔힐끔 쳐다보았다. 내 접시 위에 회가 올라왔다.

"먹어."

란슬롯이 턱을 괸 채 빙그레 웃었다.

"하지만……."

식사를 더 할 분위기가 아닌데요.

내가 눈치를 보자 란슬롯이 내 머리를 쓰다듬었다.

"괜찮으니까."

"……그럼."

난 란슬롯이 준 회를 고추냉이 간장에 콕 찍어 입에 넣었다. 말랑
말랑한 회는 씹을수록 고소했다.

란슬롯과 함께 다이닝룸을 빠져나오며 나는 힐끗 뒤를 돌아보
았다.

"아빠가 술을 너무 많이 드시는 것 같은데……."

"괜찮으실 거야."

"하지만."

"아버님 별명 알아?"

"알지요!"

나는 자신만만하게 대답하며 손가락을 하나하나 꼽았다.

"제국의 절세미남, 냉혈한, 길라게온의 수문장, 그리고……."

"깨진 술독."

"……네?"

"웬만해선 취하는 법이 없으시지."

"하지만 예전에 폐하와 술자리가 있었을 땐……."

"보드카를 세 병 비우셨다고 했나."

"우와!"

그렇다면 도미니크가 걱정이다. 난 걱정 어린 눈으로 목이 붉어

진 도미니크를 쳐다보았고, 란슬롯은 어깨를 쥐었다.

"아야야."

"아파요?! 의사를 불러올까요?"

아탈란의 수족들과 삿된 자들에게 당한 곳이 아픈 모양이다.

"……그런데 아까는 오른쪽 어깨가 아프시지 않았나요?"

"……."

란슬롯이 슬쩍 왼쪽 어깨에서 오른쪽 어깨로 바꿔 잡았다.

"좀 안 좋네. 간병 도와줄래?"

"의사를 불러오는 게 좋지 않을까요?"

"좀 더 두고 본 후에."

"그렇지만……."

"윽."

"가요! 가요! 얼른 가요!"

난 란슬롯을 부축해서 침실로 돌아갔다. 늦은 밤까지 란슬롯을 간병한 뒤 방을 나왔다. 새벽에 가까운 시간에도 다이닝룸은 불이 켜져 있었다.

'저러다 정말 누구 하나 죽어 나가는 게 아닐까.'

아무래도 걱정이 되어서 다시 다이닝룸에 들어갔다.

"……."

"한 잔 더?"

"……주십, 예."

도미니크가 죽을 것 같은 얼굴로 술잔을 내밀었다. 나는 기가 막힌 얼굴로 아빠의 양쪽에서 빙글빙글 웃고 있는 가웨인과 할아버지를 쳐다보았다. 도미니크만 취하고 아무도 안 취했다.

"그만요!"

난 도미니크의 잔을 휙! 빼앗았다.

"괴롭히시는 거지요?"

내가 새초롬히 그들을 노려보자 가웨인이 "아니?" 하며 어깨를 으쓱했다.

"괴롭히시는 거 맞는 거 같은데."

"……눈치가 빨라졌잖아."

"역시!"

난 술잔을 쾅! 내려놓고 도미니크를 흔들었다.

"저하."

"……."

"저하, 정신 차려 보세요."

"……세니아나."

그가 나를 올려다보며 빙그레 웃었다. 엄청나게 순진한 얼굴이었다.

'귀, 귀여워.'

"정신 드세요? 저 알아보시겠어요?"

"내가 어떻게 널 몰라. 내 꼬마……."

"네?"

"우린 어릴 때에도 몇 번이나 만났지. 몇 번이나……."

"아유, 인사불성이네."

나는 한숨을 푹 내쉬고 문밖에 있는 기사를 불러왔다.

"오늘은 호텔에서 재워야겠어요."

그렇게 말하자 가족들이 벌컥 소리쳤다.

"왜!"

"안 돼!"

난 아빠와 할아버지, 가웨인을 새초롬히 노려보았다.

"사람을 이렇게 만들어 놓으시면 어떡해요. 숙소로 못 돌아가시잖아요."

"주는 대로 받아먹은 사람이 잘못이지."

"오빠!"

내가 그를 날카롭게 부르자 가웨인은 큼, 헛기침을 하며 고개를 돌렸다. 그 틈에 도미니크를 부축한 기사가 물었다.

"어떤 방으로 모실까요."

"……방이 부족하네."

방은 셋뿐인데 하나는 아빠가 쓰고, 또 하나는 할아버지가 쓰고, 남은 방은 란슬롯과 가웨인이 함께 썼다. 나는 안내데스크에 연락해서 남은 방이 있는지 물었다. 하지만 주말을 앞둔 오늘은 방이 없었다.

"아빠의 방에서 재우면……."

"……."

"그럼 할아버지……."

"싫다."

"오빠들은?"

"절대로."

난 한숨을 푹 내쉬었다.

"그럼 어쩔 수 없지요. 소파에서 재우는 수밖에."

"그러든가."

"차라리 거실 소파가 낫겠어요. 세 분은 인사불성인 사람을 보살 필 수 없으실 테니, 거실에서 제가 함께 있는 게 낫지요."

가웨인이 눈을 동그랗게 뜨며 "너도 자고 간다고?" 물었다.

"밤이 깊어서 걸어서는 못 돌아가요."

"포털은?"

그렇지 않아도 도미니크를 포털로 옮기려고 했는데, 열리지 않 았다. 아까 란슬롯을 구하면서 멀린의 힘을 쓴 탓에 하루 이틀은 포 털을 열지 못할 것 같았다. 그렇게 설명하자 할아버지가 도미니크 의 목을 휙! 잡았다.

"내 방에서 재우지. 그럼 너도 할애비 방에 있을 게지?"

"그렇지요."

"아닙니다, 제가 재우겠습니다."

아빠가 축 늘어진 도미니크의 팔을 잡았다.

"두 분은 쉬십시오. 저희 방에서 재우겠습니다."

이번엔 가웨인이 도미니크를 잡았다.

"……?"

왜 갑자기 도미니크의 인기가 폭발하는 걸까.

세 사람은 한참을 옥신각신했다.

"놔라."

"제 방에서 재운다지 않았습니까."

"두 분은 쉬시라니까요."

그 모습을 보던 나는 결국 팔을 걷어붙였다.

"세 분 다 놓으세요."

"아니, 내가ㅡ"

"놓으세요."

목소리가 절로 낮아졌다. 난 오늘 멀린을 성수화시켜서 힘을 발휘한 데다 하루 종일 마음 졸이고 뛰어다닌 탓에 엄청나게 피곤했다.

이제 좀 쉬고 싶다고요!

"그렇게들 재우고 싶으시면 거실에서 모두 함께 자요."

"……뭐?"

"뭐라고?"

"어?"

"거실에서, 함께!"

내가 허리춤에 손을 얹고 외치자 세 사람은 멀뚱히 서서 눈만 깜빡였다. 나는 시중인들에게 거실에 이불을 펴달라고 했다. 커다란 러그가 들어오고, 각자의 방에서 베개와 이불이 나왔다.

난 도미니크를 중앙에 눕힌 다음 아빠와 할아버지, 가웨인에게 그 주변에 한 자리씩 내주었다. 그러고 있자니 어느새 란슬롯도 나와 한 자리를 차지했다. 그리고 소파는 내 몫이 되었다. 난 불을 끄고 소파에 가지런히 누웠다.

"손주와 오붓하게 잠들 줄 알았더니."

"딸과 오붓한 시간을 방해한 게 누구십니까."

"남매끼리 정다운 밤을 망치신 분들이."

"그러게 말이야."

난 옆에 있는 소파 테이블을 쾅! 내리쳤다. 그제야 가족들이 입을 다물었다.

"주무세요."

"그, 그래……."

"……."

"알겠어……."

"으응……."

이불을 머리끝까지 올리고 돌아눕자 방이 고요해졌다.

그리고 얼마쯤 지났을까. 난 눈가를 매만지는 촉감에 눈을 떴다.

"……으응."

눈을 비비며 몸을 일으키자 간이 조명에 어스름히 비치는 도미니크의 얼굴이 보였다.

"저하?"

나는 시계를 확인했다. 그 후로 아직 두 시간.

'술이 안 깼겠는데.'

"목마르셔서요?"

"……널 보려고."

"아직 얼굴이 붉은데."

"아직 몽롱하니까."

"나 참, 바람이라도 쐬러 갈까요?"

나는 도미니크를 부축해서 테라스 밖으로 향했다. 그는 눈을 반쯤 감은 채 밤하늘을 올려다보았다. 그사이 난 물을 가져와 그의 손에 쥐여 주었다.

"드세요."

"……."

"한 모금만."

"마시면 뭘 해 줄 건데?"

"뭘 해 줄까?"

내가 장난스럽게 묻자 그가 내 코를 살짝 깨물었다.

"해 주지 않아도 좋아."

"그러면서 뭘 묻는담."

"대화가 좋으니까."

바보 같은 대화라는 건 알지만, 난 조금 즐거워졌다. 이렇게 순진한 표정의 도미니크는 처음 보아서 자꾸만 짓궂은 마음이 생긴다.

"대화가 좋아?"

"응."

"그러면 내가 묻는 말에 전부 대답해 줄 거야?"

"응."

"보자, 뭘 물어볼까……."

난 내내 웃고 있는 그를 빤히 보며 양손으로 턱을 괴었다.

"왜 해산물을 싫어해?"

"냄새가 이상해."

그가 눈을 찡그리며 말해서 난 킥킥 웃었다.

"귀여워라."

"그건 너지."

"아이고…… 이렇게 취했으니 내일은 머리가 깨지겠다."

"세니아나."

"……응."

"세니아나."

"응."

"세니아나."

"그래요."

"세나."

"……!"

도미니크는 희미하게 웃으며 내 뺨을 감쌌다.

"세나야."

"……어떻게."

그가 어떻게 윤세나의 이름을 알고 있는 것일까.

도미니크의 머리칼 끝에서 달빛이 산산이 흩어졌다. 처음엔 잘 못 들은 줄 알았다. 그가 윤세나를 알 리 없잖아. 치맛자락을 꽉 틀 어쥔 채 그를 빤히 쳐다보았다.

"어떻게 그 이름을 알아요?"

"네가 알려 줬으니까."

"……."

"괴롭다고 느꼈을 때, 쓰레기처럼 널브러져 죽어도 좋다고 생각 했을 때 네가 왔어."

"……."

"내 눈이 예쁘다고 했잖아. 그래서 나는 네가 못난이라고 했지."

그가 빙그레 미소지었다.

    [눈이 되게 예쁘다!]

    [시, 시끄러워. 못난이가!]

    [아닌데. 나 예쁘다고 하셨는데…….]

    [부모니까 자식이 예뻐 보이는가 보지.]

    [나 부모 없는데.]

    [……뭐?]

    [엄마는 없고, 아빠는 날 버렸어.]

도미니크는 내 뺨을 가볍게 문질렀다.

"부럽네."

    [부럽네. 그래도 예쁘다고 해 줄 사람은 있잖아.]

말도 안 돼. 비명이 터져 나올 것 같아서 나는 급히 입을 틀어막
았다.

'말도 안 돼.'

14장

그날은 내가 제일 싫어하는 날이었다. 운동회. 늘 삭막하던 운동 장에 색색의 고운 천이 걸리고, 교사들이 부지런히 설치한 계단의 천막 아래서 학부모들이 제 자식을 응원하는 날.

발이 빠른 나는 쪽지 달리기의 마지막 선수였다. 쪽지 달리기는 일반 달리기 경주와 비슷한데, 중간에 쪽지를 뽑아서 쪽지 내용에 해당하는 사람을 데려가면 승리하는 게임이었다. 발이 빠른 나는 가장 먼저 도착했고, 그 덕에 우리 반은 1등을 했다. 문제는 그 후 였다.

[야!]

쪽지 달리기가 끝나고 점심시간이 되었을 때 다른 반 아이들이 무리를 이뤄서 다가왔다.

[윤세나, 너 반칙했지?]

[반칙 안 했는데…… 내가 제일 일찍 들어왔어…….]

[거짓말하고 있네! 쪽지에 아빠라고 쓰여 있었는데 미소네 아빠를
데려갔잖아!]

다른 반 아이들이 나를 에워싸고 힐난했다.

[미소 운단 말이야!]

[어떻게 할 거야! 이 거짓말쟁이!]

나는 아무런 말도 하지 못하고 오도카니 서 있었다. 소란에 놀란
아이들의 부모와 교사가 달려오기 전까지.

[왜 그래.]

학부모가 교사의 눈치를 보며 물었다.

[얘가 반칙했단 말이에요…….]

[반칙?]

[쟤 쪽지에 아빠라고 쓰여 있었는데, 미소네 아빠를 데려갔어요.]

남자애는 나를 가리키며 소리쳤다.

[쟤는 고아란 말이에요.]

[아유, 선생님. 우리 승준이가 원래 착한 앤데 미소가 걱정돼
서…….]

[알죠, 어머니. 승준이가 의협심이 강해요.]

교사가 어색하게 웃으며 나를 붙잡았다.

[세나, 괜찮지?]

[…….]

[괜찮다고 말씀드려야지.]

[괜찮아요······.]

사실 하나도 괜찮지 않았다. 애들이 입을 삐죽이며 나를 스쳐 지나갔다.

[친구랑 싸우지 말라고 엄마가 그랬지.]

[쟤가 이상하잖아요. 반칙이나 하고.]

[불쌍하잖아. 불쌍한 애들한테는 특별히 더 잘해 줘야 해.]

[안 불쌍해 보이는데.]

[저런 애들을 사회배려자라고 하는 거야. 사회배려자. 우리 같은 사회 구성원이 배려해 줘야 하는 애라고.]

정말로 운동회가 싫었다. 불쌍한 사람이라는 걸 만천하에 드러내는 행사 같아서. 그날, 운동회가 다 마치고 나서야 선생님이 일을 끝내고 헐레벌떡 도착했다. 나는 선생님의 손을 잡고 걸으며 물었다.

[선생님, 저는 불쌍한가요?]

[뭐?]

[사회 구성원들이 배려해 줘야 하는 사람이니까······.]

[······.]

[나도 부모님이 있었으면 좋겠다.]

그렇게 중얼거리다가 문득 선생님을 쳐다봤다. 선생님은 말을 잇지 못하고, 우뚝 멈춰 서서 입술을 깨물었다. 눈물을 참듯이. 내가 선생님을 곤란하게 했구나. 또 슬프게 만들었어.

운동회보다 선생님을 아프게 한 스스로가 더 싫었던 그 날. 난 꿈을 꿨다. 기이한 옷을 입은 사내아이가 상처투성이가 되어 웅크려 있었다.

[넌 누구야?]

[내가 누군지 알아서 뭐 하게.]

사내아이는 신경을 잔뜩 곤두세우고 나를 노려보았다. 나는 첫눈에 알아봤다. 이 남자애도 '불쌍한 애'라는 걸. 왜냐하면 나도 그랬으니까.

사내아이와 나는 서로 털을 곤두세운 채로 내내 말이 없었다. 그래도 먼저 입을 연 건 나였다. 나는 우물쭈물하다가 조심스레 물었다.

[기분이 안 좋으니?]

[······.]

[나도 오늘 슬픈 일 있었는데······.]

[난 안 슬퍼.]

[그럼?]

[무서운 거지.]

사내아이는 피에 젖은 손을 가만히 내려다보다가 바지춤에 슥슥 닦고는 고개를 홱 돌렸다.

[왜? 원장 선생님이 때렸어?]

[시끄러우니까 저리 꺼져.]

[간식을 훔쳐먹은 걸 들켰구나! 나도 알아. 그때 되게 무섭지.]

[······.]

[괜찮아. 우리 선생님이 애들은 뒤돌아서면 배고픈 거라고 그랬어.]

[그런 거 아니라고!]

사내아이가 벌떡 일어나서 나를 노려보았다.

[사람을 죽였어!]

[……어?]

[내가 검으로 사람을 찔렀단 말이야. 내일도, 모레도 그래야 한다고. 죽이지 않으면 내가 죽으니까.]

[아…….]

[간식이나 훔쳐 먹는 네가 내 마음을 어떻게 알아.]

사내아이의 표정이 점점 일그러졌다.

[언제 암살자가 올지, 내 옆의 누가 돈을 받아 처먹고 배신할지, 이런 고민을 왜 나만 해야 하는지! 너 같은 녀석은 이런 마음 모르겠지.]

사내아이가 피 묻은 손으로 이마를 쥐었다.

[황제라는 새끼는 애만 싸질러 놓고 한 번도 찾아오질 않고.]

[…….]

[어딜 가도 그릇된 핏줄이라며 손가락질하고.]

사내아이는 숨을 헐떡이며 주먹을 꾹 말아 쥐었다. 가만히 서서 그 아이를 보던 난 팔을 뻗었다. 내 손에 닿은 그가 흠칫 놀라 뒷걸음질 쳤다.

[뭐, 뭐 하는 거야.]

[슬픈 일은 곱씹으면 더 슬퍼진대. 우리 선생님이 그랬어.]

[…….]

[그러니까 슬플 땐 이렇게 서로를 끌어안아 주는 거래.]

[서로 동정하는 게 뭐가 남는데.]

[그렇지만, 기분은 좋아지는걸?]

나는 사내아이를 끌어안고 등을 토닥였다.

[봐 봐. 마음이 따뜻해지지?]

사내아이는 아무런 말이 없었다. 나는 '에헴!' 하며 양손을 허리춤에 올렸다.

[우리 선생님 말은 항상 맞거든!]

[헛소리하네.]

[그런데 너…… 눈이 되게 예쁘다!]

[시, 시끄러워. 못난이가!]

[아닌데. 나 예쁘다고 하셨는데…….]

[부모니까 자식이 예뻐 보이는가 보지.]

[나 부모 없는데.]

[……뭐?]

[엄마는 없고, 아빠는 날 버렸어.]

내가 '난 선생님뿐이야.' 하고 말하니 사내아이는 내 눈을 지그시 응시했다.

[부럽네.]

[내가?]

[그래도 예쁘다고 해 줄 사람은 있잖아.]

그러더니 '늙은이는 항상 개소리만 하는데.' 하며 투덜거렸다. 하지만 입가엔 얼핏 미소가 걸려 있었다. 나는 눈을 크게 뜨고 양손으로 입을 가렸다.

'오늘이 꼭 싫은 날만은 아닌가 봐.'

금세 기분이 좋아졌다. 사내아이의 미소가 예뻐서, 초라한 나도 꼭 그만큼 예뻐진 것 같아서.

그 후로도 하루가 버거운 날이면 꼭 사내아이의 꿈을 꿨다. 꿈속에서라지만, 몇 번이나 만나서 그런지 우리는 꽤 친해졌다.

[그런데 너, 이름이 뭐야?]

[내 이름을 알아서 뭐하게?]

[대화하는 게 좋으니까 그렇지. 바보. 그럼 몇 살인데?]

[열둘.]

[히익!]

나는 깜짝 놀라서 뒤로 물러났다. 사내아이는 나를 이상한 눈으로 보며 미간을 좁혔다.

[뭔데.]

[그러면 오빠지? 나는 아홉 살이니까 네가 오빠야. 그렇지?]

[그렇겠지.]

[나 오빠는 처음이야!]

[너 고아원에 산다며. 너보다 나이 많은 사람이 있을 것 아냐.]

[옛날에는 있었는데, 지금은 내가 제일 나이가 많아. 입양을 못 가서.]

사내아이가 멈칫하더니 날 빤히 쳐다봤다.

[왜 못 갔는데?]

[괴물이라서.]

[……그런 게 어딨어.]

[진짠데.]

나는 팔을 걷어서 피부병이 난 부분을 보여 주었다.

[여기도 그렇고, 또 여기도.]

이번엔 얼굴의 버짐을 가리키자 사내아이는 잠시 말을 잃었다.

[누가 너더러 괴물이라고 해?]

[고아원 애들도 그렇고, 반 친구들도 그렇고, 원장 선생님이랑……]

[……]

[근데 괜찮아. 옛날엔 슬펐는데, 지금은 많이 들어서 아무렇지도 않아.]

사내아이는 한동안 아무런 말이 없었다. 한참을 침묵하다가 어색하게 내 등을 두드렸다. 나는 해맑게 웃었다.

[거봐. 마음이 따뜻해지잖아.]

그 후로도 계속, 계속 우리는 꿈속에서 만났다.

[오늘 나만 케이크 못 먹었어. 엄청 예쁜 케이크였는데……. 원장 선생님이 나는 먹을 자격도 없대.]

[우리 선생님 손이 다 까졌어. 맨날 식당일 하셔서……. 속상해.]

[철민이가 전학 갔다! 이제 애들이 나 고아라고 안 놀리겠지?]

[나, 나 정말로 지갑 안 훔쳤어. 정말로 안 훔쳤는데…… 자꾸 담임 선생님이 솔직하게 얘기하래. 나 정말로…… 정말로……]

사내아이는 언제나 조용히 내 얘기를 들어 주었다. 우리 선생님이 들으면 속상해할까 봐 말하지 못한 것들을 그 애에겐 모두 말할 수 있었다.

[우리 반에서 선녀와 나무꾼 연극 하는데, 내가 주인공이 됐어. 나무꾼 역할 하는 남자애가 나랑 같이 연극 하기 싫다고 울었어.]

나는 시무룩한 표정으로 무릎에 얼굴을 묻었다.

[나랑 부부 역할 하고 싶지 않대. 괴물 부인은 싫다고……]

[웃기는 놈이네. 고간을 차 버려.]

사내아이가 인상을 찌푸리며 말했다.

[아무도 내 남편 역할을 하지 않겠다고 해서 담임선생님이 애들을
막 혼냈어.]

나는 '아휴.' 한숨을 내쉬었다.

[내가 하면 되지.]

[……응?]

[내가 하겠다고. 네 남편.]

사내아이는 귓불이 약간 붉어져서 헛기침을 했다. 그러곤 '그, 그
러니까 너 나랑 ―'하며 무어라 말하려고 하길래 난 고개를 갸웃 기
울였다.

[어떻게? 전학 오려고? 그런데 어떻게 열두 살이 아홉 살 반에 오
지?]

[그게 아니잖아…….]

[아! 학교 입학을 늦게 했구나!]

사내아이는 어처구니없다는 표정으로 날 쳐다봤고, 난 고개를
주억거렸다.

[우리 고아원에도 그런 애 있어. 호적이 없어서 그렇대.]

[……]

[저기, 그러면 '가나다'라는 알아? 글 쓸 수 있어? 내가 알려 줄까?]

[……]

사내아이가 한숨을 푹 내쉬었다. 그 후로 3개월. 그 애가 '늙은
이'라고 부르는 스승이 죽었다는 소식을 들은 날. 나는 차마 눈물도

흘리지 못하는 그 애를 끌어안아 주었다. 그리고 그것이 우리의 마지막 만남이었다.

＊　　　＊　　　＊

도미니크가 내 뺨을 감싸 쥐었다.

"처음 너를 보았을 땐 대낮에 꾸는 꿈인 줄 알았지."

"……."

"내 꼬마와 너무나 닮은 여자라서."

"언제부터 내가 꿈속의 꼬마라는 걸 알았어요?"

"네가 프렌시프 성에서 선인장 이야기를 해 주던 날부터 어렴풋이."

"……아."

그는 내게 이마를 맞댄 채 조용히 속삭였다.

"나는 아주 오랫동안 널 그리워했어."

"……."

"현실이 꿈속에 번져 들어 그날의 기억이 희미해져도, 네게 받은 온기를 잊은 적이 없다."

그의 손이 뜨거운 건 취기 때문일까, 아니면…….

나는 떨리는 눈으로 희미하게 웃는 도미니크를 바라보았다.

"한순간도 너를 사랑하지 않은 적이 없어."

"……."

"내 처음이 너였듯, 마지막도 너일 거다."

도미니크가 가볍게 입을 맞췄다. 아주 간지러운 감촉이었다.

"사랑해."

이상한 기분이었다. 가슴이 아리고, 코끝이 쓰린 데도 아주아주 행복한, 그런 이상한 기분.

＊　　　＊　　　＊

다음 날, 아침. 눈을 뜬 도미니크가 주변을 살폈다.

'호텔?'

어제 돌아가지 못한 건가.

그는 머리를 잡은 채 눈을 찡그렸다. 이렇게 취한 건 살면서 처음이다. 프렌시프 후작은 밑 빠진 독이었다. 연거푸 들이켜도 말짱한 얼굴로 '한잔 더?'하고 물어오는 통에 정신을 놓을 때까지 마셨다. 도미니크는 찌르는 듯한 시선을 느끼고 몸을 일으켰다. 프렌시프 형제가 각각 다른 표정으로 도미니크를 쳐다보고 있었다.

"일어났으면 식사하시죠."

란슬롯은 미소짓고 있었으나 눈빛은 싸늘했고.

"무슨 식사까지. 찬물이면 될 것을."

가웨인은 표정도 눈빛도 싸늘했다. 그때 콩콩콩, 발소리가 들리더니 누군가 얼굴을 빼꼼 내밀었다.

"저하, 해장국 드세요?"

세니아나가 밝게 물었다.

"해장국이…… 뭡니까."

"해장하기 위한 국이지요. 뼈다귀해장국 끓였어요."

"뼈다귀……."

"등뼈랑 얼갈이배추를 넣어서 얼큰하게 끓였어요."

세니아나가 종알거리고 있을 때 시중인으로 보이는 사람이 "아가씨, 찾으시는 들깻가루가 이게 맞을까요?" 하고 물어왔다.

"응, 잠깐만!"

그렇게 대답한 세니아나가 국자를 흔들며 "나오세요." 하고 말했다. 도미니크가 세니아나를 따라 움직였을 때였다. 란슬롯과 가웨인이 앞을 막아섰다.

"잠시 대화 나누시죠."

때마침 방에 들어온 나베리우스가 검집을 손바닥에 툭, 툭, 내리쳤다.

"가시죠."

"……여기서 하면 안 되는 말입니까."

"가서 하는 게 신상에 이로울 겁니다."

"무슨 말씀이신지."

"제국에 황자가 셋이나 될 필요는 없지요."

나베리우스가 눈을 부라렸다.

'피할 수 없겠군.'

도미니크가 재킷을 주워들려고 했을 때였다. 앞주머니에 꽂혀있던 만년필 끝이 얼핏 보였다.

"잠깐."

가웨인이 왈칵 인상을 썼다.

"그 만년필, 어디서 많이 봤는데."

세니아나가 선물한 만년필로, 그녀가 쇼핑할 적에 가웨인과 란슬롯도 함께 있었기에 익히 알고 있는 물건이었다.

"좀 보겠습니다, 그거."

"무슨 말씀이신지."

들키면 빼앗길지도 모른다. 도미니크가 펜대를 쑥 밀어 넣으며 여상한 척 중얼거렸다.

"아무것도 없습니다만."

"저하, 보통 이럴 땐 뒤져서 나오면 1g당 —"

그때, 세니아나가 다시 방으로 들어왔다.

"뭐 하시는 거예요?"

움찔. 프렌시프의 세 남자가 동시에 입꼬리를 끌어당겼다.

"아무것도."

"그래."

"안 했어."

도미니크의 팔을 잡은 가웨인이 "웃으십쇼." 하고 속삭였다. 세니아나는 고개를 모로 꼰 채 가족들과 도미니크를 빤히 쳐다보았다.

"저하를 괴롭히시는 거예요?"

가웨인이 도미니크를 힐끔 쳐다보았다.

"아니!"

미심쩍은 표정을 짓던 그녀는 이내 국자를 흔들며 말했다.

"식사하세요."

"그래."

"저하도."

"예."

도미니크가 세니아나를 따라나서자 가웨인은 쳇, 혀를 찼다. 아무래도 세니아나 앞에서는 저 빌어먹을 놈팡이를 떨구어 내기 어려울 것 같았다. 끌어안고 있는 것을 목격하고 주먹을 내질렀던 지난번에도 미움받을 뻔했다.

　　[오빠, 나빠요!]

미워요. 미워. 미워……!

세니아나의 목소리가 환청처럼 프렌시프 일가의 귓전에 메아리쳤다. 가웨인이 으득, 이를 갈며 도미니크의 뒷모습을 노려보았다.

"저 새끼, 저거 어떻게 조지지."

"기다려."

란슬롯이 낮은 목소리로 중얼거리자 가웨인이 울컥하여 소리쳤다.

"저 만년필, 분명 세니아나가 선물한 거라고. 가만뒀다간—!"

"그러니까 기다려. 뼈를 쳐낼 타이밍이 올 때까지."

가웨인은 제 형을 흘끔 쳐다보았다. 내내 웃고 있어서 몰랐는데, 눈빛이 오뉴월 서리처럼 싸늘했다. 그도 저만큼이나 저 '황제의 자식'이 거슬리는 모양이다.

"타이밍만 오면—"

가웨인이 중얼거리는 순간, 나베리우스가 음산하게 중얼거렸다.

"넌 내 손에 죽는다."

　　　　　*　　　　　*　　　　　*

　그 시각, 아서는 르마르 공작과 통신 중이었다. 금좌 11석에게
만 하사되는 영상 통신석에선 팔뚝만 한 르마르 공작의 홀로그램
이 공중에 띄워졌다. 얼굴이 새파랗게 질린 공작은 이를 악문 채
중얼거렸다.

　[아탈란, 이 개자식들⋯⋯.]

　오르가(카트린의 유모로 가장한 아탈란의 수족)가 프렌시프에 의해 추
포되었고, 호텔에서 구출한 카트린 르마르는 반쯤 정신이 나가 있
었다. 온몸에 있는 구타의 흔적을 보고 르마르 공작 부인은 혼절하
고 말았다.

　[프렌시프 공. 혹시나 하여 말하지만, 이 일은 나와 관련 없는⋯⋯!]

　"이번 일에 관여하지 않았더라도 그간 아탈란의 개로 충성했다
는 건 변함이 없지."

　아서의 고저 없는 목소리에 르마르 공작은 마른침을 삼켰다.

　[나, 나 또한 피해자요! 내 딸은 충격으로 말문을 닫고 침실에서
두문불출하고 있단 말이오! 공 또한 딸자식 둔 아비이니 내 심정을
알지 않소!]

　"그러니 내 딸을 황궁의 노예로 만들려 한 네놈을 참아 주기가
얼마나 힘들겠나."

　[그 또한 아탈란의 명이었소. 난 어쩔 수 없이⋯⋯.]

　"어린애 같은 변명을 하기엔 너무 오래 살았지, 공은."

　[⋯⋯.]

르마르 공작은 울화가 치밀었지만, 대꾸하지 못했다. 아탈란과 손을 잡긴 했지만, 딸의 유모인 오르가가 아탈란의 사람인 줄은 몰랐다.

'대사제는 내 뒤통수를 칠 궁리를 하고 있던 거다.'

무엇보다 오르가가 딸을 폭행하여 감금했다. 아비인 자신은 생각지 않은 처사였다. 그렇다는 건…….

"공을 버리겠다는 것이지."

아서의 말에 르마르 공작이 흠칫했다.

"내 자식들이 예기치 않게 그대 딸의 은인이 되었어."

[…….]

"프렌시프의 후계가 위험에 처했고, 내 딸은 성수를 불러내 당신 딸을 구했지."

[보답하겠소.]

"첫째, 난 주제를 모르는 놈은 싫어해. 감히 내 앞에서 공손하지 않은 놈은 더더욱."

아서의 목소리에 날이 서자 르마르 공작은 새하얗게 질렸다. 이를 악문 그가 엉거주춤 무릎을 굽혔다.

[보답하겠…… 습니다.]

아서가 눈썹을 까딱 들어 올렸다.

"둘째, 네 주변의 놈들을 내 눈이 닿지 않는 곳으로 보내라."

세니아나를 황궁에 붙들어 놓으려 작당한 이들을 불구덩이에라도 처넣으라는 뜻이었다.

[그리하겠습니다.]

"셋째, 아탈란에 붙은 귀족이 몇이나 되고 누가 있는지 속속들이 알아야겠다."

[우리는 누가 동지인지 알지 못합니다. 내용을 자세하게 아는 것은 오직 대사제와 '그분'이라 불리는 길라게온의 고위 귀족뿐입니다.]

"그분, 이라."

[확실치는 않지만······.]

르마르 공작이 마른침을 삼켰다.

[아탈란은 저를 '3월'이라고 불렀습니다. 사비에르 후작이 '4월'이었지요.]

"네 위로 '1월'과 '2월'이 더 있다?"

[제 위에 있는 자이니 분명 금좌 11석에 속했을 겁니다.]

그렇다면 짚이는 이들이 있다. 아서는 손안에서 금화를 굴리며 낮게 읊조렸다.

"너는 계속 아탈란에 붙어 있어라."

[하지만 이미 대사제에게 신뢰를 잃었습니다! 제게 기밀을 알려 줄 리가······!]

"신뢰를 회복하는 것까지가 네 임무지."

[······.]

"매달 초하루에 정보를 교환한다. 장소는 따로 공지하지."

[예.]

통신을 종료한 아서가 눈을 느른히 감았다. 생각보다 더 골치 아픈 일이다. 방문 앞에 대기해있던 기사 칼립스가 물었다.

"'그분'이라는 자가 만약 제가 생각하는 사람이 맞다면 나라가 두 쪽이 날 겁니다."

"두 쪽이 나든 가루가 되든 나와는 상관없지."

"……."

"다만 내 딸을 노린다면 나라가 아니라 세상을 뒤집어서라도 목구멍에 검을 처넣을 것이다."

아서가 눈을 가늘게 뜬 채 칼립스를 쳐다보았다.

"영지에 비상령을 내리고, 물밑에서 운영 중인 상단을 정리해라. 재물을 쓸 일이 있을 것이다."

"예."

"……그리고 그자에게 연락을 취해라."

"그 자라시면…… 설마! 아가씨의 외가를 이르십니까!"

아서가 고개를 가볍게 끄덕이자 칼립스의 얼굴이 딱딱하게 굳었다.

* * *

식사를 마치고, 나는 도미니크를 배웅했다.

"모레가 졸업식입니다. 준비는 끝내셨습니까?"

"네!"

"졸업식이 끝나면 황도로 가십니까?"

"그렇겠지요? 그다음 주가 로열 키친 입관 시험이니까요."

도미니크는 내 뺨을 다정히 쓰다듬으며 중얼거렸다.

"눈에 아른거리겠군."

다정함이 듬뿍 배인 혼잣말에 난 배시시 웃었다. 술에 취해서 순진하게 웃던 그가 자꾸만 떠오른다.

"저하."

"예?"

"세나야, 하고 불러 보세요."

"……!"

도미니크가 눈을 크게 떴고, 난 놀리듯 고개를 우로, 또 좌로 기울였다.

"꿈속에서 만났다는 걸 기억했으면 말해 주지."

"……역시 당신이 맞군요."

"왜 물어보지 않으셨어요. 저…… 이곳 사람이 아니었다는 걸 처음부터 아셨어요?"

"처음엔 그저 닮았을 뿐이라고 생각했죠. 동부제를 위해 별궁에서 재회했을 때부터 어렴풋이 눈치챘습니다."

"어떻게요?"

"길라게온에서 평생을 산 사람이 타국 사람들보다도 이 세계에 대해 모르니까요."

정말?!

'나 꽤 아는 척 잘했다고 생각했는데!'

내가 깜짝 놀라 눈을 크게 뜨니 도미니크가 빙그레 웃었다.

"예를 들면…… 연인은 삼 개월에 한 번씩 만난다, 라는 말에 속는다는 점?"

"으아, 그거 바보 같았지요……."

"귀여웠죠."

나는 정말로 내가 사랑스럽다는 듯 웃는 그 때문에 가슴이 콩닥거렸다.

"제게 어떤 일이 있던 건지 궁금하지 않으세요?"

나는 불안한 표정으로 그를 올려다보았다.

"기다리겠습니다."

"네?"

"영애가 얘기해 줄 마음이 들 때까지."

"……하지만 그래도 궁금하실 것 같은데."

"내 호기심 따위가 영애보다 우선일 수는 없죠."

우리는 마주 보며 미소지었다. 다정한 눈빛으로 보던 그가 내 턱을 가볍게 들어 올렸다.

"코가 붉은데요."

"아, 환절기라서 코감기가 약간."

나는 훌쩍이며 코를 문질렀다. 계절이 바뀔 때마다 가볍게 감기를 앓았는데, 몸이 바뀌어서도 마찬가지였다.

"꿈속에서도 몸이 약하더니."

도미니크는 걱정이 되는 듯 중얼거렸다.

"기억하세요?"

"영애에 관한 건 뭐든."

정말로? 나도 잘 기억이 안 나는데!

"어떤 말을 했었지요?"

"연극에서 주인공을 맡았다고요."

"아, 맞아! 그때 선녀와 나무꾼 연극에서 남자애들이 전부 나무꾼 역할이 하기 싫다고 해서 결국 반장이었던 재민이가 맡아 줬어요."

"재민이?"

"착하고, 바르고, 공부도 잘해서 제가 조금 좋아했었어요."

친구가 되고 싶다고 생각했다. 그런데 도미니크의 표정이 서늘하게 얼어붙었다.

"첫사랑이었습니까?"

"그건 아니에요. 제 첫사랑은 다른 사람이거든요."

첫사랑이 무엇인지도 모르는 나이에 꿈속에서 보는 남자애를 마음에 품었다. 잠이 들 땐 늘 그 남자애가 나오는 꿈을 꾸게 해 달라고 소원했고, 남자애의 꿈을 꾸고 일어난 다음 날엔 설레서 어쩔 줄을 몰랐다.

'그런데 이렇게 실제로 만나게 되었네요.'

나는 내 첫사랑을 앞에 두고 헤헤 웃었다. 도미니크는 미간을 좁히며 물었다.

"누군데요."

"비밀이에요."

부끄러움에 손을 꼼지락거리며 그를 힐끔거렸다.

"잘생겼습니까?"

"네!"

"머리는 좋습니까?"

"그런 것 같아요."

"싸움은?"

"아주 잘한대요."

"······성격은 좋습니까?"

나는 그렇다고 대답하려다가 그의 뒤에서 희노래져서 달려오는 알베르를 보고 입을 다물었다. 내게는 좋은 사람이지만, 남들에게는 좀 아닌 것 같은데······.

"그건······ 으음."

도미니크가 씩 입꼬리를 올렸다.

"잘생기고, 머리 좋은 거 아무짝에도 쓸모가 없죠. 남자는 성격입니다."

"그런······ 가요?"

"물론. 성격이 괴팍한 놈들은 바람도 잘 피울 겁니다."

"······그럴까요? 그럼 어떻게 해야 하나요?"

"되도록 만나지 말아야 하죠."

"그건 너무 심하지 않을까요?"

"전혀. 성격이 괴팍한 놈들은 필시 바람기가 있을 겁니다."

단호하게 말하는 그를 보고 난 "으음." 침음을 흘렸다. 생각해 보니까 여자 문제가 있기는 하다. 나는 팔짱을 끼고 그를 빤히 쳐다보았다.

"좋아요, 그럼 졸업식 전까지는 되도록 만나지 말도록 해요."

"예?"

도미니크는 미간을 좁히고 나를 빤히 쳐다보다가 눈을 홉떴다.

"설마, 영애의 첫사랑이······."

"그럼 가세요."

내가 등을 돌리자 도미니크가 얼른 내게 따라붙었다.

"정말입니까? 제가 영애의 첫사랑입니까?"

얼굴이 금세 환해졌다. 그는 쿡쿡 웃고 나를 끌어안으려 했는데, 나는 손을 탁, 쳐 내고 물러났다.

"바람 피울 생각이 만만이었군요."

"아닙니다!"

"하지만 저하가 바람도 잘 피울 거라고······."

"잠깐, 영애! 아니, 그게 아니라 첫사랑이 나인 줄 모르고······!"

"저기 알베르가 오네요."

도미니크가 당황해서 나를 쫓아왔다.

＊　　＊　　＊

졸업식이 모레였기 때문에 우리 가족은 내 졸업식이 끝난 후 모두 함께 황도로 올라가기로 결정했다. 나는 이틀간 로열 키친 응시 예정자들과 함께 수련에 매진했다. 응시 예정자는 총 셋인데 각각 지도 교수가 달랐다. 나는 내 옆 조리대의 스위트피를 힐끔 쳐다보았다. 스위트피가 큼큼, 헛기침을 하더니 조그맣게 중얼거렸다.

"······튀김 탄다."

나는 얼른 튀김을 건져내며 "으응." 하고 대답했다.

"셴, 네가 만든 석류 소스 맛있더라······."

"으응, 네가 만든 크림 리소토도 훌륭했어······."

"레시피…… 알려 줄까?"

"그래도 돼?"

"뭐…….”

"그, 그럼 나도 석류 소스 레시피 알려 줄게…….”

"고마워…….”

우리가 어색하게 대화하고 있자 뒤 테이블에서 요리를 하던 조이가 벌컥 소리쳤다.

"아, 정말! 너희 무슨 연애 초기냐! 사람 신경 쓰이게 왜 이렇게 어색하게 굴어!"

스위트피와 나는 서로를 쳐다보았다. 아탈란의 일로 르마르 공작가에선 프렌시프에 막대한 보상을 했는데, 그중 하나가 스위트피 가문이 진 빚의 이관이었다. 스위트피 가문에서는 이제 빚을 프렌시프에 갚으면 된다. 빚이 아예 사라진 건 아니지만, 이자를 대폭 줄여 줬다.

'르마르의 이자가 워낙 셌기도 하고. 7할이나 되는 고리 이자였으니까.'

이자가 적어진 것만으로도 스위트피의 가문에선 환호성을 내질렀다. 스위트피가 조이를 보며 소리쳤다.

"우리 안 어색하거든."

"지나가던 개도 안 믿겠다."

"어색한 건 네 반죽이지. 케이크라도 구우려고? 파티시에로 전직할 생각이야?"

"뭐, 이 계집애야?!"

"뭐, 이 사내새끼야!"

조이와 스위트피는 틈만 나면 싸웠다. 그리고…….

"센은 여전히 불 조절에 미숙하군."

조이의 지도 교수인 기욤 교수가 중얼거리자 쟝뤼크가 헛웃음을 흘렸다.

"이젠 별것 가지고 다 트집이지."

"지? 말이 짧은데?"

"저게 어떻게 미숙한 거요. 예술이지, 예술."

"환상적인 건 우리 조이의 파스타면 같은 것을 말하는 거요."

"우리 센이 로열 키친에 입관할 것 같으니 기를 죽여 볼 참인 게지."

"우리 조이는 아카데미 재학 동안 한 번도 5등 안에서 벗어난 적이 없는 재원……!"

"졸업시험 성적으로 따져 볼까."

"자꾸 말이 짧은데?!"

"센은 3차 내내 일등! 어디 보게, 조이는 몇 등이었나!"

쟝뤼크가 기욤이 들고 있는 조이의 성적표를 빼앗으려 했다. 기욤은 벌컥 성을 내며 성적표를 등 뒤에 감추었다.

"남의 제자 성적에 왜 관심을 갖는 거야!"

"흐웅, 이제 보니까 교감이 우리 센의 석류 소스 스테이크를 칭찬했다고 성깔을 부리는 게로군."

"성~깔~?!"

쟝뤼크와 기욤이 서로의 멱살을 잡았다. 스위트피의 지도 교수인 레아 교수가 사내들 사이에 끼어들었다.

"좀! 두 분은 만났다 하면 싸우십니까!"

"쟝뤼크, 저자가 — !"

"남의 제자 품평한 게 누군데!"

뒤에선 스위트피와 조이가 싸우고, 앞에선 쟝뤼크와 기욤이 싸워서 난 고개를 절레절레 흔들었다. 레아 교수가 한숨을 푹 내쉬더니 내 등을 두드렸다.

"졸업식 시작하겠다. 가자."

"교수님들과 애들은요?"

"치고받고 싸우다 다 죽어 버리게 둬라."

레아 교수가 상냥하게 내 손을 잡았다. 난 뒤를 힐끔 쳐다보다가 그녀를 따라 조리실을 나섰다.

"아, 교복으로 갈아입어야 하는데."

내가 중얼거리자 레아 교수는 빙그레 미소지었다.

"조리복을 입고 졸업식을 가는 건 로열 키친 응시자들의 특권이지. 다들 너를 부러워할 거다."

레아 교수는 호호 웃으며 나를 끌어당겼다.

"들어가 있어라. 나도 준비하고 곧 들어가마."

"네."

조리복을 입은 채 들어가자 레아 교수의 말처럼 정말로 사람들의 시선이 집중되었다. 벌써부터 도착한 학부모들과 교복을 갖춰 입은 학생들이 수군거리기 시작했다.

"이번에 로열 키친에 응시한다던 그……?"

"멍청해 보이는걸. 우리 아들보다 나을 게 없는데."

"쟤가 로열 키친 응시라니 말도 안 돼."

"졸업시험 전엔 매번 꼴찌였잖아."

"기가 막혀. 저런 애가 로열 키친 응시? 동부 아카데미 망신이나 안 시키면 다행이겠군."

시기와 질투로 가득한 시선에 나는 민망해졌다. 손을 꼼지락거리며 맨 앞자리로 걷는데, 학부모로 보이는 부부가 나를 툭 쳤다.

"얘."

"……네?"

"늦게 왔으면서 왜 남의 자리를 차지하니."

나는 눈을 꿈뻑이며 주변을 둘러보았다.

'로열 키친 응시자들은 맨 앞에 서는 거라고 했는데.'

레아 교수가 분명히 그렇게 말했다.

"여긴 제 자리예요."

"여긴 성적 우수자 자리야. 우리 아들 자리라고."

"저는 로열 키친 응시자라서……."

그러자 남편 쪽이 신랄하게 중얼거렸다.

"그전까지는 내내 꼴찌였다면서. 아무튼 너 저 뒤로 가라. 우리 아들은 재학 내내 필기시험 수석이었다."

"아, 아버지, 저는 3등……."

"수석과 차석이 모두 자퇴했으니 네가 일등이지."

아소와 말롬이 자퇴를 해서 3등이었던 저 애가 수석 자리에 있는 모양이었다.

"그래도 여기는 로열 키친 응시자들이 서는 자리예요, 아버지."

아들로 보이는 학생이 제 부친을 뜯어말렸지만, 부친 쪽은 도통 물러서질 않았다.

"하멜턴 자작인 네 할아버지가 오실 텐데 꼴찌나 하는 녀석 뒤에서 있으려고? 응? '하멜턴 자작인 네 할아버지' 말이다!"

은근히 가문을 자랑하며 나를 힐끔거렸다.

"하지만 교수님께서 제 자리는 여기라고 하셨어요."

"말이 안 통하네, 정말. 뒤로 가라니까?"

"대체 부모가 어떻게 가르쳤으면 어른 말씀을 귓등으로 듣는 거야."

그때였다. 졸업식장이 술렁이기 시작하더니 내게 시비를 걸던 부부가 출입문을 주목했다.

'할아버지다!'

졸업식을 앞둔 대강당은 일순 고요에 휩싸였다.

"어, 어르신!"

할아버지와 안면이 있는 듯한 신사가 나서 가슴에 손을 얹은 채 허리를 굽혔다. 할아버지가 표정 없이 그를 쳐다보았다.

"누구냐."

전혀 모르겠다는 어투에 신사의 얼굴이 붉어졌다. 그러나 그는 재빨리 표정을 수습하고는 껄껄 웃었다.

"일전에 개국 기념일 파티에서 뵈었지요. 스왈랭 백작입니다. 동부 농지 개간 건으로 몇 번 연락을 드렸었는데 여기서 만나 뵙게 되어 —"

할아버지의 부관과 기사 칼립스가 신사의 앞을 가로막았다.

"어르신과 대화를 나누시려거든 프렌시프 령에 연락하여 제대로 된 절차를 밟으십시오."

"내 조모님이 선대 후작 부인의 파티에 초청받은 적이 있다오."

"그런 분은 셀 수 없이 많은지라."

"아, 아니, 인사 몇 마디도 절차가 필요한 거요?"

"어르신께 인사드리기 위해 선 줄이 동부를 한 바퀴 감쌀 테지요."

할아버지는 신사를 거들떠보지도 않고, 성큼성큼 걸었다. 주변을 둘러보던 그와 눈이 마주쳤다. 무표정했던 할아버지의 얼굴이 단숨에 밝아졌다.

"세ㅡ!"

소리치려다 움찔, 하더니 뒤이어 들어온 란슬롯에게 물었다.

"이제 신분이 밝혀져도 되는 게냐."

"학칙상 신분을 밝혀도 되는 건 졸업식 이후입니다."

할아버지와 란슬롯이 대화를 나누는 동안, 교수진이 헐레벌떡 도착했다.

"아이고, 어르신!"

"오시는 줄 알았으면 마중을 나갔을 텐데요!"

"누추한 곳에 귀한 걸음 해 주셨습니다. 이보게! 어서 의자를 가져오게!"

"의자! 의자가…… 아, 여기!"

"그런 낡아 빠진 의자가 어르신께 어울린다고 생각하는 겁니까!"

교수진들이 할아버지와 오빠들을 둘러싸고 어쩔 줄을 몰랐다. 내 옆에 있던 부부가 내 등을 툭 밀쳤다.

"얘, 너 프렌시프와 아는 사이니?"

내가 대답하려던 찰나, 남편 쪽이 입매를 비틀었다.

"이런 녀석이 프렌시프를 어떻게 알겠어?"

"하지만 어르신이 이 애를 보면서⋯⋯."

"무슨, 잘못 본 거야."

"그러고 보니까 이 애가 어르신과 비슷하게 생긴 것 같기도 한데요."

"머리가 푸르다고 죄다 어르신과 아는 사이라면 우리 저택의 마부도 어르신과 아는 사이겠군."

"하기는. 프렌시프 어르신과 관련된 학생이 있다면 이렇게 조용하지는 못했을 거예요."

"그래, 동부 아카데미니 축사라도 해 주려 오신 걸 테지."

그렇게 결론을 내린 부부가 다시 나를 보며 말했다.

"뒤로 가라."

"여긴 제 자리라고 분명히 말씀드렸는데요."

"그럼 양보해."

양보를 청하는 사람이라곤 생각할 수 없는 오만한 어투였다.

"너 같은 애송이는 프렌시프 어르신과 엮일 일이 없겠지. 우리 애처럼 귀한 핏줄이어야 눈도장도 찍을 수 있는―"

"세니아나."

나는 익숙한 목소리에 출입구 쪽을 쳐다보았다.

"아⋯⋯!"

아빠다! 아빠가 나를 향해 곧장 다가왔다.

"어머나, 사람이 어쩜 저리 생겼을까."

"설마 저 사람⋯⋯!"

"아시는 분입니까?"

"아서 프렌시프 말입니다!"

"아서…… 황도에 있다는 프렌시프 후작 말입니까?"

"저 사람이 동부에는 왜……."

"그러게요. 부자간에 서로 못 잡아먹어 안달이라더니. 무슨 일로 함께 왔을까요."

사람들이 수군거리는 틈에 아빠는 내게 다가왔다. 그러자 교수들에게 둘러싸여 있던 할아버지가 소리쳤다.

"저, 저—!"

할아버지는 얼른 교수들을 헤치고 나에게 다가왔다.

"학칙상 신분을 드러내는 건 졸업 후라기에 나도 이때껏 참았는데!"

아빠는 할아버지의 말은 들은 체도 하지 않고 나를 보았다.

"구두끈이 풀렸구나."

"묶을…… 아!"

아빠가 천천히 무릎을 굽혔다. 아빠를 주시하던 학생들이며 학부모, 교수들까지 기함을 한 채 우리를 바라보았다. 나는 얼른 아빠의 손을 잡았다.

"제가 해도 되는데!"

'아빠의 예쁜 옷이 망가질 거야.'

오늘 아빠는 평소와 약간 달랐다. 눈을 살짝 가린 부스스한 머리를 옆으로 넘기고, 평소엔 잘 입지 않는 화려한 재킷을 걸친 데다가, 향수를 뿌린 건지 좋은 향기가 난다. 엄청 화려하게 치장하지 않았는데도 정말로 멋있어서 난 얼굴이 조금 붉어졌다.

"오늘 굉장히 멋지세요."

"그런가."

"과연 제국의 절세미남!"

아빠는 픽 웃곤 몸을 일으켰다.

"따님이 그리 봐 주니 영광이군."

"와 주셔서 기뻐요, 아빠!"

내 말에 대강당은 또 한 번 소란에 휩싸였다.

"아, 아빠?!"

"프렌시프 영애가 아카데미에 있었다고?!"

교수들의 얼굴이 죄다 흙빛이 되었다. 내게 엄하던 교수는 양 뺨을 붙잡은 채 소리 없이 절규했고, 카트린 르마르에게 나를 붙이려 했던 교감은 잠시 비틀거렸다. 나를 밀치며 시비를 걸던 부부까지 얼굴이 새하얗게 질려 어버버거렸다. 아빠는 부부를 힐긋 쳐다보았다.

"한데 내 딸에게 무슨 볼일이지."

나와 언쟁을 벌이는 것을 보았는지 아빠의 표정은 더없이 차가웠다.

"그, 그게, 그게…… 프, 프렌시프 영애인지 몰라 봬서……."

"몰라 봬서."

부부가 대답하지 못하고 마른침만 삼키자 아빠는 내게 물었다.

"무슨 일이냐."

"아, 여긴 성적 우수자 자리라고 비키라고 했어요."

그러자 교수들이 펄쩍 뛰며 말했다.

"여긴 센의 자리가……! 아니, 아니, 아가씨의 자리가 맞습니다. 로열 키친 응시자들이 제일 앞줄에 서지요."

아빠가 부부를 다시 보며 물었다.

"그렇다는데 내 딸이 어째서 비켜줘야 하지."

"그, 그게……!"

어찌할 바를 모르고 동동거리던 아내는 남편이 밀쳤던 내 등을 쓰다듬으며 말했다.

"미안하다. 우리가 잘 몰라서 무례를……!"

그러자 할아버지의 표정이 왈칵 일그러졌다.

"내 손녀에게 손을 댔나."

우와, 눈치가 귀신 같다. 부부가 거무죽죽해져서 대답하지 않으니 할아버지의 표정이 점점 더 험악해졌다.

"손을 댔냐고 물었다!"

부부가 대답을 하지 못하자 부관과 칼립스가 그들을 끌고 나갔다.

"어, 어르신 살려 주십시오! 어르신!"

"아가씨 — !"

부부의 아들은 제 부모를 쳐다보다가 고개를 절레절레 젓고는 한숨을 푹 내쉬었다. 나는 눈치를 보며 웅얼거렸다.

"저기…… 부모님 일은……."

"응?"

"기분 나쁘지 않아?"

"죽일 거냐?"

"어……?"

"그게 아니라면 됐어. 언젠가 한 번은 된통 당해야 저 성질머리가 고쳐질 거라고 생각했거든."

나는 눈을 동그랗게 뜨고 그 애를 쳐다봤다. 그러자 그 애가 중 얼거렸다.

"그런데……."

"어?"

"나는 뭐, 실수한 거 없어…… 요?"

난 킥킥 웃으며 고개를 저었다.

졸업식이 시작되었다. 도미니크의 축사가 끝나고, 상장을 수여 하는 순서가 시작됐다. 학업 성적 우수자의 발표 이후, 로열 키친 응시자를 호명했다.

"룩소 조이드."

조이가 "예." 하고 대답하며 단상에 올랐다.

다음은 스위트피의 차례였다.

"피스 쥬다흐 샤르파크."

스위트피도 곧장 단상으로 올라갔다.

'아, 본명이 피스였구나!'

그래서 아카데미에서 쓰이는 이름을 '스'위트'피'라고 지은 모양 이다.

"세니아나 프렌시프."

나는 조그맣게 대답하고 다른 애들 옆에 섰다.

"화가! 화가!"

"옛! 어르신!"

"어서 그려라. 한 치도 달라서는 안 될 것이다!"

"세니아나를 제일 크게 그려야지."

"막내는 그렇게 얼굴이 크지 않은데."

조용한 대강당에서 우리 가족들의 목소리가 커다랗게 울려 퍼져서 난 조금 창피했다. 몰래 한숨을 내쉬다가 도미니크와 눈이 마주쳤다. 그는 슬며시 미소를 머금고 상장을 읊기 시작했다.

졸업식이 끝나고 가족들은 내 학교생활을 듣겠다며 교감을 따라갔다. 나는 기숙사에서 짐을 꺼내 왔는데, 웬일로 기숙사 문 앞이 와글와글했다.

'교수들까지 여긴 무슨 일이지?'

나는 고개를 갸웃하고 그들을 쳐다보았다. 조이의 지도 교수인 기욤이 헐레벌떡 내 앞으로 뛰어왔다.

"저, 정말이냐? 네가 정말로 프렌시프의……!"

그러고 보니 기욤과 레아, 쟝뤼크는 졸업식이 시작하고 대강당에 와서 그 소란을 직접 목격하지 않았다.

"네. 맞아요."

기욤이 새파래져서 마른세수를 했다.

"내가 네, 아니, 아가씨의 요리에 혹평을 한 건 정말로 요리 실력이 형편없어서가 아니라 쟝뤼크 그 작자가 꼴 보기 싫어서……!"

"좀 비켜 보시오!"

다른 교수가 기욤을 떠밀며 내 앞에 바짝 다가왔다.

"아가씨, 재작년 실습에서 F를 준 건 제가 아니라 카리만 교수……!"

"이리 나와 보게! 아가씨, 삼 년 전 일은 잊어 주십시오. 벌점은 주고 싶어서 준 게 아닙니다."

교수들뿐 아니라 학생들까지 매달렸다.

"센, 센! 여기 내가 빌려 간 노트! 너무 늦게 줘서 정말로 미안하다."

"아가씨~! 저번 달에 교복 재킷에 주스를 흘려서 죄송해요. 마음 깊이 반성하고 있습니다. 벌을 주셔도 달게 받을 테니 제발……!"

"조별 과제에 끼워 주지 않아서 미안해. 아니, 죄송합니다. 제, 제가 철이 없어서……."

여긴 무슨 초상집인가. 다들 엉엉 울어 버리는 바람에 난 당황스러웠다.

'이래서 졸업식까지 신분을 숨기라고 했구나.'

아카데미 교칙에 깊이 감사해하며 손을 내저었다.

"마음에 두고 있는 일 없어요. 그러니까 교수님들, 고개 드세요. 너희들도."

펑펑 울며 어쩔 줄 몰라 하는 교수들과 이들을 떼어 내고 나니 시간이 훌쩍 지나 있었다.

"아가씨."

알렉시아가 내 짐 가방을 받으며 빙그레 웃었다.

"가족들은?"

"마차에서 기다리신답니다."

내가 고개를 끄덕였을 때였다. 알렉시아가 슬쩍 비켜섰고, 그녀의 등 뒤에서 익숙한 인영이 보였다.

"시트론!"

이게 얼마 만에 보는 거야!

나는 너무 반가워서 폴짝 뛰며 그녀에게 안겼다.

"시트론, 시트론."

"고생 많으셨어요, 아가씨."

"어떻게 왔어?"

"이제부터 황도에서 모시게 되었답니다."

"정말로?"

"그럼요."

우리는 얼싸안고 재회의 기쁨을 나누었다. 시트론과 손을 잡은 채 마차로 향하자 가족들이 내게 커다란 꽃다발을 건넸다.

"졸업 축하한다, 아가야."

할아버지가 알록달록한 수국 꽃다발을 건넸고.

"잘 버텼네, 우리 돼지."

"축하해."

오빠들이 올포러브 꽃다발을 각각 건넸으며.

"사랑한다."

아빠가 샛노란 프리지어 꽃다발을 건넨다. 끌어안기도 힘들 정도로 가득한 꽃다발을 받은 나는 히히 웃다가 아빠 품에 쏙 안겼다.

"감사해요."

아카데미 생활은 힘든 일도 있었지만, 그보다 즐거운 일이 더 많았다. 세니아나로서 겪은 십 대의 마침표는 행복으로 남았다.

나는 오늘 아카데미를 졸업했다.

*　　*　　*

포털을 열어 마차째로 황도에 이동했다. 황도 저택에 들어가자마자 사용인들이 우리를 반겼다.

"아가씨!"

마릴린이 방긋 웃으며 내 코트를 받았다.

"다시 모시게 되어 영광이에요."

집사 마일로도 나를 반겼다.

"졸업을 축하드립니다."

"고마워. 저기, 그런데……."

나는 마일로를 붙잡고 속닥였다.

"개인 하녀는 두 명을 둘 수 있는 거지?"

"마릴린을 개인 하녀로 두시는 게 아닙니까?"

"영지에서 시트론이 와서. 황도에 계속 있을 거래."

"그건……."

마일로가 마릴린을 힐끔 쳐다보더니 날 보며 빙그레 미소지었다.

"물론입니다."

나는 "다행이야." 하고 손뼉을 짝 쳤다. 시트론 외에도 황도에서 사용인들이 잔뜩 왔다. 할아버지가 꽤 오래 황도에서 머물기로 했기 때문이었다. 영지의 집사장인 안토니오도 함께 왔는데, 그는 황도의 집사장인 마일로와 한참 시선을 교환했다.

"안토니오 님께서도 오신 겁니까."

"어르신 계신 곳엔 늘 내가 있지."

"성의 일로 바쁘실 텐데요."

"자네와 달리 난 후진 양성에 충실했었으니 안심하게."

두 사람의 시선이 허공에서 부딪쳤다. 그 옆에선 빅터, 카터 형제와 고레일, 바커스가 대화를 나누었다. 카터가 입매를 비틀며 중얼거렸다.

"또 너희냐."

"아가씨를 지키기 위한 정예지."

"개소리하는군."

"너야말로 잡소리 집어치워라."

왜인지 오늘 저택의 분위기는 몹시 뒤숭숭했다. 할아버지와 아빠는 바로 집무실에 들어갔고, 나는 오빠들과 함께 온실로 향했다.

"분위기가 이상해요."

"그렇겠지."

"왜요?"

"성과 저택의 사용인들이 한동안 기 싸움을 할 거야."

"사이좋게 지내면 안 돼요?"

가웨인이 입꼬리를 비죽 올리며 온실 문을 열어 주었다.

"황도와 영지가 개싸움을 한 세월이 20년인데 그게 쉽겠어."

란슬롯은 내게 의자를 내주며 말했다.

"그래도 여기는 황도니 황도 저택의 사용인들이 우위에 있겠지."

"프렌시프를 오래 보좌한 건 영지 사용인이지."

"황도 저택의 고용인들이 그들보다 못한 건 아니잖아."

"후계 님은 황도에 계실 거라 황도 저택 사용인들의 편이시다?"

"저급하게 편 나누지 마라."

"형은 의리가 없어."

"너야말로 작위를 받으면 영지에서 지낼 테니 영지 사용인들의 편을 드는 거냐."

오빠들이 서로를 노려보다가 쯧, 혀를 차고는 나를 쳐다보았다.

"세니아나, 식사부터 하자."

"의사 진료가 우선이다. 코감기로 고생 중이잖아."

"식사부터야."

"진료부터."

아니, 왜 이렇게 싸우는 거람.

나는 둘 사이에서 어쩔 줄을 몰랐다.

* * *

시트론이 세니아나의 이불을 정리하고 있자 마릴린이 방 안으로 들어왔다.

"뭐 하는 거예요?"

"잠자리를 정리하고 있잖습니까."

"이 추운 날에 그렇게 얇은 이불로 되겠어요? 리나, 가서 거위 털 이불을 가져와라."

"아가씨는 무거운 이불을 좋아하지 않으세요."

"건강이 우선이죠."

마릴린이 이불을 빼앗자 시트론은 기막히다는 듯 미간을 좁혔다.

"아가씨를 보필하는 데에 꼭 경쟁의식을 불태워야 하나요? 이전처럼 편하게 대해 줄 수는 없나요?"

이전에야 금세 돌아갈 사람이라고 생각해서 참은 거다.

"경쟁?"

마릴린이 입꼬리를 비죽 올렸다.

"내가 왜 아가씨를 미친개라고 부른 영지 사용인과 경쟁해야 한다는 거예요?"

"그때의 일은 할 말이 없어요. 하지만 전 지금은 아가씨를 제 동생처럼 사랑……."

"동생? 사랑? 기가 막혀. 주인에겐 오로지 충성뿐이죠. 목숨을 바칠 기세로요."

마릴린은 하녀가 가져온 이불과 시트를 침대 위에 놓으며 시트론을 힐긋 쳐다봤다.

"주제넘은 생각은 하지 말란 말이에요."

"주제넘었다고 해서 내 충심이 그쪽보다 못하다고 생각하지 않아요."

마릴린의 표정이 일그러졌지만, 시트론은 묵묵히 베개의 먼지를 털어 낼 뿐이었다. 침대 정리를 끝낸 마릴린이 세니아나의 침실을 나섰다. 쿵! 문이 닫히자마자 그녀는 시트론이 있을 방문을 노려보았다.

"해 보자는 거지."

중얼거리는 소리에 복도를 지나던 빅터, 카터 형제와 마일로가 그녀를 주목했다.

"무슨 일이야."

"영지 놈들, 정말이지 마음에 안 들어."

카터는 아래층에서 얼핏 보이는 기사 고레일과 바커스를 노려보며 대답했다.

"내 말이."

"지금껏 아가씨를 홀대한 주제에."

"그러게 말이다."

"포털이 있으면 우리 아가씨고, 없으면 미친 망나니야? 그따위 충심이 어디 있어."

카터가 "그렇지, 암." 하며 고개를 크게 끄덕였다. 마릴린이 제 부친이자 황도 저택의 총괄 집사인 마일로를 보며 눈을 부릅떴다.

"영지파에게 절대로 지지 마세요!"

다른 때라면 철이 없다고 나무랐을 마일로는 "흠." 하고 침음했다.

'여기서 밀리면 사용인들이 각하보다 어르신을 우선하겠지.'

그는 종자 시절부터 아서를 보필해 온 뿌리부터 '아서의 사람'이었다.

"아가씨를 모시는 데에 실수가 없어야 할 것이다."

"물론이죠."

"경들도."

"예."

"당연하죠."

빅터, 카터 형제의 표정에도 결기가 어렸다.

영지의 총괄 집사 안토니오는 한숨을 내쉬며 나오는 시트론을 붙들었다.

"무슨 일이냐."

영지의 사용인이었던 시트론의 부모가 예기치 않은 일에 휘말려 죽고, 안토니오는 시트론을 자식처럼 돌보았다. 시트론이 아서의 약혼녀였던 플로헤타의 눈 밖에 났을 때 쫓겨나지 않았던 것도 안토니오의 비호가 상당 부분 영향을 미쳤기 때문이다.

시트론은 낮은 목소리로 중얼거렸다.

"황도 생활이 쉬울 것 같지 않아서요."

"남의 구역이 녹록지 않은 것은 당연한 일이지."

"……."

"그래도 밀리지 마라."

안토니오의 말에 시트론이 눈을 동그랗게 떴다. 사사로운 감정을 드러내지 않는 안토니오가 이런 말을 하는 건 처음 본다.

"그럼요!"

바커스가 버럭 소리쳤다. 뒤이어 온 고레일 또한 말이 없었다. 시트론이 눈을 끔뻑였다.

"어머, 고레일 경까지……."

"저와 바커스가 아가씨 호위 명단에서 빠졌습니다."

"네?!"

바커스는 분통을 터뜨렸다.

"아가씨 호위는 영지에서부터 우리 몫이었단 말입니다! 너구리 같은 놈들이 얕은수를 쓰고 있어!"

시트론이 에이프런을 꽉 그러쥐었다.

'손 놓고 있다간 나도 아가씨의 개인 하녀 자리를 잃겠어.'

안토니오의 말이 맞다. 시트론은 위층 난간 사이로 보이는 영지 사용인들을 응시하며 중얼거렸다.

"우리가 밀려선 안 돼요."

황도와 영지, 전쟁의 시작이었다.

* * *

나는 요 며칠 아주 곤란했다. 황도 사용인과 영지 사용인, 란슬롯과 가웨인, 그리고 아빠와 할아버지가 틈만 나면 싸워 댔다. 그리고 난……

"세니아나, 소시지 좋아하지?"

"클램차우더가 괜찮구나."

고래 싸움에 새우 등이 터지게 생겼다. 내 앞에 수북하게 쌓인 음식들을 보다가 신음을 삼켰다.

'배…… 터질지도.'

식사 때마다 이 모양이라 며칠째 소화제를 상비하고 있었다. 겨우겨우 식사가 끝나고 침실로 들어와서 더부룩한 배를 두드렸다.

'체할 것 같다.'

끙끙거리며 소화제를 먹은 후, 소파 쿠션을 끌어안은 채 통신을 연결했다.

[예.]

"저하, 잘 계세요?"

[영애가 눈에 아른거리는 것만 빼면요.]

그때, 밖에서 집사들의 목소리가 들렸다.

"어제도 업무 보고서를 올리지 않았더군."

"하하. 안토니오 님, 황도 일은 제가 잘 처리하고 있으니 염려 마십시오."

"염려가 안 되게 해야 말이지."

또 시작이었다. 내가 한숨을 내쉬니 도미니크가 물었다.

[무슨 일 있으십니까?]

"네……."

저택의 일을 종알종알 털어놓자 통신석에서 쿡쿡 웃는 소리가 들려왔다.

"뭐가 재밌으세요?"

나는 아주 곤란한데!

[프렌시프의 권력 구도가 꽤 재밌군요.]

"권력 구도요?"

[지금 상황이 마치 저희 형제 같지 않습니까?]

"저하의 형제…… 황자님들이요?"

[폐하의 눈에 들려 안달하는 모습이 비슷하죠.]

"우리 집엔 폐하가 안 계신데……."

내가 중얼거리자 도미니크는 달콤한 목소리로 [손안에 무엇이 있는지 모른다는 점도 재밌죠.] 하고 속삭였다.

'으응?'

[영애의 역할이 중요할 겁니다.]

"하지만 이건 어디에나 있는 신경전이라고 하던걸요?"

[감정의 골로 시작한 문제가 가장 무서울 때도 있습니다. 특히 프렌시프처럼 권력의 정점에 있는 가문이라면.]

"흐음……."

나는 그의 말을 곰곰이 곱씹다가 이내 고개를 끄덕였다.

"그렇네요."

지구의 역사에도 감정싸움에서 전쟁으로 번진 사건이 있었다.

[그런데 영애는…….]

"네?"

[제가 보고 싶지 않습니까?]

"바쁜데?"

내 말에 도미니크는 못마땅한 침음을 흘렸다.

"─도 보고 싶어서 큰일이에요."

[나 참.]

"왜요?"

[계속 휘둘리기만 하는 것 같군요.]

"휘둘리셨어요?"

[많이.]

나는 쿠션에 기대 배시시 웃었다. 도미니크가 자꾸만 귀여워지는 게 기분 좋았다. 우리는 그 뒤로 삼십 분쯤 더 사소한 대화를 하다가 통신을 종료했다. 그리고 그날 밤 도미니크의 예상대로 감정의 골에서 문제가 발발했다.

쿠당탕 —! 주방에서 재료를 다듬던 난 난데없는 소란에 놀라 뛰쳐나갔다. 복도 한가운데서 란슬롯과 가웨인이 서로의 멱살을 쥐고 있었다.

"정신 나간 놈."

"형이라고 봐줬더니 한주먹 거리도 안 되는 게."

"애송이라고 귀여워해 줄 때 엎드려야 밥그릇까지 뺏기는 일이 없을 거다."

"붙어 볼까."

이게 무슨 일이야! 나는 깜짝 놀라서 아빠의 부관을 잡고 물었다.

"어떻게 된 거야?"

"그게……."

부관이 당황스러운 목소리로 설명한 말에 난 기가 막혔다. 사정은 이랬다. 로열 키친 시험을 치르는 나흘간 응시자들은 성에서 숙식하는데, 짐꾼들을 한 명씩 데려갈 수 있었다. 란슬롯은 마릴린을 추천했고, 가웨인은 시트론을 추천했다. 그 때문에 다투다가 다른 문제까지 하나둘 엮이며 이 사달이 난 것이다.

"내가 후계 자리를 탐낼까 봐 찌그러져 있으라는 거 아니야!"

"내가 너 따위를 견제한다고?"

때마침 할아버지와 아빠까지 목소리를 높이며 다가왔다.

"금좌들의 포섭이 우선이다!"

"귀족들을 포섭하면 황제가 눈에 불을 켜고 우리를 주시할 겁니다."

"하면, 금좌들 중에 아탈란의 끄나풀이 있다는 것을 알고도 그저 지켜봐야 ─ 왜들 모여 있는 것이냐."

할아버지가 "안토니오." 하고 영지의 집사장을 불렀다. 사용인들이 아빠와 할아버지에게 까닭을 설명했다.

"하면 시트론을 붙여야지. 세니아나와 함께한 세월이 기니 손발이 잘 맞을 것이다."

"마릴린이 황도 사정에 더 밝습니다."

"마일로, 네 녀석은 왜 안토니오에게 일과 보고를 하지 않는 게냐. 성에서는 늘 ─ "

"황도 저택을 관리해 온 건 마일로죠."

할아버지와 아빠까지 가세해서 싸움엔 더더욱 불이 붙었다. 투덕거리던 두 사람의 목소리가 점점 더 높아졌다.

"네놈이 선을 넘는구나."

"이 꼴이 보기 싫으시면 영지로 내려가십시오."

"작위를 물려 줬다고 해서 네가 프렌시프의 가주가 된 줄 아는 게야!"

"싫다는 사람 붙들고 귀찮은 직책을 넘긴 건 어르신이시죠."

이제는 도저히 참을 수 없었다.

"그만!"

내가 소리를 빽 지르자 복도에 와글와글 모여 있던 사람들이 나를 주목했다. 눈을 부릅뜨고 가족들과 사용인들을 둘러보았다.

"다들 못 써! 같은 프렌시프의 사람들끼리 사이좋게 지내야지!"

나는 가웨인을 노려봤다.

"형아 멱살을 쥐는 게 어디 있어요!"

"형이 먼저……!"

"떼!"

"……"

이번엔 란슬롯을 쳐다봤다.

"동생을 협박하면 못 써요!"

"협박이 아니……."

"어허!"

"……"

나는 허리춤에 손을 올리고 두 사람을 번갈아 보며 선언했다.

"서로 사과하세요."

"……"

"……"

두 사람은 서로를 쏘아보다가 고개를 휙 돌렸다.

"안 하시겠다는 거죠? 좋아요."

나는 척척척 걸어서 내 방에서 외투를 가져왔다.

"이런 모습은 보기 싫으니까 제가 나갈게요."

"뭐?!"

"세니아나!"

오빠들이 나를 뜯어말렸다.

"몸도 약한 게 이 추운 날 어딜 가겠다는 거야."

"그래, 갈 데도 없잖아."

저택에서 눈치 보는 게 더 몸에 안 좋다고요. 나는 흥! 하고 저택을 나섰다.

황도 근처 객점에 방을 잡았다. 낡은 침대 위에 앉아 있으니 방밖에서 애원하는 소리가 들려왔다.

"세니아나, 세니아나!"

"이런 헛간에서 어떻게 잔다는 거야."

"아, 아가씨."

"저희가 잘못했습니다……."

오빠들과 사용인이 세 시간째 애걸복걸했지만, 난 방 밖으로 나서지 않았다.

'아우, 추워라.'

낡은 객점이라 그런지 난방이 제대로 되지 않았다.

'얇은 코트를 가지고 오는 게 아니었나 봐.'

난 무릎을 끌어안고 바들바들 떨며 소리쳤다.

"여기서 평생 지낼 거예요!"

너무 추워서 이가 딱딱 부딪쳤다. 그 소리를 듣고 오빠들의 목소리가 점점 더 애달파졌다.

"알았어! 내가 졌다! 화해하면 되잖아!"

"그래, 사과할 테니 제발 나와."

나는 양팔을 교차해 어깨를 비비며 한숨을 내쉬었다.

'이제야.'

침대에서 일어나 방문을 살짝 열었다. 나를 본 사람들은 그제야 한숨을 내쉬었고, 난 복도에 나서서 오빠들을 올려다보았다.

"······."

"······."

사과한다면서? 그런 표정으로 바라보니 가웨인이 헛기침을 하고 란슬롯 쪽으로 몸을 틀었다.

"그······ 형님 멱살 잡아서 미안."

"사과 받아 주지."

나는 란슬롯을 "오빠." 하고 불렀다.

"협박해서 미안하다."

"······그래."

"자, 이제 '형님, 아우야, 싸우지 말자' 하고 서로 안아 주세요."

이어진 내 말에 오빠들이 움찔하며 나를 쳐다봤다.

"어서요."

"······."

"······."

"안 하세요?"

"혀, 형님 이제 싸우지 말자."

"아우야, 싸우지 말자······."

나는 오빠들이 끌어안는 모습을 보고 흐뭇하게 고개를 끄덕였다. 그리고 나서 사용인들을 쳐다봤다.

"마일로와 안토니오도!"

"저는 손주가 있는⋯⋯."

"아가씨, 저도 나이가 이제 오십⋯⋯."

"안 할 거야?"

땀을 삐질삐질 흘리던 두 사람이 눈치를 보다가 서로 끌어안고 등을 토닥였다.

"자, 잘 부탁하네."

"마, 많은 가르침 주십시오."

이번엔 마릴린과 시트론을 쳐다봤다. 그녀들은 따로 말할 것도 없이 눈치 좋게 내가 쳐다보자마자 얼른 서로를 끌어안았다.

"앞으로 잘 부탁합니다, 시트론 님."

"저도 잘 부탁드려요, 마릴린 님."

기사들 차례였다. 그들은 마른침만 꿀떡꿀떡 삼키다가 사람들의 찌르는 듯한 시선을 받고 슬쩍슬쩍 서로의 갑주를 두드렸다.

"자, 잘해 보지."

"그, 그러지."

진중한 빅터와 고레일이 새빨개진 얼굴로 말하자 카터와 바커스도 억지로 입을 열었다.

"싸우지 않도록 하겠다."

"네가 시비만 안 걸면?"

"쓥."

내가 입소리를 내니 카터와 바커스가 얼른 서로를 끌어안았다.

'어휴, 다행이야.'

나는 해맑게 웃으며 모두에게 말했다.

"사이좋게 지내니 얼마나 좋아요. 이제 싸우면 안 돼요?"

"으응."

"……그래."

"예……, 아가씨……."

"노력하겠습니다……."

나는 고개를 끄덕이고 계단을 내려갔다. 시무룩해진 오빠들과 사용인들도 나를 쫓아서 내려왔고, 밑에서 기다리던 할아버지와 아빠는 어쩐지 긴장한 표정이었다.

"할아버지와 아빠는?"

"화해했다!"

"……그래."

말이 끝나기도 전에 할아버지가 재빨리 아빠의 어깨를 끌어안고 말했다. 아무래도 위층에서 있던 소란을 듣고 있던 모양이다. 나는 눈을 동그랗게 뜨고 있다가 배시시 웃고 고개를 끄덕였다.

"다행이에요. 두 분이 다투시면 사용인들도 혼란스러워진다고요."

나는 아빠와 할아버지의 손을 각각 잡으며 "이제 갈까요?" 하고 물었다.

"부디."

"제발."

"가요!"

— 하고 말하니 프렌시프 사람들의 얼굴이 환해졌다.

"마차로 가시지요."

"마부가 대기하고 있습니다."

집사들이 문을 열며 밝게 말했다. 객점에 모여 있던 이들은 우르르 빠져나가는 프렌시프의 사람들을 보고 입을 떡 벌렸다.

"프렌시프의 왕이 어르신이 아니었군."

"오, 오늘 해가 어디서 떴나?"

"살면서 이런 구경을 하게 될 줄이야."

턱이 빠져라 입을 벌리고 있던 사람들이 하나둘 중얼거리기 시작했다. 금좌 11석을 두 자리나 차지한 동부의 세도가, 권력의 정점에 선 맹수들 머리 위에 털이 몽실몽실한 병아리가 있었다.

*   *   *

시험을 앞두고 마지막 점검을 위해 샹뤼크가 저택에 도착했다. 별채 주방의 오븐에서 라자냐를 꺼낸 나는 고개를 갸웃했다.

"생각보다 더 익었네……."

"오븐이 작아서 그렇지."

"시험장에서는 대형 오븐을 쓰지요?"

"그래. 황궁에서도 대형 오븐을 쓰니까."

"그럼 역시 본채의 오븐으로 연습하는 게 좋지 않을까요?"

원래는 시설이 좋은 본채 주방에서 수련하기로 했는데, 샹뤼크가 워낙 할아버지와 아빠를 껄끄러워해서 별채 주방에서 수련 중이었다.

"작은 오븐으로도 추, 충분하지!"

샹뤼크가 커흠! 헛기침을 하며 고개를 돌렸다.

"어차피 황궁 오븐과 완벽하게 같은 기종이 아니라면 오븐별로 불 조절 감을 익히는 게 좋을 거다."

나는 미심쩍은 표정으로 쟝뤼크를 쳐다봤다.

"할아버지가 있는 본채가 싫으신 게 아니라요?"

"……그럼!"

대답이 늦은 것 같은데.

내 눈빛에서 의심이 가시지 않자 쟝뤼크는 어어흠! 커흠! 큼! 연신 헛기침을 했다.

"일 분 일 초가 아까운데 그리 미적거릴 테냐!"

"……."

"내 분명 채소를 일정하게 썰어야 한다고 했을 텐데, 왜 이리 썬 것이냐!"

"아, 그건 자르고 남은 부분이 아까워서…… 꼭지라든가, 아깝잖아요."

내가 웅얼거리니 쟝뤼크는 못마땅한 표정으로 이마를 튕겼다.

"아야!"

"일반 가정에서나 그리 생각할 테지."

"……."

"로열 키친은 황족과 귀족들을 위한 곳이다. 그네들이 어디 재료 아까운 줄 알겠느냐."

"그렇지요……."

하지만 정말로, 정말로 아까웠다.

'뿌리 쪽에 영양분이 가득한 채소들도 있는데.'

쟝뤼크는 내게 두툼한 서류 뭉치를 내밀었다.

"이게 뭔가요?"

"역대 시험관들의 자료라고 교감이 전해 주라더구나."

나는 "우와!" 소리치며 눈을 반짝였다.

"이런 게 있으면 시험에 정말로 도움이 되겠어요."

"그래서 대형 아카데미 졸업생들이 로열 키친 입관률이 높은 것이지. 매년 몇은 꾸준히 시험을 보고, 시험장 안의 정보를 후배들에게 물어다 주니까."

그러니까 이게 족보라는 거구나.

난 고개를 주억거리다가 흠칫했다.

"그럼 이거 반칙 아닌가요?"

"······."

쟝뤼크는 팔짱을 끼며 혀를 찼다. 불만스러운 표정이었다.

"도리가 없다는군. 다른 응시자들도 대부분 자료를 가지고 들어갈 테니."

그렇구나.

나는 서류의 끝을 매만지며 고민했다.

*　　*　　*

쟝뤼크는 서류를 끌어안다가, 또 조리대에 내려놓기를 반복하는 세니아나를 가느다란 눈으로 주시했다. 솔직한 심정으로는 저까짓 족보를 확인하게 하고 싶지 않았다. 우수한 성적으로 시험을 통과했다 한들, 족보를 보았다면 백 퍼센트 실력으로 인한 결과라고 확신할 수 없다.

'어렵군.'

제자를 키운다는 건 너무나 어려운 일이었다. 자신의 일이었다면 저따위 족보는 이미 불태워 없앴을 것이다. 하지만 로열 키친은 제자의 앞날에 지대한 영향을 끼칠 것이다.

제 신념을 우선하자고 제자를 가시밭길로 인도해야 하는가. 아니면 신념에 어긋나고, 제 자존심을 깔아뭉개더라도 제자의 미래를 위해 침묵해야 하는가.

그는 서류를 건네기까지 고민을 거듭했다. 세니아나는 끙끙거리며 고민하다가 한숨을 내쉬고 서류를 잡았다.

'보는 건가.'

그런데 세니아나가 서류를 화로에 던져 버렸다.

"……괜찮으냐?"

"네?"

"그 서류가 로열 키친 입관에 한 발 더 다가가게 할 수도 있어."

"그렇지만…… 족보를 보았다면 백 퍼센트 제 실력으로 입관하는 게 아니잖아요?"

"……."

"아휴, 교수님, 붙잡지 마세요. 욕심이 불쑥불쑥 고개를 든단 말이에요."

세니아나는 인상을 찡그리더니 불쏘시개로 서류를 불에 깊이 집어넣었다. 쟝뤼크의 입가에 미소가 머물렀다.

'환장하겠구만. 즐거워 죽겠어.'

왜들 제자를 키우고 싶어서 안달인지 알 것 같았다. 제자의 성장을, 자신과 같은 신념을, 확고한 의지를 지켜보는 게 이렇게 즐거운 일이었다니. 세니아나가 싱글벙글 웃는 쟝뤼크를 보고 흠칫 물러났다.

"왜, 왜 그렇게 웃으세요?"

"내가 뭘."

"아하! 또 어려운 과제 주시고 구박하시려는 거지요?"

"⋯⋯."

세니아나는 다 알아봤다며 울상을 지었다. 쟝뤼크는 턱을 쓰다듬으며 "어려운 과제라⋯⋯." 하고 중얼거리다가 실눈을 뜨고 그녀를 쳐다봤다.

"카프레제 샐러드, 만들어 볼 테냐?"

"으아아, 어려운 과제일 줄 알았어요!"

카프레제 샐러드란 건 슬라이스한 토마토 사이에 치즈를 넣을 뿐인 간단한 음식이다. 쉬운 요리일수록 특별히 맛좋게 만들기 어렵다. 세니아나가 "나빴어요!" 하며 울상을 짓자 쟝뤼크는 모래시계를 뒤집으며 "자, 시작." 하고 선언했다.

"토마토, 토마토⋯⋯!"

발을 동동 구르는 세니아나를 보고 쟝뤼크는 껄껄 웃었다.

* * *

이윽고 로열 키친 시험날이 밝았다. 나는 아침부터 준비를 마치고 계단을 뛰어 내려갔다.

"아가씨, 식사하셔야지요!"

"벌써 출발하시는 거예요?"

"시험장 조리대가 오래되어서 일찍 가야 좋은 자리를 얻을 수 있대."

마릴린과 시트론이 헐레벌떡 주방으로 가더니 샌드위치와 우유를 들고 뛰어 왔다. 나는 시트론이 건넨 샌드위치를 물고 후다닥 거실로 향했다. 어제 다 못 본 책을 집어 들었을 때, 가족들이 급히 들어왔다.

"조리화, 조리화!"

"이봐, 세니아나의 머리를 묶어 줘라!"

가웨인은 오늘을 위해 산 조리화를 양손에 들고 날 쫓았고, 할아버지는 하녀들을 재촉했다. 하녀들이 내 옆에 다닥다닥 붙어 머리를 묶고, 구두를 신겨 주었다.

"새 조리화는 길이 들지 않아서 못 신는다니까요……."

그러자 할아버지와 가웨인이 내 짐가방에 억지로 조리화를 넣었다.

"입관 시험 수석의 조리화란다. 내 직접 빼앗아 온 것이니 —"

"빼앗으셨다고요?"

"아니, 사 온 것이니 가방에라도 넣어 두어라."

란슬롯이 외투를 입혀 주며 물었다.

"시험은 언제 끝나지? 데리러 갈게."

"음, 정확한 건 가 봐야 알 것 같 — 아앗! 벌써 일곱 시다!"

나는 펄쩍 뛰며 정문을 향해 뛰었고, 하인들과 가족들이 내 뒤를 쫓아 달렸다.

"수험표는 챙겼어?"

"좋은 숙소를 얻으려면 궁관 놈들에게 얼마간 쥐여 줘야 한다는데."

"금화, 금화가……!"

"어르신, 제게 있습니다!"

나는 문 앞에 멈춰 서서 우유를 벌컥벌컥 들이켜고 "다녀오겠습니다!" 인사했다. 마차 앞으로 가자 아빠가 기다리고 있었다.

"잘하고 와라."

어젯밤부터 새벽까지 긴 회의가 이어졌다는데 잠 한숨 안 주무신 모양이다. 나를 배웅하려고. 나는 아빠의 허리를 꼭 끌어안았고, 아빠는 내 등을 다정히 두드려 주었다.

"다녀올게요."

"그래."

마차에 올라 저택을 빠져나왔다.

"아가씨, 잘하실 거예요!"

내 곁에 앉은 마릴린이 양 주먹을 꼭 쥐고 나를 응원했다. 난 짐꾼으로 마릴린을 택했다. 아무래도 황도 사정은 마릴린이 더 훤하기 때문이었다. 난 긴장된 표정으로 "으응." 대답했다.

"포털로 갈 것을 그랬나 봐요. 응시생들 마차 때문에 길이 꽉 막혔어요."

마릴린은 초조한 기색으로 창밖을 보았다.

'나도 그러고 싶지만.'

황궁 결계 때문에 길을 여는 것 자체도 쉽지 않은 데다가, 보란 듯이 포털을 열면 응시생들을 압박하는 것 같아서 저어되었다. 그래도 일찍 출발한 덕에 길이 꽉 막혔어도 아홉 시가 되기 전에 도착할 수 있었다. 검문소 앞에서 내리자 쟝뤼크가 기다리고 있었다.

"준비는 마쳤느냐?"

"네."

"시험장은 실내가 아니니 첫째도 위생, 둘째도 위생이다."

"명심할게요."

"그리고……."

쟝뤼크는 주변을 둘러보며 말소리를 죽였다.

"네가 어르신의 손녀라는 건 강력한 힘이지만, 이곳 시험장에선 그렇지 않아."

"네?"

"응시생들은 너부터 견제하려 들 거다."

"……."

"로열 키친에 사활을 건 사람이 부지기수야. 비열한 수작이 들어올지 모른다. 경계해라."

난 고개를 끄덕이고 수험표를 그러쥐었다. 쟝뤼크와 인사한 후 검문소로 향했다.

"프렌시프 가의 세니아나 님이십니다."

마릴린의 말에 따분한 듯 턱을 괴고 있던 경비병이 펄쩍 뛰어올랐다.

"서, 성녀님!"

그러자 주변 사람들 모두가 나를 주목했다.

"세니아나 프렌시프?"

"성녀라고……."

경비병은 손바닥을 비비며 속삭였다.

"로웨나 황비님께 말씀 들었습니다. 필요하신 게 있으시거든 언제든 말씀해 주십시오."

불편한 기색으로 나를 흘끔거리는 이들도 있었다.

"이번 시험 수석은 정해진 거라더니."

확실히 프렌시프 가의 딸이라는 건 이 시험장에서만큼은 내 발목을 붙잡을 것 같았다. 시험장에 들어가자 사람이 가득했다.

"벌써부터 사람이 많네요."

"으응. 더 일찍 출발할 걸 그랬나 봐……."

나보다 나이가 훨씬 많은 사람도 있었고, 작은 꼬마도 있었다.

"센!"

스위트피가 손을 흔들었다.

"왜 이렇게 늦었어?"

"늦었다고? 아직 시험 시작 세 시간 전인걸?"

"나와 조이는 어젯밤부터 검문소 앞에 줄을 섰어."

나는 조이를 쳐다봤다. 그는 쭈뼛쭈뼛하며 고개를 수그렸다.

"저기…… 그…… 자리는 맡아 줄 수가 없어서…… 죄, 죄송합니다."

"아니야. 괜찮ㅡ"

"정말 죄송합니다!"

조이가 겁먹은 얼굴로 주춤거리자 스위트피가 그의 등허리를 퍽 걷어찼다.

"우리만큼은 센을 어려워하지 않기로 했잖아."

"아, 알고 보니까 어르신과 너무 닮아서 오금부터 저리다고."

스위트피는 그의 머리를 퍽 후려쳤다.

"개소리."

나는 아카데미 때의 일이 떠올라서 킥킥 웃었다. 스위트피 덕에 조이도 한결 긴장을 풀었다.

"제일 무서운 게 권외 응시자들이야."

"권외 응시자?"

"가난해서 아카데미를 못 나온 천재들이거나, 혹은 아카데미를 졸업하고도 한 번 떨어진 사람들이거든."

아하, 그렇지. 원래 재수생들이 무서운 법이다. 우리는 시험 시작 전까지 정보를 나누었다.

"확실히 센을 흘끔거리는 사람이 많네."

"그럴 수밖에. 나 좀 전에 황비님의 시녀를 뵜거든."

"황비님?"

"코트니 황비님이 어떻게든 센을 만나야 한다고 했다나 봐."

"도움이 안 되는군. 가뜩이나 다들 예민한데."

나는 한숨을 푹 내쉬었다. 스위트피와 긴장이 풀린 조이가 "우리만은 안심해." 하면서 다독여 주었다. 그렇게 정오가 되자 로열 키친의 셰프들이 단상 위로 올라왔다. 몇 마디 인사를 한 그는 시험에 관해 공지했다.

"제군들은 성에서 머무는 동안 수없이 많은 시험대 앞에 설 것이다."

"규칙을 어겼을 때, 요리 실력이 로열 키친에 미치지 못할 때 등의 경우 점수가 감점되는데 0점이 되는 순간, 남은 시간에 관계 없이 퇴출된다."

"이곳에서 나흘을 버틴 사람만이 입관 명단에 이름을 올릴 테니, 모두 주의를 기울이도록."

응시생 하나가 손을 들고 질문했다.

"점수를 얻는 방법은 없습니까?"

"매일 진행되는 과제에서 좋은 성적을 얻으면 점수를 얻을 수 있지만……."

로열 키친 셰프의 입매가 삐뚜름히 올라갔다.

"우리들 입맛에 맞는 요리가 나왔을 때나 가능한 일이지."

저들은 미식의 나라 길라게온에서도 가장 훌륭한 실력을 가진 요리사들이었다. 물론 미각도 일반인과 비교할 수 없을 거다.

'절대로 쉽게 점수를 얻지 못할 거라는 뜻이네.'

그리고 성에서 지내는 동안 머물 숙소로 안내했다.

"여기가 황제 폐하가 머무시는 궁이구나……."

조이를 비롯한 응시생들이 질린다는 표정으로 궁을 바라보아서 나는 고개를 저었다.

"아니, 여긴 외궁이야."

"외궁?"

"황족들이 머물거나 귀족들이 입궁하는 곳은 내부 검문소를 두 번이나 더 넘어야 해. 내궁은 여기와는 비교할 수 없이 으리으리하지."

"과연 프렌시프 영애님이다……. 와 본 거지?"

나는 어색하게 웃었다. 중간에서 길이 갈려 남자 응시생들과 여자 응시생들이 나뉘었다. 여자 응시생들은 시녀를 따라 조금 더 깊이 들어갔다.

"방 하나에 세 명이 짝을 지어 머물 겁니다."

그러자 흑발의 응시생이 손을 들었다.

"숙소를 함께 쓸 사람은 응시생들끼리 정할 수 있는 건가요?"

"이름이 뭐죠?"

"세르비입니다."

"20점 감점."

세르비라는 이름의 여학생이 눈을 흡떴다.

"어, 어째서?"

"로열 키친의 셰프들을 비롯한 우리는 모두 궁인이죠. 궁인의 몸으로 황족, 그리고 궁에 초대되는 고위 귀족 앞에서도 질문을 할 셈입니까?"

"하, 하지만?!"

"30점 감점. 경비병, 저 응시생을 끌어내세요."

세르비라는 이름의 응시생은 새파랗게 질려서 끌려나갔다. 시녀는 빙그레 웃으며 겁에 질린 응시생들을 둘러보았다.

"말대답은 절대로 허락되지 않으니 주의하세요."

"……."

"몇몇 고위 궁인들을 제외하면 우리는 모두 궁을 이루는 톱니바퀴입니다. 제대로 작동하지 못할 쓸모없는 톱니바퀴는 폐기된다는 것을 잊지 마세요."

응시생들은 긴장한 얼굴로 마른침을 삼켰다. 스위트피가 주먹을 꽉 쥐고 중얼거렸다.

"사람답게 살고 싶으면 성공하라는 뜻이네."

"……응."

뒤이어 방의 구성원이 벽보로 붙었다. 나는 다행히 스위트피와 함께 방을 쓰게 되었고, 우리는 기뻐서 서로를 얼싸안았다.

"다행이야, 센!"

"응, 응! 남은 한 사람도 좋은 사람이었으면 좋겠다!"

스위트피가 우리의 이름 뒤에 이어진 이름을 보고 딱딱하게 굳어졌다.

"헤리엇 콜먼이라고?!"

스위트피는 "젠장." 하며 손톱을 물어뜯었다. 그러고 나를 쳐다보았다.

"센, 우리 아무래도 똥 밟은 것 같다."

그게 대체 누구기에?

그때였다. "꺄아―!" 하는 밝은 목소리가 들리더니 누군가 우리를 양팔로 끌어안았다.

"후배님들과 한 방이잖아!"

스위트피가 이를 악물고 등 뒤의 여자를 곁눈질했다.

"헤리엇 선배."

'헤리엇…… 선배?'

나는 눈을 동그랗게 뜨고 헤리엇이라 불린 여자를 쳐다봤다. 헤리엇은 싱글벙글하며 스위트피의 볼을 양손으로 꾹꾹 눌렀다. 격의 없는 태도라 일순 '친한가?' 하고 생각했는데, 스위트피의 표정이 점점 떫어지는 것을 보고 금세 관계를 다시 정의했다.

'고양이와 생쥐구나.'

물론 고양이는…….

"반가워, 후배님."

내게 손을 내밀고 있는 '헤리엇 선배' 쪽일 거다.

"뵙게 되어 영광이라거나 두 손으로 악수 받아야 하는 건 아니지?"

"선배!"

스위트피가 인상을 쓰며 말하자 헤리엇은 "농담, 농담." 하며 깔깔 웃었다.

"가자. 동부 아카데미 출신끼리 단합을 다져야지."

스위트피에게 짐가방을 턱 던진 그녀가 손을 팔랑팔랑 흔들었다.

"짐꾼 안 데려오셨어요?!"

"좁아터진 방에 짐꾼까지 재울 수 없잖아."

그러더니 내 짐꾼인 마릴린과 스위트피의 짐꾼 하녀를 슥 돌아보고 빙그레 미소 짓는다.

"내 덕에 널널하게 지낼 수 있을 거야. 선배님의 지혜랄까."

스위트피는 "재작년에 입관 시험을 봐서 그런 거지. 뚝 떨어졌지만." 하고 투덜거렸다. 헤리엇이 그런 스위트피의 이마를 꾹 눌렀다.

"안 본 새에 나불나불 잘도 말하게 됐네~?"

"나불나불……!"

스위트피가 기가 막힌 듯 헤리엇을 바라보자, 헤리엇은 양손으로 스위트피의 볼을 잡고 흔들었다.

"아유, 귀여운 애송이~ 확 물어 버릴까 보다."

"선배!"

"얌전히 따라와~?"

헤리엇이 생글생글 웃으며 먼저 걸었고, 스위트피는 씩씩거리다 짐가방을 주웠다.

"하필이면ㅡ!"

"괜찮아?"

"조심해, 저거 완전히 개니까."

"개? 아, 문다는 비유를 했지."

"비유가 아니야."

"응?"

"저건 실제로 문다고!"

헉! 내가 숨을 들이켜자 마릴린이 헤리엇을 힐끔거렸다.

"아가씨, 조심하세요. 방 안에서 무슨 일이 일어날지 몰라요."

"……."

스위트피도 혀를 차며 헤리엇의 등을 노려보다가 힘없는 목소리로 "가자." 하고 말했다. 방 안에 들어가자 헤리엇은 가장 큰 침대를 차지하고 앉아 발을 까딱거렸다.

"뭐 해?"

"뭘요."

"점심을 받아 와야지. 첫째 날은 직접 받아 와야 하거든. 나는 버터롤이 좋으니까 챙겨 와."

"그건 선배가 해 —"

"어서."

나는 스위트피에게 "내가 다녀올게." 하고 말했지만, 스위트피는 "됐어. 네 것도 받아 올게." 하고 답하며 헤리엇의 짐가방을 던지듯 내려놓았다. 쿵! 문 닫히는 소리가 살벌했다. 마릴린은 헤리엇을 잔뜩 경계하며 내 짐을 풀었다. 조리 도구를 내려놓고 있는데, 헤리엇이 다가왔다.

"팬 좋네. 시중에 있는 브랜드는 아닌 것 같은데 제작?"

마릴린이 팬을 꼭 끌어안으며 인상을 찌푸렸다.

"이건 어르신이 아가씨를 위해 연금술사에게 의뢰한 소중한 팬이에요!"

헤리엇이 팔짱을 낀 채 못마땅한 침음을 흘렸다.

"뭐, 좋아. 어차피 주방 안에선 못 쓸 테니까."

마릴린은 그런 헤리엇을 노려보며 "밉상이야." 하고 속닥거렸다. 짐을 풀고 있는데, 얼마 지나지 않아 스위트피가 그녀의 짐꾼과 함께 쟁반을 가지고 들어왔다.

"점심 먹자."

"스튜네!"

"좋아해?"

"응!"

스위트피가 짐가방 위에 쟁반을 내려놓자 짐꾼들이 문 쪽으로 물러났다. 헤리엇은 짐꾼들을 흘끔 쳐다보다가 침대에서 내려와 자리를 잡았다.

"저들은?"

"또 무슨 소리를 하려고요, 선배."

"같이 안 먹는 거니? 귀족 나리는 하인들과 함께 식사할 수 없어?"

"선배도 귀족이잖아요. 콜먼 백작가의 따님이 무슨."

"나 말고, 너희 의사를 묻는 거야."

"하인과 식사하는 건 제겐 하루 이틀 일이 아니거든요? 가난한 귀족은 하인이 있는 일도 드물다고요."

그렇게 말하던 스위트피가 "센은?" 하고 물었다.

"나도 괜찮아."

그런데 짐꾼들이 오히려 펄쩍 뛰며 손을 내저었다.

"그럴 수야 없지요! 아가씨와 겸상이라니! 말도 안 됩니다!"

"예, 저희는 괜찮습니다."

몇 번 권유했지만 그들은 절대로 그럴 수 없다며 끝끝내 다가오지 않았다. 헤리엇은 빙그레 웃고 말했다.

"짐꾼들의 식사 시간은 따로 있으니까 우리 먼저 먹자."

스위트피가 "알면서 왜 물어봐요!" 하며 스푼을 들었다. 스튜를 입에 넣은 나는 고개를 갸웃했다.

'간이 이상한데.'

스위트피도 나와 같은 생각인지 미간을 좁히며 스튜를 쳐다봤다.

"뭐야, 로열 키친의 음식이라서 기대했더니."

"간이 부족하지?"

"향신료 배합도 틀려먹었어. 아, 이런 걸 먹고 어떻게 시험을 보라는 거야. 입맛만 상하겠어."

나는 짐가방에서 가져온 조미료를 꺼냈다.

"우리가 조절하면 되지."

"그래, 방에 간이 뭐도 있으니까 다시 끓이면 되겠다. 센, 네가 간을 볼래?"

"좋아! 그런데…… 선배는요?"

헤리엇은 생글생글 웃으며 어깨를 으쓱했다.

"난 너희들이 해 온 걸 맛볼래."

스위트피는 "기대도 안 했어요." 하며 스튜를 작은 냄비에 옮겨 담았다. 냄비 안에서 뭉근하게 끓어오르는 스튜를 보다가 소금을 조금 추가했다. 하지만 간을 다시 해도 영 개운치 않았다.

'고기 자체가 하급이라 잡내가 가시지 않아.'

어떻게 할까 고민하는데 스위트피는 이제 슬슬 귀찮아졌는지 "그냥 먹을까?" 하고 물었다. 헤리엇이 턱을 괴며 중얼거렸다.

"그건 좋은 생각 같지 않은데."

난 헤리엇을 힐끔 쳐다봤다.

'이상한데.'

처음 만났을 때부터 그녀는 미묘한 구석이 있었다.

"센, 어떻게 할까?"

"음…… 카레 가루를 추가해 볼까?"

"그렇구나! 카레는 향이 강하니까 잡내가 덜 느껴질 거야. 아, 나 월계수 잎이 있어."

"넣어 보자!"

우리가 떠들며 요리를 하는 동안 헤리엇은 가만히 냄비를 주시하고 있었다. 스튜를 다시 그릇에 옮겨 담으려고 하니, 헤리엇은 고개를 갸웃 기울였다.

"그냥 넣으려고?"

"뭐 어때요. 우리끼리 먹는 건데."

"흐음……."

나는 얼른 스위트피를 붙잡았다.

"다른 그릇에 담아서 먹자. 나, 그릇을 몇 개 가져왔어."

"설거짓거리만 늘 텐데?"

"애써 다시 만들었는데 이전 그릇에 묻어 있던 여분과 섞이면 아깝잖아."

"흐음."

"위생에도 좋지 않고."

스위트피가 고개를 끄덕이더니 내가 내준 접시를 물에 잘 씻어왔다. 물기를 꼼꼼히 제거한 후 다시 스튜를 부었다. 맛을 본 헤리엇이 나와 스위트피를 번갈아 보았다.

"피스, 넌 저 애에게 고마워해야겠다."

"센에겐 늘 고마워하고 있다고요."

다시 만든 스튜는 꽤 괜찮았다. 카레 가루를 추가해서 '스튜'라고 보기엔 어렵지만, 어쨌든 카레도 넓게 보면 스튜의 일종이긴 하다.

'그보다 헤리엇 선배가 신경 쓰이는데…….'

자꾸만 느껴지는 기이한 위화감에 헤리엇을 빤히 보자 그녀는 입꼬리를 슬쩍 올렸다. 식사를 마친 후, 헤리엇은 씻겠다며 먼저 방을 나섰고 스위트피는 투덜거리면서 헤리엇의 접시까지 씻어 놓았다.

"이대로 있다간 계속 선배에게 말리겠어. 방책이 필요해."

침대에 앉은 스위트피가 투덜거렸지만, 난 곰곰이 생각하다 고개를 저었다.

"아니."

"응?"

"선배가 시키는 대로 하자."

"……무슨 소리야?"

나는 짐이 별로 없는 헤리엇의 가방을 쳐다보며 "혹시 모르니까." 하고 중얼거렸다.

내 추측이 사실이라는 것을 확인한 건 그 뒤로 세 시간 뒤, 응시생들이 다시 조리장에 모였을 때였다. 조리장에 모이기 전부터 붙은 벽보를 확인한 응시생들은 불같이 화를 내기 시작했다.

"이게 뭐야, 내가 왜 탈락이냐고!"

"말도 안 돼!"

"점수 깎일까 봐 식사도 안 하고 쥐죽은 듯이 있었는데!"

스위트피와 조이도 어리둥절한 표정이었다.

"뭐야, 대체 어떻게 된 거지?"

"우리가 모르는 새에 시험이라도 보고 있었던 건가."

그때, 단상 위로 서른 명 남짓의 로열 키친의 셰프들이 올라오기 시작했다.

"뭐, 뭐야!"

단상을 보던 스위트피와 조이가 버럭 소리쳤다.

'역시.'

그들 중엔 헤리엇이 있었다. 헤리엇은 로열 키친을 상징하는 휘장과 금색의 타이를 매고 있었다.

"벽보에 붙은 이들은 성을 떠나고, 남은 자들은 정렬해라."

회장이 터져나갈 듯 시끄러워졌다. 퇴출 명단에 이름을 올린 응시생이 항의했다.

"제가 왜 퇴출이라는 겁니까!"

그가 소리치자 셰프들 사이에서 누군가 손을 올렸다.

"네놈과 한 방에 있던 제4키친의 루터다."

"......!"

"너는 불결한 손으로 음식을 만졌고, 같은 방 응시생을 협박해 조리서를 갈취했으며 무엇보다."

루터 요리사가 쯧, 혀를 찼다.

"코가 형편없어. 스튜에 소금만 때려 넣고, 잡내를 없앨 생각을 하지도 않은 주제에 실력을 과신했지."

"그, 그건……!"

"그게 맛있긴 뭐가 맛있다는 거야. 황궁의 돼지도 네가 만든 요리보다 나은 걸 먹을 거다. 썩 꺼져!"

루터 요리사의 말에 응시생의 표정이 붉으락푸르락 달아올랐다.

"으, 응시생을 더러운 수로 속이는 게 로열 키친에서 하는 일인가! 한 방을 쓴 사람이 시험관이라는 걸 알았더라면 그렇게 쉽게 간을 맞추지는 않았을 거라고!"

"어리석은 놈!"

나이 지긋한 로열 키친의 셰프가 일갈하자 응시생은 움찔, 뒷걸음질 쳤다.

"시험관 앞이 아니라고 그따위 요리를 내는 놈을 어찌 요리사라고 부르겠느냐!"

시험장이 고요해졌다. 다른 응시생들은 마른침을 삼켰고, 셰프는 인상을 찌푸린 채 조리장을 둘러보았다.

"폐하께서 보시지 않는다고 더러운 손으로 식칼을 잡을 테냐."

"……."

"사람 입에 들어가는 음식은 독이 될 수도, 약이 될 수도 있어. 그래서 요리사는 무엇 하나 소홀해선 안 되는 것이다."

"……."

"탈락자들은 어서 황궁을 떠나도록 해라."

응시생들은 여전히 억울한 표정이었지만, 하나둘 어깨를 떨구고 움직이기 시작했다. 조이와 스위트피가 질린 표정으로 단상 위를 바라보았다.

"엄청나네."

"그러게 말이다."

탈락자들이 조리장을 떠나고 로열 키친의 셰프들이 조리대 사이사이를 걸으며 응시생들의 차림을 점검했다.

"조리모에서 머리카락이 빠져나왔군. 30점 감점."

"손톱 밑이 더럽잖아! 이따위 손으로 음식을 하겠단 말이냐! 50점 감점! 퇴출이다!"

"에이프런의 매듭이 느슨하구나. 요리 중에 떨어지면 요리하던 손으로 다시 잡을 생각이니? 10점 감점."

그들 틈에서 헤리엇이 우리에게 다가왔다.

"어머나, 조이 주제에 로열 키친에 응시를 했네~"

"서, 선배. 언제 입관하신 거죠?"

"작년 시험에서 붙었지."

"그런데 왜 학교에 알리지 않으시고……!"

"권외 응시자들은 알리는 경우가 거의 없잖아? 그래서 나처럼 쓰이는 거고."

그녀가 까르륵 웃고 조이의 조리모를 툭 쳤다.

"모자 엉성하게 썼구나? 20점 감점~"

"으윽."

"스위트피는…… 고집 세게 생겼으니 50점 감점시킬까?"

"선배!"

"농담, 농담."

헤리엇이 까르륵 웃으며 스위트피의 어깨를 탁, 쳤다. 그리고 그녀의 시선이 내게 향했다.

"세니아나 프렌시프 양."

"……네."

"너, 내가 시험관이라는 걸 눈치채고 있었지?"

그러자 학생들의 차림을 점검하던 시험관들이 내게 흥미를 보이기 시작했다.

"눈치챘다고? 어떻게?"

"헤리엇, 네가 말해 준 거 아냐? 프렌시프 영애님이라고."

헤리엇은 팔짱을 낀 채 "설마요~" 하고 중얼거렸다.

"어떻게 알았니?"

"그야…… 이상했으니까요."

"이상하다고?"

"여기 있는 권외 응시자들을 보면 다들 살벌한 눈빛이거든요. 그런데 선배님은 여유로웠고, 또…….."

응시자들과 로열 키친의 셰프들이 나를 주목했다.

"선배는 귀족 출신인데, 짐꾼들과 함께 식사하지 않느냐고 물으셨지요."

"그런데?"

"귀족이…… 그런 생각을 할 수 있나요?"

윤세나의 세계에서 살다 온 나도 의아한 질문이었다. 귀족은 태어날 때부터 평민들 위에 선다. 처음부터 '남들과 다른 나'가 익숙한 것이다. 스위트피처럼 타인에게 상냥한 사람조차 하인과의 겸상은 이례적인 일이었다.

"그런데 하인들과 함께 먹지 않느냐고 물은 건 이상하잖아요."

"……."

"로열 키친의 셰프들 중에 귀족이 많지만, 본인보다 신분이 낮은 궁인들을 위해 요리할 때가 있지요. 그래서……."

"그래서?"

"선배의 말이 그런 일에 자존심 상해하지 않을 수 있냐는 시험……
같았어요."

다른 일도 수상하긴 했다. 스위트피에게 힌트를 준 일 말이다.
잡내가 나는 스튜를 그냥 먹자는 스위트피에게 '그건 좋은 생각 같
지 않은데' 하고 말하거나, 음식을 새 그릇에 담아 먹도록 한 일.

'헤리엇은 꽤 스위트피를 아끼고 있는 거야.'

"그리고 처음에 시험관님이 말씀하셨잖아요. 매 순간 시험대에
설 거라고요. 그게 힌트가 아닐까 싶었어요."

"그랬지."

"그리고 항상 정오에 시험을 본다고 하셨는데, 선배님과 만난 게
마침 정오였기도 하고……."

우물쭈물하며 헤리엇을 바라보니 그녀는 깔깔 웃었다.

"꽤 영리한걸."

"가, 감사합니다."

"기대된다, 너."

"……."

"추가 점수 15점."

"앗!"

내가 깜짝 놀라 그녀를 보니 헤리엇은 곁눈질로 주변을 둘러보
았다.

"여기서 추가 점수를 얻은 사람은 너뿐이네."

다른 셰프들도 "호오……." 눈을 동그랗게 뜨며 나를 빤히 쳐다

봤다.

"프렌시프의 힘으로 응시권을 따낸 건 아닌 모양인데."

"그렇군."

셰프들이 응시생들의 점검을 마치고 단상 위로 올라갔다. 난 한숨을 푹 내쉬었다.

'눈도장은…… 찍은 것 같은데.'

다행이다. 얼마 지나지 않아 첫날의 두 번째 시험이 시작되었다. 초청한 귀족이 가장 맛있게 먹는 음식을 만드는 자에게 추가 점수가 있는 시험이었다. 곧 초청한 귀족이 올라왔고, 시험장은 또 한 번 소란에 휩싸였다.

'아, 아니!'

뭐야. 왜 여기 계신 거야!

위풍당당하게 단상 위에 오른 사람은 샤르파크 후작이었다. 술렁이는 응시자들 사이에서 나 홀로 기가 막힌 표정을 짓고 있었다.

'아니, 샤르파크 후작이 왜?'

내가 알기로 그는 이익 없는 장사엔 절대로 발을 디밀지 않는 사람이었다. 시험관인 로열 키친의 셰프가 그를 소개했다. 금좌 11석의 한 사람이며 동부의 거두, 샤르파크 가의 가주라는 간략한 말 뒤로 그의 소문을 들은 응시생들의 중얼거림이 따라붙었다.

"길라게온 제일의 현금 부자라던데."

"지하의 거목이라 불린다고 들었어요. 마약왕이라지요?"

"과연 로열 키친. 심사자의 급이 다르군."

"대체 저런 분이 무슨 까닭으로 심사를……."

시험 과제는 샤르파크 후작을 만족시키는 요리를 내는 것이었다. 밀가루로 만든 음식은 기피한다는 시험관의 말에 면 요리가 특기인 응시생들은 좌절했다.

"세계 제일의 밀가루 산지에 터를 둔 사람이 어떻게 밀가루를 못 먹을 수 있냐고!"

조리장 뒤편에 마련된 재료 창고 앞에서 누군가의 절규가 들려왔다.

'으음, 밀가루를 드시지 않는다는 건 익히 알긴 하지만……'

이럴 줄 알았으면 이유를 알아둘 걸 그랬다. 밀가루를 꺼리는 이유가 글루텐(불용성 단백질) 때문이라면 곡류를 재료에서 제외해야 한다.

'하지만 일전에 보리를 먹는 것을 보았으니까 그건 아닐 거야.'

한약을 먹고 있어서 밀가루를 자제하는 것도 아닐 텐데. 그런 생각을 하다가 힐끔 뒤를 돌아보았다. 후작 앞에 응시생 몇이 모여 있었다.

"외람되지만 후작님, 몇 가지 여쭈어보아도 되겠습니까?"

"괜찮으시다면 여쭤보고 싶은 것이 있습니다."

"송구하지만 질문이 있습니다."

그들은 후작에게 무언가를 물었고, 후작은 친절하지는 않지만 일단 답변을 주었다. 질문한 이들이 밝은 얼굴로 돌아와 재료를 집었다. 그들 중엔 조이도 있었는데, 스위트피가 그에게 물었다.

"뭐라서?"

"너도 가서 묻지? 넌 샤르파크의 방계이니 다른 사람보다 한결 편하게 질문할 수 있잖아."

"그러니까 갈 수가 없는 거지."

스위트피는 쯧, 혀를 차더니 후작을 힐끔 쳐다보고 "왜 하필." 하며 고개를 저었다.

"센, 너는 가지 않아도 돼?"

"나는 샤르파크 성에서 실습을 한 적이 있는 데다가……."

"그렇네. 신분상."

쟝뤼크의 말대로 내 신분은 이번 시험에선 도움이 되지 않는다. 모든 응시생이 나를 주목하고 있어서 심사자인 샤르파크 후작에게 다가가는 것조차 부담이 된다. 스위트피와 나는 마주 보고 한숨을 내쉬었다.

"어쨌든 밀가루나 곡류는 피하는 게 좋겠어."

"응, 안전하게 가야지."

자꾸만 손에서 식은땀이 난다. 재료를 고를 시간은 한정되어 있는데, 전혀 감이 오지 않으니 머리가 새하얘지는 기분이었다.

'침착해.'

침착하게 생각하자.

'후작이 성에서 즐겨 먹던 게 뭐였지.'

일단 간이 세지 않은 연한 육류. 과일과 과즙. 현미로 만든 오트밀. 채소 포타주. 그리고 내가 만든 컵밥도 좋아했었다. 일단은 그런 요리와 비슷한 재료로 요리해 볼까.

나와 스위트피, 그리고 조이는 재료를 골라서 조리대로 돌아왔다. 여전히 샤르파크 후작 주위에 몰려 질문을 하는 응시생들이 몇 있었다. 그리고―

'시험관들이 왜 펜을 움직이고 있지?'

질문을 하고 돌아가는 응시생들의 번호표를 유심히 보고 서류에 무언가를 기재했다.

"너, 이름이 뭐지?"

"조지아 들룽입니다."

일부러 이름을 묻는 사람들도 있었다.

"설마!"

내가 눈을 동그랗게 뜨자 스위트피가 고개를 갸웃했다.

"센?"

"스위트피, 우리도 질문하러 가야 해!"

"그게 무슨 소리야?"

그때, 단상 위에서 시간을 재고 있던 시험관이 종을 울렸다.

"일 분 후에 조리를 시작한다. 모두 조리대로 돌아가도록."

큰일 났다. 늦었어!

내가 입술을 깨물자 스위트피는 "무슨 일이야?" 하고 물었다.

"각하께 밀가루를 먹지 못하는 이유를 질문하는 것까지가 시험이었던 거야."

"뭐?!"

"이번 과제로 점수를 얻을 수 있다고만 했지, 감점하지 않겠다고는 안 했잖아. 각하께서 왜 밀가루를 못 먹는지 물어보지 않는 사람들은 감점일 거야."

스위트피가 굳은 얼굴로 시험관들을 쳐다보았다.

"그래, 정확한 이유를 모른 채 요리하는 건 시식자 몸에 나쁠 테니까."

내 생각이 맞았던 거다. 단순히 '밀가루를 싫어한다'라.

'잠깐만. 후작이 즐겨 먹던 음식의 재료들은 모두……'

나는 재료를 골라서 돌아가는 스위트피의 팔을 잡았다.

"스위트피."

"응?"

"각하가 과거에 피부병을 앓은 적이 있니?"

"글쎄."

그러자 조이가 "네 백부님이신데 그걸 모른단 말이야?" 하고 물었다. 스위트피는 어깨를 으쓱했다.

"선대 샤르파크 후작도 모를걸."

"왜?"

스위트피는 주변을 둘러보고 목소리를 바짝 낮추었다.

"각하는 정부인 소생이 아닌 혼외자거든. 그것도……"

"아, 매춘부의 자식이라고 했지."

"열 살이 넘어서 가문에 들어왔고, 정부인 소생 장자가 불의의 사고로 죽기 전까진 지하에 갇혀 살았대."

"그렇군."

"집안 행사에도 얼굴을 전혀 비춘 적이 없었으니 어떻게 살아왔는지 모르지."

조이는 고개를 절레절레 저었다.

"하여간 아랫도리 잘못 놀리는 놈들이란. 낳은 제가 잘못이지 애가 무슨 죄가 있다고 가둬 놓고 키운…… 아, 실례."

조이가 샤르파크 가의 사람인 스위트피를 보고 헛기침을 했다.

"뭐, 내 백조부님이시지만 나도 그분이 썩 좋은 건 아니라. 이해도 안 되고."

다시 한번 어깨를 으쓱한 스위트피가 재료를 담은 바구니를 가지고 조리대로 돌아갔다. 조이도 몇 가지 재료를 더 고른 후 발걸음을 돌렸다.

'밀가루와 기름진 음식을 끊으면 피부가 좋아지지.'

우리 식당 옆 미용실에 다니던 동네 언니가 연예인을 준비하고 있어서 피부에 예민했다. 피부과나 피부 관리실에 갈 돈이 없어서 예민하게 음식을 조절했다는 이야기를 들은 적 있다.

[오늘 입양 때문에 손님이 오시니까 세나, 너는 시설 안으로 들어
오지 마라.]

고아원의 원장은 피부병을 앓는 나를 사람들에게 보여 주지 않았다. 제 관리 소홀로 여겨질까 봐 저어한 것이다.

'샤르파크 후작이 밀가루를 싫어하는 것도 트라우마와 관련된 걸지도 몰라.'

나는 재료가 들어 있는 바구니에서 쓸 만한 것들을 골라냈다. 다행히 시금치와 당근, 쌀과 녹차 등이 있어서 내가 생각하는 요리를 할 수 있었다.

'몇 점을 감점당했는지 모르겠어.'

조리모를 제대로 착용하지 않는 것만으로도 꽤 많은 점수를 잃었다. 그런데 시식자의 건강과 관련된 일이라면…….

'고작 10점, 20점 깎이는 건 아닐 거야.'

이번 과제에서 무조건 점수를 얻어야 한다. 나는 얼른 손을 닦고 재료를 다듬기 시작했다. 시금치를 갈아서 밥과 함께 안친 다음, 소스를 만들었다. 잘게 다진 파와 간장, 고춧가루, 깨소금, 참기름 등을 넣어 만들었다.

'콩나물 대신 피부에 좋은 시금치로 시금치 밥을 만들고.'

다음엔 곁들여 먹을 요리를 하기로 했다.

[시험 과제가 나오면 일단 육고기와 해산물, 채소, 곡류를 모두 써야 한다. 2:2:4:2의 비율을 맞추면 더욱 좋겠지.]

쟝뤼크의 말을 떠올리고 바구니 속에서 우렁이를 집었다.

'우렁이로 된장찌개를 끓이자. 시금치와 잘 어울릴 거야.'

된장을 한 스푼, 고추장을 반 스푼 넣고 손질한 우렁이를 함께 볶았다. 타지 않도록 잘 살핀 다음, 구수한 냄새가 나기 시작했을 때, 쌀을 씻으며 덜어 둔 쌀뜨물을 부었다. 그리고 애호박과 양파, 감자 조금을 넣고, 재료가 끓기 시작했을 즈음 두부를 투입. 거품을 걷어 내 가며 청양고추와 파를 넣었다.

'육고기는…… 으음.'

조금 전 재료를 고를 때 유난히 신선한 소고기를 발견했다. 마블링이 완벽한 소에 양념을 잔뜩 넣어 볶는다는 건 소시민이었던 나에겐 상상도 할 수 없는 일이었다.

'굽자!'

쟝뤼크는 불 조절에 약한 내게 고기 굽는 법을 맹훈련시켰다. 그래서 이제 굽는 것이라면 뭐든 자신 있었다.

'고기는 식으면 냄새가 나고 맛이 떨어지니까 기다려야 해.'

요리 시간이 끝나기 직전 구우면 야들야들해서 더욱 맛있을 것이다. 나는 디저트를 준비하면서 시간을 가늠했다.

'조금만 더.'

조금만.

아슬아슬할 때까지 기다린 나는 고기를 구웠다. 막 조리를 마쳤을 때, 종료를 알리는 종이 울렸다. 난 한숨을 내쉬며 쟁반 위에 만든 요리를 가지런히 올려 두었다.

시식이 시작되었다. 샤르파크 후작 혼자서 이 많은 응시생의 요리를 어떻게 다 맛보려나 싶었는데, 대부분의 요리는 그의 앞에 가지도 못했다.

"해산물은 쓰지도 않았군."

"그, 그렇지만 맛은 확실히?!"

"맛볼 가치도 없어."

"세상에! 탄 음식을 금좌의 식탁에 올리라는 말이냐! 실격! 조리장을 떠나라!"

"그럴 수가……."

"어머~ 우리 집 개도 이따위 오트밀은 안 먹는단다~"

지금까지 샤르파크 후작의 식탁에 오른 요리는 단 네 접시였다. 스위트피의 차례였다. 설탕을 쓴 요리가 특기인 그녀는 설탕 세공을 한 나무를 중앙에 세우고 그 주변으로 잔디를 연상시키는 녹색의 수프를 부었다.

"손재주가 좋군."

"이 아이는 저와 동문인데 저학년 때부터 애피타이저와 디저트
가 특기였답니다."

"이렇게 얇은 가지까지……."

스위트피의 평가는 좋은 편이었다. 나와 조이는 서로를 마주 보
며 씩 웃었다.

"스위트피는 동부 아카데미의 자랑이라고."

조이가 으쓱하자 주변에 있던 응시생들이 혀를 찼다.

"저거 바보 아니야."

"아카데미마다 로열 키친에 한 명씩 뽑히는 게 관례인데."

"그러니까 말이다. 동기의 성적이 좋으면 제가 떨어질 텐데."

그러자 조이가 울컥한 표정으로 주변을 노려보았다.

"조이."

"하지만?!"

"휩쓸리면 안 돼."

이를 악문 조이가 쟁반 끝을 꾹 잡은 채 고개를 수그렸다. 스위
트피의 요리는 샤르파크 후작의 식탁에 올라갔다. 후작이 천천히
스푼을 들었다. 묵묵히 맛을 본 그가 그녀를 흘끔 쳐다보았다.

"가문 망신 시킬 실력은 아니군."

"……."

그가 고개를 끄덕이자 곁에 있던 시험관이 서류에 무언가 적었
다. 다음은 조이.

'아이고.'

조이의 요리는 식탁에 올라가지 못했다. 그는 얼굴이 거무죽죽

해져서 조리대로 돌아왔다.

"……."

"조이."

"괜찮아?"

나와 스위트피가 물었지만, 조이는 대답이 없었다. 그리고 이번엔 내 차례가 되어 나는 쟁반을 든 채 조심스럽게 움직였다.

"한 상을 다 차렸군."

"화려한 맛은 없군요."

"죄다 갈색이니……."

시험관들은 떨떠름한 표정이었다. 금좌의 식탁에 올릴 만큼 뛰어난 요리로 보이지는 않는 모양이다.

"하지만 단점도 보이지 않습니다."

"……."

"그냥 통과시키죠. 프렌시프 어르신께서 또 주방을 뒤집으면 어쩐단 말입니까."

"그럴 수야 없지."

눈꼬리가 올라간 셰프가 허리춤에 손을 얹은 채 말했다.

"신분으로 뽑는다면 작년에 세자르 백작 영애가 떨어질 일이 있었겠느냐."

"맞습니다."

"121번 응시생. 말해 보게."

그들이 날 쳐다보았다.

"무슨 까닭으로 그 요리를 만들었는가."

"저는……."

난 마른침을 꼴깍 삼키며 입을 열었다.

"후작 각하께서 밀가루를 드시지 못하는 이유가 어쩌면 피부 때문이 아닐까 싶었어요."

"피부?"

흥미 어린 눈으로 이곳을 쳐다보던 후작의 표정이 딱딱하게 굳어졌다.

'매춘부의 자식이라 과거에 피부병을 앓은 게 트라우마일지도 모른다는 말을 어떻게 하지.'

난 주저하다가 조심스럽게 말했다.

"동부는 바다가 없는 땅인 데다 척박해서 오래 보관할 수 있는 밀가루를 많이 먹잖아요."

"밀가루가 많이 나는 땅이기도 하지."

"더더군다나 후작께서 젊을 적엔 성녀가 없었으니 포털을 열어 재료를 가져오기도 힘들었겠지요."

"그래."

"거기다 십수 년 전부터 개발 중인 땅이 많기도 하고요."

"그래서?"

"피부에 안 좋은 영향을 미치는 환경이니 나이 지긋한 분들은 피부병을 많이 앓았다고 들었어요."

"……."

나는 샤르파크 후작과 시선을 마주치며 말했다.

"귀족에게 체면은 목숨과도 같은 것."

"……."

"귀족 중의 귀족인 후작께서 밀가루를 저어하시는 건 어쩌면 당연한 일이 아닐까 싶었지요. 그래서 피부에 좋은 요리를 만들었습니다."

나와 눈이 마주친 시험관들이 커흠, 헛기침을 했다.

"가 봐라."

다행이다. 변명이 먹혔나 봐.

내 요리도 식탁에 올라갔다. 후작은 된장찌개를 몇 번 휘저으며 목소리를 낮췄다.

"내가 피부병을 앓았다는 것을 누구에게 들었느냐. 피스(스위트피)는 모를 터인데."

"추측했어요."

"……추측?"

"저도 앓은 적이 있었으니까요."

지금도 피부가 뒤집어지면 겁부터 난다. 애들이 나를 또 괴물이라고 부르면 어쩌지. 흉한 괴물이라고 사람들이 나를 꺼리면 어떻게 하지.

후작은 나를 흘끔 쳐다보더니 입꼬리를 올렸다.

"그렇군. 너도 사생아였지."

"……?"

나는 그의 말을 곰곰이 생각하다가 퍼뜩 고개를 들었다. 아! 그게 아닌데! 우리 아빠는 나를 가둬서 키우지 않았다. 정확히 말하면 '다른 아빠'가 그랬던 거지!

내가 눈을 흡떴지만, 샤르파크 후작은 다 안다는 듯 어쩐지 인자하게 웃었다. 그가 된장찌개를 떠서 입에 넣었을 때였다.

"……!"

다정하던 후작의 표정이 단숨에 일그러졌다. 이상한 점을 느낀 시험관이 다가왔다.

"각하, 제가 잠시 맛을 보겠습니다."

된장찌개를 맛본 시험관의 얼굴도 딱딱하게 일그러졌다.

"프렌시프 영애께선 이 시험이 장난으로 보이시나 봅니다."

"네?"

"이따위 소금국을 사람더러 어찌 먹으란 말씀이십니까!"

소금국이라니?

난 황급히 새 스푼을 들어 된장찌개를 맛보았다.

"윽!"

형편없을 만큼 짜다. 대체 어떻게 된 거야. 나는 국에 소금을 전혀 쓰지 않았는데! 어째서 갑자기 간이 변한 거지.

나는 조리를 하면서도, 그릇에 담으면서도 간을 봤다. 내가 요리가 든 쟁반과 떨어져 있던 시간은 고작 5분가량. 그것도 시험관인 로열 키친의 셰프들이 단상 앞에서 최종 점검을 할 때뿐이었다.

"조리장에서 퇴장하십시오."

쟝뤼크의 곁에 있던 시험관이 단호히 말했다.

"잠시만요!"

"변명은 통하지 않 —"

"저는 요리에 소금을 전혀 쓰지 않았습니다!"

"뭐라고?"

"조리대를 보시면 알 거예요. 저는 소금 통을 개봉하지도 않았어요."

시험관들이며 학생들까지 크게 술렁였다. 내가 만든 요리는 간장 양념을 쓰는 시금치 밥과 된장찌개, 그리고 간을 하지 않은 소고기구이다.

"소금을 전혀 치지 않았는데, 어떻게 이처럼 짤 수 있나요?"

내 조리대에 다녀온 동문 선배, 헤리엇이 개봉하지 않은 소금 통을 흔들었다.

"맞습니다. 소금은 전혀 쓰지 않았어요."

단상 아래 있던 셰프들이 하나둘 올라오기 시작했다. 맛을 본 그들이 서로 시선을 교환했다.

"간장으로 간을 한 걸까요."

"아니, 간장으로 이렇게 짜게 간을 했다면 향이 남았겠지. 마로스, 어떠냐. 코가 좋은 너라면 보다 정확히 알 수 있겠지."

"간장은 아닙니다."

"된장을 많이 썼다면 국물 색에서 티가 났겠죠."

의견을 나누는 셰프들을 지켜보던 난 에이프런을 꾹 말아 쥐었다.

'쟝뤼크가 말한 간교한 계략이라는 건가.'

그렇다고 해도 너무 빠르다. 첫날부터 이런 수작이 들어올 줄은 몰랐다.

'소금을 쓰지 않은 메뉴라서 다행이야.'

그렇지 않았다면…….

생각만 해도 아찔하다.

'된장찌개가 이들에게 생소한 요리인 것도 정말로 다행이고.'

설마 소금을 쓰지 않은 수프가 있다곤 짐작하지 못했을 테니까.

나는 두 손을 꽉 맞잡으며 입을 열었다.

"소금을 전혀 쓰지 않은 제 요리가 이렇게 짜다는 건 누군가 저를 일부러 시험에서 떨어뜨리려고 했다는 게 맞겠지요."

그러자 시험관 중 하나가 못마땅한 목소리로 중얼거렸다.

"관리하지 못해 황족의 음식에 독이 들어갔다면 그건 누구의 책임인가?"

"그래, 요리를 제대로 관리하지 못한 건 응시생의 책임 —"

"하면."

나는 시험관들을 바라보았다.

"시험관님들이 과제를 낸 후에도 떠나지 않고 자리를 지키는 이유는 뭔가요?"

"그건 —!"

"부정행위의 제재를 위해서일 테지요. 하지만 시험관님들은 불온한 수작을 제재하지 못하셨으니 책임을 피하실 수 없어요."

"비약하지 마라. 일이 어찌 되었건 간에 넌 —"

"제가 이 시험장에서 쫓겨난다면 저는 바로 황궁에 투서할 겁니다."

"뭐, 뭐라고?"

나는 시험관들의 시선을 피하지 않았다. 내 요리에 손을 댈 수 있었던 건 시험관들뿐이다. 그리고 황궁에 입관한 로열 키친의 셰프들을 움직일 수 있는 건 오직 귀족뿐. 내가 입관한다고 해서 피해를 보는 귀족은 없다. 그렇다는 건…….

'아탈란의 짓이라는 거야.'

이렇게까지 내가 로열 키친에 들어가지 못하도록 막는 건 분명 이유가 있을 것이다. 절대로 쫓겨날 수 없어.

"이 일이 제 책임이기에 쫓겨나야 한다면, 그건 시험관님들도 마찬가지일 테니까요!"

"……!"

로열 키친 셰프들의 안색이 변했다. 서로 시선을 교환하던 셰프들이 한곳에 모여 의견을 나누었다.

"어림없는 소립니다. 시험 때문에 투서한 이들이 지금껏 없던 것도 아니잖습니까."

"하지만 프렌시프 가의 영애요. 어르신께서 또 한 번 나서신다면……."

"아무리 그래도 로열 키친에 입관시키지 않았다고 우리에게 따질 수는 없지."

"내궁을 총괄하는 로웨나 황비님이 그리 귀여워하신다지요."

"그래. 더더군다나 우리를 질책할 까닭이 아예 없는 게 아니니……."

팔짱을 끼고 있던 헤리엇이 말했다.

"이대로 통과시킬 수도 없지 않나요? 요리는 엉망이 되어 평가할 수 없고, 다시 만들 시간도 없는데."

사람들의 시선이 시험의 총책임자에게 모였다. 고민하던 그가 이내 단상 중앙에 나섰다.

"부정행위를 제재하지 못한 우리의 책임도 일부 있으나, 요리를 관리하지 못한 응시생의 책임도 없다곤 할 수 없을 것이다."

"……."

"퇴출령은 거둔다. 하지만 121번 응시생은 추가점을 받을 수 없다."

나는 안도의 한숨을 삼키며 고개를 숙였다. 시식의 마지막 순번이 나였기 때문에 응시생들은 모두 조리대를 정리했다. 스위트피와 조이가 내게 다가왔다.

"센, 괜찮아?"

"으응. 쫓겨나지 않은 것만으로도 다행이지……."

"간도 크다. 거기서 시험관들의 책임을 운운하다니."

스위트피가 혀를 내두르며 중얼거리자 조이가 시험관들의 눈치를 보고 중얼거렸다.

"그래도 속은 시원한데. 로열 키친의 셰프라고 재더니만."

"뭐……."

스위트피가 헛기침을 하더니 "나도 그래." 하고 속삭였다. 우리는 한참 킥킥거리고서 조리장을 떠났다.

해가 질 즈음, 중간 점수를 집계한 벽표가 붙었다.

'어디 보자, 나는 121번이니까…….'

[89번, 63점.

.

.

121번, 20점.]

　처음 시작 점수가 50점. 헤리엇에게 15점을 얻었으니 난 65점이었다. 샤르파크 후작이 밀가루를 먹지 않는 이유를 묻지 않아서 45점이나 감점된 모양이었다.

　'한 번만 더 감점당하면 퇴출일지도……..'

　"5점뿐인 사람들도 많은걸."

　"점수가 남은 사람들은 그나마 다행이지. 퇴출자가 절반이잖아."

　벽보 앞엔 주저앉아 우는 사람들, 절규하는 사람들로 가득했다.

　"어디 보자, 일등은…… 히익! 81점이라고!"

　"대체 누구야?"

　"샤를리나 알레그레…… 아! 서부 아카데미 출신의 천재 말이지?"

　스위트피가 고개를 갸웃하며 "난 들어 본 적 없는데." 하고 중얼거렸다.

　"혜성같이 등장한 신예라던걸. 서부 아카데미 졸업시험의 심사자로 금좌가 갔었는데 극찬을 했다지."

　조이가 질린다는 듯 고개를 절레절레 저었다.

　"역시 서부. 심사자가 금좌였다니."

　"우리도 있었잖아. 금좌는 아니어도 확실한 차기 금좌인 란슬롯 프렌시프 경이."

"그건 센 보러 온 거 아냐? 아무튼 센, 너와 비슷한 점이 많은 요리사라고 들었어."

나는 눈을 동그랗게 뜨고 물었다.

"나?"

조이가 주변을 휙휙 둘러보더니 목소리를 바짝 낮췄다.

"서부 아카데미 졸업식에 금좌가 나타났대."

"알레그레 양의 요리를 극찬했다던?"

"아니, 다른 금좌."

"그럼……."

"금좌의 사생아라는 소문이 있어."

그러자 스위트피가 조이의 허리를 퍽! 걷어찼다.

"말조심 못 해?"

"아니, 남들이 그렇게 말하니까…… 미안, 센."

난 어색하게 웃었고, 조이는 어쩔 줄을 몰랐다. 스위트피가 조이의 귀를 잡고 흔들며 "지켜볼 거야, 너." 하며 으름장을 놓았다.

"아, 아무튼 가십시다, 레이디들. 오늘 저녁엔 파티를 한다잖아."

"뭘, 파티씩이나. 귀찮게."

"여기서 인맥을 터놓을 수 있으면 좋지. 예복 있냐? 빌려줘."

"치마 입게?"

나는 스위트피, 조이와 함께 웃으며 숙소로 돌아갔다. 파티 준비를 마치고 나왔을 땐 해가 완전히 진 밤이었다. 나는 외부 정원을 가로질러 걸으며 하늘을 바라보았다.

'오늘은 별이 안 떴네.'

하늘을 지키고 있는 건 구름에 반쯤 가려진 붉은 달뿐이었다. 기분이 이상하다. 가슴이 술렁거리는 느낌이었다.

파티장에 들어갔을 땐 이미 많은 사람이 모여 있었다. 응시생들끼리 인사를 나누기 위해 마련된 조촐한 자리라지만, 가족들 없이 참석하는 파티는 처음이라 난 쭈뼛쭈뼛했다.

'친구…… 사귈 수 있으면 좋겠다.'

같은 분야에 종사하는 친구란 얼마나 소중한가. 서로 이끌어 주며 선의의 경쟁을 하는 건 너무나 멋진 일이다. 아카데미 졸업생들 중에 친구가 있지만, 신분이 드러나고 나서 날 어렵게 여겼다. 난 볼을 발그레 물들이고 주변을 훑어보았다.

'스위트피와 조이는 벌써 사람을 사귄 모양이네!'

나도 얼른 말을 걸어 봐야 하는데…….

난 용기를 내서 주변에 있는 사람들에게 다가갔다.

"저기, 저는—"

"프렌시프 영애!"

펄쩍 뛰어오른 남자가 주춤주춤 뒷걸음질 쳤다. 다른 사람들도 어색한 표정이었다.

"뵈, 뵙게 되어 영광입니다. 정말로, 정말로 가문의 영광……."

"예, 예……! 영광입니다!"

"샤, 샴페인이라도 가져다드릴까요? 티 푸드도—!"

엄청나게 불편해하는 사람들을 보고 난 손을 내저었다.

"괜찮아요!"

"아, 예……. 그럼 저희는 이만……."

사람들은 이때다 싶어 도망쳤고, 난 시무룩해져서 테라스로 나섰다. 손을 꼼지락거리고 있는데 통신석이 깜빡깜빡 점멸했다.

[영애?]

"저하!"

밝게 소리치자 통신석에서 낮게 웃는 목소리가 들려왔다.

[잘 지내셨습니까?]

"네."

[시험에선 별일 없었고요?]

"아, 그게……."

오늘 있던 일을 종알종알 말하자 도미니크는 침음을 흘렸다.

[수작을 부린 자를 알아볼 필요가 있겠군요.]

"그렇겠지요……."

[그 일이 못내 신경 쓰이십니까?]

"네?"

[목소리가 시무룩하셔서.]

나는 깜짝 놀라 눈을 동그랗게 떴다. 내색하지 않으려고 했는데 어떻게 알았지?

"그게 아니라요……."

나는 웅얼웅얼 말했다.

"파티가 있어서 친구를 사귀고 싶었는데 다들 절 불편해하는 것 같아서……."

[아카데미 동문들이 있지 않습니까?]

"그렇긴 해도……."

황도 친구가 가지고 싶었다. 스위트피와 조이는 시험이 끝나면 동부에 내려갈 거라고 했다. 붙어도 황궁에 계속 있을 테니 만날 시간은 없을 거다.

'아카데미당 한 명씩만 뽑는다니까 같이 붙을 일은 없을 테고…….'

우울한 목소리를 들은 도미니크가 다정하게 속삭였다.

[나로는 부족할까요.]

"저하는 친구가 아니라 애인이잖아요."

[애인…….]

그는 한동안 침묵했다. 내가 "저하?" 하고 물으니 그제야 픽 웃으며 말했다.

[듣기 좋은 말이라. 이제 우리 애인이군요.]

세상에, 내 입으로 애인이라고 했어!

얼굴에 화르륵 열이 올라서 난 파닥파닥 손부채질을 했다.

[보고 싶 —]

[저하! 제발 이 건부터 결재해 주시고 통신해 주십시오!]

[닥쳐.]

[오늘은 찢어 죽이셔도 못 나갑니다! 제 눈이 푹 꺼진 게 안 보이십니까!]

알베르의 절규를 듣고 난 히히 웃었다. 아카데미 시절이 떠올라서 기분이 좋아졌다.

"바쁘시니 다음에 다시 연락해요."

[괜찮습니다.]

"알베르가 과로사로 죽는 건 싫어요."

[…….]

"열심히 일하세요."

도미니크와 통신을 종료하고, 난 양 주먹을 꽉 쥐었다.

'기운 내자.'

그렇게 생각하며 다시 홀로 돌아가려는데 ―

"앗!"

테라스로 들어오려는 누군가와 부딪쳤다.

"죄송합니다."

"괜찮아요."

달빛을 그러모은 것 같은 아름다운 은발과 테두리가 약간 밝은 짙은 회색의 눈동자.

'아…….'

빛은 듯 아름다운 여자는 나를 보며 생긋 미소지었다.

"프렌시프 양?"

"저를 아세요?"

"유명한 분이시니까요."

여자가 치맛자락을 잡은 채로 무릎을 가볍게 굽혔다.

"샤를리나 알레그레입니다."

"아…… 일등!"

나도 모르게 소리치자 그녀는 눈매를 반달꼴로 휘며 말했다.

"운 좋게 말이지요."

"하지만 천재라고 하던걸요!"

내가 눈을 반짝이자 그녀는 부끄러운 듯 손등으로 입가를 부드럽게 눌렀다.

'세상에, 손도 예쁘다.'

수련하느라 온통 데고 베여 투박해진 내 손과는 달랐다. 얼마나 천재면 그런 실수 하나 없이 저토록 손이 고울까. 존경스러워!

샤를리나는 내 주변을 둘러보았다.

"짐꾼은 함께 오지 않았나요?"

"네."

"이런, 밤공기가 차니 겉옷을 챙겨 주어야 할 텐데. 미오라."

그녀가 뒤에 있던 하녀에게 손짓하자 하녀는 내게 얼른 숄을 걸쳐 주었다.

"괜찮아요! 저보다 더 춥게 입으셨는걸요."

"나라의 보물인 영애를 보호하는 건 제국민의 의무랍니다. 그러니 저어하지 말아 주세요."

미오라라 불린 하녀는 "아가씨, 따뜻한 차라도 가져올까요?" 하고 물었고, 샤를리나는 고개를 끄덕였다. 하녀가 떠나자 샤를리나가 내 어깨를 감싸며 말했다.

"들어가서요, 영애."

"아……."

그녀가 테라스 앞을 서성이는 무리를 힐끔 쳐다보았다.

'아, 나와 샤를리나가 불편해서 들어오지 못하고 있구나.'

나는 고개를 끄덕이고 그녀를 따라 들어갔다. 샤를리나는 좋은 사람인 것 같았다. 아무도 말을 걸지 않는 나를 배려해 곁을 떠나지 않았고, 이것저것 챙겨 주기도 했다.

"동부에서 나고 자라셨는데 남부 요리가 특기시라지요?"

"특기는 아니고…… 좋아해요, 남부 음식."

나는 한국에서 십 년이 넘도록 살았으니까.

"저도 서부에서 자랐지만, 동부 음식이 특기랍니다."

조이의 말처럼 나와 샤를리나는 비슷한 구석이 많았다.

"괜찮으시면 서부 아카데미의 동문들을 소개시켜 드릴—"

"꺄아악!"

"불이다!"

갑작스럽게 소란이 일었다. 나와 샤를리나는 얼른 소란의 진원지를 쳐다보았다. 테라스 유리 안으로 불길이 일렁이고 있었다.

"어떻게 해! 얼른 나와야— 문이 안 열리는 거야?!"

경비병들이 다급하게 뛰어들어와 테라스 문을 부수려 했지만, 황궁의 문은 쉽게 부서지지 않았다.

'여기는 3층이야!'

뛰어내리면 최하 골절이다. 운이 나쁘면 죽을지도 모른다. 그들을 구하러 가기 위해 포털의 마원을 잡았을 때였다.

"미오라!"

샤를리나가 소리쳤다. 차를 가지고 오던 하녀, 미오라가 순식간에 커다란 여우가 되어 문짝에 달려들었다. 꼬리가 아홉 개 달린 아름다운 금빛 여우였다.

쾅! 콰광! 커다란 마찰음과 함께 문짝이 부서졌다. 샤를리나가 가슴의 브로치를 꾹 눌렀다. 순식간에 빛이 뿜어나오더니 하늘에 구멍이 생기고 그 안에서 폭포수 같은 물이 뿜어져 나왔다.

"……!"

나는 굳어진 채로 그녀를 바라보았다.

포털. 저건 분명 포털이다. 벽과 바닥에 미세한 진동이 전해졌다.

'결계가 흔들리는 거야.'

카를리나가 포털을 열 수 있다는 완벽한 증명이다. 놀란 건 나뿐만이 아니었다. 경악한 사람들이 웅성거렸고, 사태를 수습하기 위해 뛰어온 별궁 관리자들도 허둥거렸다.

"포, 포털!"

"프렌시프 영애인가?"

"하지만 성수를 불러낸 건ㅡ!"

누군가 "포털을 연 게 알레그레 양입니까?!" 하고 소리치자 샤를리나는 쓰러진 사람들을 부축하며 소리쳤다.

"그게 중요한가요? 어서 의사를 불러와요!"

"아……!"

"요리사들이라고요. 손이 명줄과도 같은!"

테라스 안에서 금세 구해 냈기 때문에 질식한 이들은 없지만, 몸 곳곳이 붉게 달아올라 있었다.

화상을 입으면 큰일이야!

나는 테이블에 비치된 물을 그들의 화상 부위에 급히 붓다가 고개를 도리도리 저었다.

'이걸론 턱도 없어.'

나는 바로 멀린의 마원을 잡았다. 황도 근처 강의 위치를 떠올리고 공중에 작은 구멍을 만들어 수도처럼 만들었다.

'하나론 안 돼.'

테라스에 있던 사람은 모두 셋. 셋이나 되는 통로를 열 수 있을까 싶었지만, 고민할 때가 아니었다. 난 최대한 집중해서 허공에 구멍을 만들었다. 귓가에 파직, 하는 균열음과 함께 또 한 번 궁이 크게 진동했다.

'열었다!'

허공에 뜬 세 개의 구멍을 확인한 후에야 안도의 한숨이 터져 나왔다.

"세, 셋! 포털을 한 번에 세 개를―!"

"말도 안 돼! 사비에르 양도 한 번에 하나 이상 열 수 없었는데!"

이번엔 사람들의 시선이 내게 모였다. 샤를리나는 굳은 얼굴로 나를 쳐다보았다.

"부축하고 있는 분을 홀 쪽으로 데려가요."

"……."

"알레그레 양?"

"아…… 네."

샤를리나가 신음하는 남자 응시생을 내가 만든 구멍 앞으로 데려갔다. 팔 위로 물을 댄 그녀는 "어때요?" 하고 물었다.

"가, 감사……."

"뭘요. 인사는 프렌시프 양에게 해야죠."

그녀는 나를 보며 상냥하게 웃다가 고개를 조금 수그렸다.

"나는 역시 도움이 안 되나 봐요."

"무, 무슨! 알레그레 양이 저희를 구해 주셨잖습니까."

"포털을 한 번에 세 개를 열다니. 전 그런 건 상상조차 해 본 적 없어요. 역시 프렌시프 양은 제국의 보물이에요."

"포털…… 역시 포털이 맞는 겁니까!"

그녀는 희미하게 웃다가 몸을 일으켰다.

"미오라."

문 주변에 가만히 대기해있던 금빛 여우가 금세 다시 사람의 형상으로 변했다.

'성수.'

혹시 저 애가 테디의 누이인 걸까. 그런 고민을 하고 있는데, 별궁의 건물 관리장이 새파란 얼굴로 홀 안에 들어왔다.

"이게 대체 무슨 일이냐!"

불이 꺼진 테라스를 살피고 있던 행정관이 타고 남은 담배 도막을 들며 말했다.

"테라스에서 누군가 연초를 태운 모양입니다."

"연초를 피웠다고 테라스가 홀라당 탔다는 게 말이 되느냐고!"

화상을 입은 사람 중 하나가 "저……." 하며 손을 들었다.

"연초 때문에 불이 붙은 게 맞는 것 같아요. 커튼부터 타올라서 순식간에 옮겨붙었는데, 커튼 뒤에서 저 사람이 연초를 피고 있었거든요."

그녀의 시선이 유난히 화상을 크게 입은 남자에게 향했다.

"그, 그게 ㅡ"

"황후 폐하의 정원과 근접한 별궁은 금연 구역이라고 공지했을 텐데!"

나는 한숨을 내쉬고 어쩔 줄 모르는 남자를 쳐다보았다.

'그래서 커튼 뒤에 숨어 담배를 피운 거구나.'

관리장은 길길이 날뛰었고, 남자는 화상을 진정시키지 못한 채로 끌려나가고 말았다.

파티가 소란 때문에 일찍 파한 후, 나는 숙소로 돌아가기 위해 걸음을 재촉했다.

'포털을 열 수 있는 사람.'

성녀가 아탈란의 수족이었기 때문에 자연히 샤를리나에게도 의심이 옮겨 갔다. 누이를 아탈란이 데려갔다는 테디의 말도 의심의 일부분을 차지했다.

"테디."

내가 테디의 마원을 쥔 채 낮게 속삭이자 "아우웅ㅡ!" 하는 울음소리가 귓전을 맴돌았다.

"미오라가 혹시 너의 누이인 거니?"

마원에 붉은빛이 어리더니 눈앞에 작은 반달곰이 나타났다. 내 무릎을 끌어안은 테디가 눈을 끔뻑거리며 웅얼거렸다.

"아니!"

"……아니라고? 하지만 성수였는 걸."

"우리 말고 다른 형제가 있는 모양이지."

그러자 목걸이가 푸르게 빛나고 은발의 미남이 나타났다. 멀린의 인간형이었다.

'멀린의 성수형은 너무 커서 성수화할 수 없구나.'

멀린은 테디를 싸늘한 눈빛으로 바라보았다.

"우린 형제가 아니야."

"형아는 못됐어."

테디가 부루퉁 입을 내밀었다.

"하지만 누이는 아니야. 누이는 아주아주 좋은 냄새가 나는데 그 여우는 아닌걸."

테디가 내 다리에서 떨어지더니 양 앞발로 코를 가리며 "지독해, 지독해." 하고 말했다.

"지독하다니, 그건 무슨 뜻─"

"아탈란이 만든 성수기 때문이에요."

나는 등 뒤에서 들린 목소리를 듣고 깜짝 놀랐다. 샤를리나가 미오라와 함께 내게 다가왔다.

'아탈란이라는 걸 직접 밝힌다고?'

나는 모른 척 잡아뗐다.

"아탈란?"

"사라진 신, 아탈란을 모시는 종교랍니다. 미오라는 아탈란이 실험을 거듭해 만든 인공 성수고요."

인공 성수라니. 엄청나게 어울리지 않는 단어다. 나는 그녀에게서 조금 떨어지며 입을 열었다.

"그런 걸 내게 말해 줘도 되나요?"

"아탈란은 바라지 않겠지요. 그들은 영애의 인생을 쥐고 흔든 장본인이니까."

"……."

"알아요, 나."

샤를리나가 묘한 눈으로 나를 직시하며 이어 말했다.

"영애가 본래 이 세계의 사람이 아니라는 걸."

"……!"

"영혼이 바뀌었죠?"

"어떻게……."

"들었거든요. 아탈란의 대사제에게."

난 표정이 굳어졌고, 샤를리나는 처연히 어깨를 떨구었다.

"괜찮다면, 아니, 괜찮지 않아도 시간을 내주셨으면 해요. 프렌시프 양에게 드릴 말씀이 있습니다."

나와 샤를리나는 인적 드문 별궁 뒤편에서 서로를 마주 보았다.

"제게 하실 말이 뭐지요?"

"조심하라는 말씀드리고 싶었어요."

"조심?"

"아탈란이 영애를 노리고 있어요."

샤를리나는 인공 성수인 미오라를 데리고 다닌다. 그렇다는 건 아탈란의 사람이라는 것일 텐데, 어째서 내게 이런 걸 알려 주는 걸까.

"무슨 의도로 그런 조언을 해 주시는 건가요?"

"제가…… 영애에게 몹쓸 짓을 했으니까요."

"몹쓸 짓?"

"영애의 요리에 소금을 넣은 건 나예요."

"뭐라고요?"

샤를리나는 죄스러운 듯 얼굴을 일그러뜨렸다.

"제가 포털을 열어서 소금을 이동시켰어요."

"왜 그런 짓을……! 아니, 묻지 않아도 알겠어요. 아탈란의 명이죠?"

"그래요."

그녀가 이마를 쥐며 내게서 한걸음 물러났다.

"사실은 그런 짓 하고 싶지 않았어요. 하지만 무서워서…… 아버지를 실망시키는 게 너무나 무서워서…….."

"아버지라면 금좌라던……."

"카렌듈라 후작이 제 부친이랍니다. 저는 그분과의 정을 통한 시골 작부의 딸이죠."

샤를리나는 말했다. 가난한 작부의 딸이 꿈을 펼치기 위해선 재물이 필요했다고. 우연히 포털을 열 수 있다는 것을 알았고, 혹시나 꿈을 위해 도움이 될까 싶어 그 지역 감찰관에게 말했다고 한다. 그러나 그녀를 데리러 온 것은 황궁의 사람이 아닌 아탈란의 사제였단다.

"아탈란의 신전에서 저는 이전처럼 배를 곯지 않았고, 하고 싶은 요리를 마음껏 할 수 있게 되었어요."

"그랬군요."

"제 아버지는 황후 폐하의 부친이고, 황위 다툼에 참전한 미카엘 황자님의 조부시죠."

"……."

"도덕적 흠이 없어야 하는 그분은 저를 절대로 찾지 않으셨어요. 아탈란의 힘으로 마원을 얻게 될 때까지."

포털을 열기 위해선 두 가지가 필요하다. 성녀와 마원. 마원이 없으면 성녀라 할지라도 포털을 열 수 없는 것이다.

"제가 성녀라는 걸 알게 된 아버지는 저를 만나 주셨고, 저는 아버지의 일을 조금씩 돕게 되었어요. 처음으로 부녀의 정을 안 거예요."

"……."

"아탈란이 시키는 대로 하지 않았다면 그들은 제게서 마원을 빼앗을 테고, 전 다시 아버지를 잃었을 거예요."

"……."

"그런 것들이 두려워서 아탈란이 시키는 대로 포털을 열었어요. 하지만 영애도 아실 거예요. 대륙 전쟁 이후 제국은 아탈란 교를 탄압하고 있다는걸."

"영애가 아탈란의 일을 도왔다는 걸 황궁에서 알게 된다면……."

"그래요. 저뿐만이 아니라 아버지, 황후 폐하, 그리고 미카엘 황자님까지 위험에 처할 거예요."

약점이 다른 약점을 낳은 꼴이었다.

"알레그레 양은 그게 두려워서 아탈란이 시키는 대로 제 요리에 소금을 넣은 건가요?"

내가 굳은 얼굴로 묻자 샤를리나는 내 앞에 무릎을 꿇었다.

"이, 이러지 마세요!"

당황한 난 얼른 그녀를 잡고 일으키려 했다.

"어떤 말로도 사죄할 수 없다는 걸 알아요. 죄송하고, 또 감사해요."

"감사하다고요?"

"제가 소금을 넣은 일로 영애가 쫓겨났다면 저는 평생 마음에 짐을 얹고 살았을 거예요."

샤를리나의 아름다운 두 눈에서 눈물이 이슬처럼 흘러내렸다.

"……일단 알겠어요. 일어나세요."

"용서…… 해 주시는 건가요?"

"영애가 악의를 가지고 제 요리를 망치지 않았다는 건 알겠다는 의미예요."

"프렌시프 양!"

그녀는 감동한 사람처럼 내 손을 꽉 잡았다.

"듣던 대로 프렌시프 양은 정말이지 상냥하군요."

손등으로 눈물을 닦으며 일어난 샤를리나는 다정한 얼굴로 말했다.

"괜찮으시다면 샤나라고 편하게 불러 주세요."

"네. 그럼 저도―"

"세니아나."

그녀는 빙그레 미소지었다. 그리고 멀찍이 서 있던 미오라에게 손짓했다.

"아탈란의 성수이지만, 제게는 유일한 친구랍니다. 이 아이도 저를 많이 아껴 주고요."

"인공 성수인데도요?"

"마음을 가지고 있으니까요."

미오라는 생글생글 웃으며 "아가씨는 제게 가장 소중한 분이시죠."

하고 대답했다. 샤를리나가 미오라의 손을 꼭 잡고 나를 보았다.

"이 아이를 잃고 싶지 않은 것도 제 두려움 중 하나랍니다. 인공 성수이니, 아탈란은 언제라도 미오라를 폐기할 수 있거든요."

나는 내 곁에 바짝 서서 경계 어린 눈빛을 하고 있는 두 명의 미남을 돌아보았다. 테디도 미오라를 의식하는지 어느새 인간형이 되어 있었다.

"이들은 제ー"

"소개할 필요는 없을 듯하오, 주인."

"누나 말고 다른 사람 같은 거 알고 싶지 않은걸."

왜 내 성수들은 하나같이 친화력이 결여된 걸까.

난 한숨을 폭 내쉬고 어색하게 웃었다.

"저기, 샤나. 미안해요."

"괜찮아요."

"그런데 성녀라는 게 밝혀져서 어떡하지요?"

"어쩔 수 없죠. 사람이 죽는 걸 눈앞에서 보는 것보다는 나으니까. 대사제에게 혼은 나겠지만."

샤를리나의 말에 미오라는 우울한 표정으로 "저는 아가씨의 상냥함을 사랑하지만, 때로는 걱정이 돼요." 하고 중얼거렸다. 참 보기 좋은 관계였다.

'샤를리나에게 아무 일도 없었으면 좋겠다.'

"그런데, 샤나."

"네?"

"또 누군가요?"

"무슨…….."

"아탈란의 수족 말이에요. 시험관 중에도 있죠?"

샤를리나는 눈을 크게 뜨고 날 쳐다보았고, 난 고개를 갸웃 기울였다. 그야 당연히 이상하지.

"샤나는 소금을 이동만 시킨 거잖아요?"

"그래요."

"그렇다면 된장찌개에 소금이 고루 녹아들도록 저을 사람이 필요한걸요."

샤르파크 후작이 한두 차례 뒤적이긴 했지만, 딱 먹기 좋을 정도로 식어 있었기 때문에 소금 알갱이가 전부 녹진 않았을 거다.

"소금 알갱이가 씹혔다면 분명 그 부분을 지적했을 테니까요. 그런데 그러지 않았잖아요?"

샤를리나가 빙그레 미소지었다.

"영애는 정말이지 영……리하군요."

"시험관 중 누군가요?"

"그건—"

샤를리나가 마른침을 삼켰다.

＊　　＊　　＊

별궁 화재 사건 한 시간 뒤. 시험관이자 아탈란의 수족인 윌토르는 팔짱을 낀 채 팔 안쪽을 두드렸다.

'빌어먹을.'

오후 과제에서 세니아나 프렌시프를 퇴출시킬 생각이었는데, 그 계집애는 만만치 않았다. 시험관을 협박해서 기어코 궁에 남을 줄이야.

'간이 큰 거야, 멍청한 거야?'

프렌시프의 딸이라 두려운 게 없는 모양이다. 그는 신경질적으로 머리를 헝클어뜨렸다. 직접 수를 쓰는 건 먹히지 않을 듯했다. 워낙에 영악한 계집애라 이번에도 혀를 놀려 빠져나갈지도 모른다.

'이대로 끝낼 순 없다.'

아탈란의 성녀님께 도움까지 받았다. 그런데도 실패한다면 제 앞에 놓인 황금의 왕국이 영영 멀어진다.

"어디서 그따위로 씨불이는 거야!"

코너 뒤에서 들리는 목소리에 월토르가 미간을 좁혔다.

'세니아나 프렌시프의 짐꾼인가.'

오전에 세니아나 주변을 살피느라 본 적이 있다. 마릴린이 다른 짐꾼들을 보며 씨근덕거렸다.

"새로운 성녀가 나타난 게 뭐! 성녀라고 확인된 것도 아니잖아!"

"하지만 포털을 열었다고. 곁엔 모시는 성수까지 있던걸."

마릴린의 앞에 선 하녀가 머리끝을 배배 꼬며 중얼거렸다.

"성녀가 하나일 때야 귀하지. 하지만 둘일 땐 어디 그래?"

"입 닥치지 못해!"

"내 말이 틀린 것도 아니잖아. 둘 중 누가 나은지 끊임없이 경쟁해야지."

"우리 아가씨가 그따위 사생아와 왜 비교당해야 해!"

"너희 아가씨도 따지면 사생아 —"

마릴린이 하녀를 픽! 밀치며 살벌하게 소리쳤다.

"계속 씨불여 보랑께. 주둥이를 짝 찢어서 왕복으로 돌려 버릴라니까."

"그렇잖아!"

하녀는 표독스러운 표정으로 소리쳤다.

"같은 사생아에 요리하는 것도 같고! 외모나 요리 쪽은 너희 아가씨가 알레그레 양에게 한참 못 미치는 것 같지만."

"오늘 니는 내 손에 뒤져 부렀어야."

마릴린은 정말로 입을 찢어서 돌려 버릴 것처럼 하녀에게 달려들었다. 쌍코피를 터뜨리고 나서야 푸닥거리를 멈춘 마릴린이 한참을 씩씩거렸다.

"어디서 감히 샤를리나 알레그레 따위와 우리 아가씨를!"

그래도 분한 모양인지 발을 쿵쿵 구르며 가는 마릴린을 보고 월토르는 혀를 찼다.

'계집애가 난폭해서는.'

여자란 모름지기 가냘파야 하는 법이다. 고개를 절레절레 젓던 그가 멈칫했다.

'가만, 저 짐꾼을 이용하면 쫓아낼 수 있겠는데.'

그가 입꼬리를 끌어당기며 킬킬거렸다.

15장

샤를리나는 아무 일도 없기를 바랐지만, 황궁에서 허가 없이 포털을 열었으니 그냥 지나갈 수는 없었다. 숙소로 함께 걷는 와중에 황궁의 경비병들이 다가왔고, 나와 샤를리나는 아발론(황제의 궁)의 호출을 받았다. 궁에 들어가자 황제를 비롯해 황후와 내궁을 총괄 중인 로웨나 황비, 그리고 할아버지와 비슷한 연배의 노인이 보였다.

'저 사람이 카렌듈라 후작이구나.'

나와 샤를리나가 무릎을 살짝 굽혀 인사했다.

"황가에 광영 있기를."

"황가에 광영 있기를. 황제 폐하를 뵙습니다."

내가 고개를 숙이자 황제는 다리를 꼬며 두 손을 한쪽 무릎에 포갰다.

"프렌시프 영애는 벌써 세 번째인가."

그는 빙그레 웃으며 "결계를 깨뜨린 게 말이야." 하고 이어 말했다. 난 고개를 푹 숙였다.

"송구합니다, 폐하. 늘 예기치 않은 일이 벌어지는지라."

첫 번째로 결계를 깨뜨린 건 황후 때문이고, 두 번째는 타국의 왕세자 때문이었으며, 이번엔 화재 때문이라는 걸 돌려 말한 것이다. 그러자 황제가 나를 빤히 보다가 눈썹을 까딱 들어 올렸다.

"영애에겐 매번 짐이 폐를 끼치는군."

"과분한 말씀 거두어 주세요. 만백성의 어버이이신 폐하를 위해서라면 하지 못할 일이 없지요."

"결계를 깨뜨린 건 모두 짐을 위해서였다는 뜻이군."

"민망합니다."

황제가 나를 빤히 보다가 껄껄 웃음을 터뜨렸다.

"하여간에 영리한 아이야. 어린 영애가 말재간이 뛰어나구나."

"황공합니다."

"프렌시프 공은 복도 많지."

로웨나 황비가 빙그레 미소짓고는 "그렇습니다, 폐하." 하고 동조했다. 황후의 표정은 좋지 않았다. 나를 싫어하기 때문인가 싶었는데, 그녀의 시선 끝엔 샤를리나가 있었다.

'아, 샤나가 카렌듈라 후작의 딸이니 황후와는 배다른 자매가 되는 거지.'

황후 입장에서 샤를리나가 편할 리 없다. 더군다나 포털이라는 힘을 가진 이복동생이라면. 로웨나 황비는 심기가 불편한 황후를 보고 입꼬리를 끌어올렸다.

"저리 재주 좋은 동생이 있는 줄은 몰랐습니다."

황후는 로웨나 황비를 못마땅하게 쳐다보며 고개를 홱 돌렸다.

"그런 대화를 나눌 자리가 아니지 않은가."

"성녀인 동생을 이리 숨겨 두시다니요. 국모로서 적절한 행동이었을까요?"

로웨나 황비가 황제를 흘끔 쳐다보자 황후의 낯빛이 변했다.

"자네!"

"참으로 궁금합니다. 성녀인 동생이 있는데, 사비에르 양과 4황자의 결혼을 추진하신 이유는 뭔가요? 포털을 독점이라도 하시려던 걸까."

"사비에르 영애는 포털 때문이 아니라 품격과 지혜로움을 높이 산 것이었지. 결과적으로 미카엘과 그 영애를 결혼시키지 않았네."

"그렇다 한들 추진했던 과거가 없어지는 것은 아니지요."

황후가 이를 악물자 황제가 손을 올렸다.

"그만."

"……."

"……."

황제는 카렌듈라 후작을 쳐다보았다.

"짐도 궁금하군. 성녀인 딸을 어째서 숨겨 두었는가."

후작이 샤를리나를 등 뒤에 감추듯 황제의 앞으로 나섰다.

"딸이 평범하게 살기를 바라는 애끓는 부정이라 여겨 주시면 안 되겠습니까, 폐하."

황후가 굳은 얼굴로 치맛자락을 잡았다.

'카렌듈라 후작이 황후에게 엄격했다는 건 유명한 일이랬는데.'

황후의 입장에선 기가 막힐 노릇이겠다. 그렇게 생각하자마자 황후가 몸을 일으켰다.

"몸이 좋지 않아서 오늘은 이만 돌아가 보겠습니다."

그러곤 나를 보며 "시험이 끝나면 퇴궁 전에 한번 보자꾸나." 하고 아발론을 떠났다. 그 후로도 황제와 카렌듈라 후작은 몇 마디 말을 더 섞었다.

"공이 충심보다 부정을 우선할지 몰랐군. 의외라고 해야 하나, 실망스럽다고 해야 하나. 응? 어떻게 생각하지?"

"충심과 부정을 어찌 비교하겠습니다. 제 충심은 늘 한결같습니다."

그가 품 안에서 무언가를 꺼냈다.

"칼리나 해(海)에 있는 폐하의 근심, 이 제라르 카렌듈라가 선봉을 맡아 해결하겠습니다."

"공이 직접 말인가!"

황제가 팔걸이를 잡은 채 반쯤 몸을 일으켰다.

"군자금 또한 카렌듈라에서 해결하고, 바다에 잠든 드롱 백작의 보물까지 인양해 돌아오겠습니다."

"하면 인양 후엔……."

황제가 은근한 눈빛으로 카렌듈라 후작을 보자 후작이 빙그레 미소지었다.

"이 제라르 카렌듈라! 폐하의 백성입니다. 인양에 성공한다면 당연히 어버이이신 폐하께 바칠 것입니다."

"막대한 자금이 들 터인데."

"그깟 재물이 폐하의 근심보다 우위에 있을 순 없지요."

황제는 으하하, 웃으며 고개를 끄덕였다.

"과연 충신이로다!"

그는 기분 좋은 얼굴로 나와 샤를리나를 향해 손을 흔들었다.

"시험 준비가 급할 테니 돌아가 보도록 해라."

샤를리나는 당황스러운 표정으로 "하지만 폐하, 저는 허가 없이 포털을 연 죄인인데 어찌……." 하고 중얼거렸다.

"나의 백성을 구한 이들을 어찌 죄인이라 하겠느냐. 장하고, 장하도다."

"화, 황공합니다!"

로웨나 황비는 흥, 콧방귀를 뀌며 몸을 일으켰다.

"하면 폐하 저도 돌아가 보지요."

"그래."

나와 샤를리나, 황비가 함께 아발론을 나섰다. 황비가 내 손을 잡고 걸었고, 샤를리나는 우리에게서 멀찍이 떨어졌다.

"늙은 구렁이가 딸 하나 구하자고 가문의 기둥 하나를 통으로 바쳤군."

"'기둥 하나를 통으로'라니요?"

황비는 샤를리나를 흘끔 쳐다보고 다시 입을 열었다.

"공해(주권을 가진 나라가 없는 바다)인 칼리나 해에는 역사상 가장 많은 전력석과 수력석, 화력석을 보유했던 드롱 백작의 재물이 묻혀 있거든."

"……?"

"인양만 할 수 있다면 금맥이 따로 없겠지만, 워낙 해적 떼가 기승을 부리는 데다가 재물이 너무나 많이 드는 일이라 다들 저어했지."

"하면 폐하께서도……."

"이번에 맥테왈 공화국에서 본격적으로 인양을 준비한다니 욕심이 나셨겠지. 그런 것을 카렌듈라에서 직접 가져다준다고 하니 얼마나 기쁘시겠니."

로웨나 황비는 픽 웃고 내 뺨을 쓰다듬었다.

"우리야 신경 쓸 일 있겠니. 알아서 재물을 바치고 자멸해 준다면 좋지."

"……."

"그저 뒤에 앉아 즐기자꾸나(Sit back and enjoy the ride: '굿이나 보고 떡이나 먹자'와 비슷한 속담)."

나는 깔깔 웃는 황비를 마주 보고 미소지었다.

"한데 왜 이리 살이 빠졌을까. 시험 준비가 고되니? 내가 로열 키친에 한마디 해 주면 어떨까?"

"저기, 그럼……."

내가 황비에게 무언가 속삭였을 찰나였다.

"저……."

샤를리나가 다가와서 말을 붙였다.

"이번 일로 염려를 끼쳐서 송구합니다."

"나와 귀염둥이의 대화에 끼어들지 마라."

로웨나 황비가 날 선 투로 대답하자 샤를리나는 당혹스러운 얼굴로 고개를 숙였다.

"실례했습니다."

"알면 가 봐. 네 얼굴에서 황후 폐하와 같은 구석을 찾게 되는 건 본궁에게 기쁜 일이 아니니."

황후의 혈육과 대화할 마음이 없다는 뜻이었다. 로웨나 황비는 나를 보며 미소지었다.

"영애도 가 보려무나. 준비 때문에 바쁠 테지?"

"예, 황비님."

"네가 입관하는 날을 기다리고 있으마."

그러곤 시녀들에게 "가자." 하더니 나와 샤를리나에게서 멀어졌다. 샤를리나는 황비의 뒷모습을 보며 내게 물었다.

"로웨나 황비님과 절친하시군요."

"귀여워해 주시니 감사하죠."

귀염둥이라는 말은 정말로 민망하지만. 내가 어색하게 웃으며 말하자 샤를리나는 고개를 끄덕였다.

"인상이 좋은 분이세요. 강단 있고, 아름다우시고, 지혜로워 보이시기도 하고요."

"응."

"저런 분을 동경해 왔는데, 직접 보니 더욱 친해지고 싶네요."

그러더니 "황비님과 친해지고 싶다는 건 불경한 말이지만." 하고 눈꼬리를 접었다.

"마지막 날엔 황족들의 식사에 요리를 낸다지요? 저는 로웨나 황비님께 요리를 낼까 봐요. 영애는요?"

"저는…… 아직 잘 모르겠어요. 그건 나흘째까지 남을 수 있게 되면 그 후에 생각하려고요."

샤를리나가 내 손을 꽉 잡으며 단호히 고개를 저었다.

"영애는 섬세하고 손재주도 좋으니 남을 거예요."

"……."

"영애와 함께 입관해서 서로 북돋아 주며 성장했으면 좋겠어요. 우리는 또래에 사정도 비슷하니까 선의의 경쟁자가 되겠지요."

그러고 "잘 부탁해요." 하며 상냥하게 웃었다.

숙소로 돌아가고서 몇 시간 후. 응시생들 사이엔 내일 아침 필기 테스트를 본다는 소문이 돌았다. 그래서인지 다들 밤늦게까지 작은 조명에 의지해 요리서를 달달 외웠다. 나와 스위트피도 졸린 눈을 비비며 책을 보았다. 참으려고 했지만, 새벽이 다 되자 졸음이 참을 수 없이 밀려온다.

"으음, 난 씻고 올게, 스위트피."

"그래, 잠 깨야지. 내일 시험은 중요하니까."

스위트피가 몽롱한 표정으로 고개를 끄덕였다. 나는 마릴린과 함께 옷을 챙겨서 공용 욕실로 향했다.

'난 점수가 간당간당하니 내일 시험에서 감점당하면 끝이야.'

그런 생각을 하면서 모퉁이를 도는데 속닥이는 소리가 들려왔다.

"샤를리나 알레그레가 카렌듈라의……?"

"게다가 성녀라잖아. 힘이 어찌나 강력한지 프렌시프 양은 상대도 안 된다고 하던걸."

"그 정도로?"

"내가 직접 봤어."

"그래?"

"응. 오늘 별궁에 화재가 났을 때 샤를리나 알레그레는 하늘에 엄청나게 커다란 홀을 만들어서 불을 껐는데, 세니아나 프렌시프는 요ー만한 구멍 세 개를 겨우…… 헉!"

욕실 앞에서 수다를 떨던 사람들이 나를 보고 고개를 푹 수그렸다.

"여, 영애."

그녀들이 어찌할 바를 모르고 마른침을 삼켰다.

"저희가 한 말은……! 그러니까 그게ー"

"욕실에 들어갈 거예요. 비켜 주세요."

"저, 저희는 뒷말을 한 게 아니라……!"

"뒤에서 말했으니 뒷말이지요."

중앙에 있던 사람이 한 발 앞서 나왔다.

"하지만 실제로 있던 일을 말하는 것이니 실례는 아니지 않……을까요……."

"귀하의 손을 보니 옆 응시생보다 깔끔하지 않군요. 요리사는 언제나 위생을 생각해야지요. 옆 응시생이 요리사로서 더 훌륭하네요."

"뭐라고요?!"

그녀가 발끈해서 말하자 난 어깨를 으쓱했다.

"실제로 있던 일을 말하는 것이니 실례는 아니죠?"

"……!"

"보세요, 비교당하면 기분이 상하잖아요."

그들은 꿀 먹은 벙어리가 되어 고개를 수그렸고 나는 빙그레 웃으며 욕실에 들어갔다. 마릴린이 목욕용품을 챙겨 주며 씨근덕거렸다.

"자기들은 얼마나 잘한다고 비교를……! 아가씨, 내일 시험에서 저들에게 본때를 보여 주셔야 해요!"

"시험을 잘 봐야 말이지."

내가 대수롭지 않게 말하자 마릴린은 걱정스러운 표정을 지었다.

"우리 아가씨가 일등 하셔야 하는데……."

─ 하고 말하면서.

＊　　＊　　＊

월토르는 복도 한편에서 조급하게 한쪽 다리를 떨었다.

'세니아나 프렌시프의 이불을 망가뜨렸으니 이쯤이면 하녀가 다시 이불을 받으러 올 때가 됐는데.'

그런 생각을 했을 찰나, 발소리가 들렸다. 그는 회중시계를 확인하는 척 케이스를 열고 내부에 있는 작은 거울을 통해 뒷사람을 확인했다. 세니아나의 하녀, 마릴린이 맞다. 그는 자연스럽게 시험지를 떨구고 앞서 걸었다. 코너를 돈 후에 흘긋 돌아보자 마릴린이 시험지를 줍고 눈을 홉떴다.

"이건—!"

월토르가 입꼬리를 씩 끌어당겼다. 제 주인이 비교당하는 것을 끔찍하게 싫어하니 내일 테스트에서 좋은 성적을 얻길 바랄 거다. 그러한 찰나에 시험지가 손에 들어왔다면—

'그렇지.'

마릴린이 주변을 둘러보고 얼른 시험지를 품에 감추었다. 그러곤 이불을 가지러 온 것도 잊은 모양인지 헐레벌떡 뒤를 돌아 뛰어갔다.

'좋아, 좋아.'

월토르는 얼른 제 방으로 향해서 통신을 연결했다.

"월토르입니다."

[어찌 되었나.]

"세니아나 프렌시프는 오늘 황궁에서 쫓겨날 겁니다."

[오늘 말이냐? 대체 어떻게?]

"시험지를 하녀의 손에 쥐여 줬습니다. 제 주인이라면 껌뻑 죽는 녀석이니 세니아나 프렌시프에게 전해 주겠지요."

잠시 침묵하던 통신 상대가 이내 웃음을 터뜨렸다.

[세니아나 프렌시프 손에 들어갔을 때를 노려 발고하겠다는 것이군.]

"이번에야말로 궁에서 쫓아낼 테니 기다려 주십시오, 형제님."

시험지를 빼돌렸다는 것을 들키면 퇴출되는 것은 물론, 평판이 바닥에 떨어질 거다. 세니아나 프렌시프가 예뻐 죽는 로웨나 황비도 도와줄 수 없을 게 분명했다.

[우리의 성녀님은?]

"좋은 성적을 유지하고 계십니다. 이대로 수석을 한다면 무리 없이 본궁에 배속되시겠지요."

[네가 잘 살펴야 한다. 고집이 세신 분이잖은가. 네 제안은 모두 물리실 테니, 뒤에서 애써야 한다.]

"염려하지 마십시오."

통신을 종료한 월토르는 비열한 표정으로 통신석을 말아 쥐었다.

'내가 로열 셰프가 될 날이 머지않았다.'

얼마 후, 시간을 가늠한 그가 시험 책임자의 집무실로 뛰어갔다.

"큰일입니다, 셰프님!"

서류인듯한 종이를 확인하고 있던 요리사가 미간을 좁혔다.

"무슨 일이냐."

"프렌시프 양이 시험지를 빼돌렸습니다."

"……뭐라고?"

"그러니까, 시험지를—!"

또각, 또각, 구두 소리와 함께 문이 열렸다.

"시험지라면 지금 셰프 님의 손에 들린 그것을 말씀하시는 건가요?"

익숙한 목소리를 들은 윌토르는 딱딱하게 굳어졌다.

'세, 세니아나 프렌시프?'

책임자인 요리사가 서류인 줄 알았던 종이를 뒤집어서 윌토르에게 보여 주었다.

"짐꾼이 복도에서 주웠다고 영애께서 직접 가져오셨네."

"……!"

세니아나는 고개를 갸웃 기울이며 말했다.

"그런데 어떻게 아셨나요? 제가 시험지를 주웠다는 걸."

윌토르는 희게 질린 얼굴로 웅얼거렸다.

"그, 그건—"

"모르는 사람이 보았다면 제가 줍기를 바라고 일부러 떨어뜨린 줄 알겠어요."

윌토르가 경직되어 그녀를 쳐다봤다.

'어, 어떻게.'

*   *   *

몇 시간 전, 샤를리나는 내게 아탈란의 하수인이 누군지 알려 주었다.

  [시험관 중 아탈란의 사람은 윌토르라는 요리사예요. 갈색 머리에 녹안이고……]

이번 일을 실패해서 독이 올랐을 테니, 다른 수작을 부릴 테고 그렇다면—

'내 쪽에서 먼저 공격해야지.'

샤를리나에게 아탈란의 개가 누구인지 듣자마자 통신석을 통해 마릴린을 움직였다. 나는 윌토르에게 속삭였다.

"우리 마릴린이 타이밍 좋게 네 앞에서 짐꾼들과 싸운 이유가 뭐게?"

"……!"

"왜 이 저녁에 난데없이 내일 필기시험을 보자고 한 걸까?"

"설마 —"

"내가 시킨 거라고, 바보야."

내가 생글생글 웃자 윌토르는 "이, 이 — !" 하며 흥분했다.

"무, 무슨, 그럴 리가요!"

윌토르가 버럭 소리쳤다. 그가 잡아떼리라는 건 충분히 예상하고 있었기 때문에 그다지 놀라운 일이 아니었다. 나는 시험의 총책임자에게 시선을 돌려 차분하게 말했다.

"시험관님, 오늘 과제에서 누군가 제 요리에 소금을 넣었던 일을 기억하시나요?"

"그렇소."

"저는 내내 궁금했어요. 국을 그릇에 옮겨 담았을 때까지 멀쩡하던 요리가 왜 심사대 앞에서 엉망이 되었는지."

시험관은 테이블에 팔꿈치를 기댄 채 깍지를 끼었다.

"학생들은 수많은 시험관이 감시하고 있었으니 불가능하지요."

"……."

"하지만 시험관 자신이라면 감시가 없을 테니 소금을 넣기 수월

해요. 무엇보다 一"

나는 월토르와 다시 시선을 맞추고 말했다.

"심사대에서 샤르파크 후작께 음식을 전하며 기미 했던 저 시험관이라면."

내가 손가락을 쭉 뻗어 월토르를 가리키자 그는 흠칫하여 총책임자에게 달려갔다.

"저, 저는 억울합니다!"

"하면 시험지가 영애의 손에 있다는 건 어떻게 알았지?"

"그건…… 우연히 영애와 하녀가 쑥덕이는 소리를 듣게 되어서……!"

"말이 되는 소리라고 생각하나!"

"하, 하지만 증거도 없잖습니까! 제가 시험지를 흘렸다는 증거요!"

마릴린이 울컥해서 소리쳤다.

"제가 분명히 보았어요! 그쪽이 일부러 시험지를 흘렸잖아요!"

"시험지를 흘리긴 누가! 나를 매도하라고 네 주인이 명한 것이겠지!"

"거짓말! 우리 아가씨가 무슨 까닭으로 그쪽 따위를 매도한단 말이에요!"

월토르는 비열하게 입꼬리를 끌어당기며 날 힐끔 돌아보았다.

"과제에서 퇴출령을 내린 사람이 나이니 앙심을 품었을 수도 있지."

나는 속으로 한숨을 삼켰다. 어쩌면 이렇게 예상과 한 치도 다르지 않을까. 차라리 무릎 꿇고 용서를 빌었다면 다른 사람을 끌어들이지 않았을 거다. 난 침착하게 그의 말에 대꾸했다.

"그렇다면 범인은 샤를리나 알레그레 양이군요."

"뭐, 뭐라고?! 알레그레 양이 무슨―!"

저자는 아탈란의 세력이고, 샤를리나는 아탈란의 성녀. 그러니 샤를리나만은 지키기 위해 안달을 할 수밖에 없었다.

"제 요리에 소금을 넣을 수 있던 건 딱 둘뿐이죠. 월토르 님과 포털을 열 수 있는 알레그레 양."

"……!"

"월토르 님이 아니라고 하신다면 남는 건 당연히 알레그레 양뿐이잖아요?"

새하얗게 질린 월토르는 마른침을 삼켰다. 성녀를 지켜야 하는가, 제가 살아남아야 하는가 맹렬히 고민하는 게 역력했다. 나는 총책임자를 똑바로 보며 힘 있게 말했다.

"오늘 제 과제를 망친 범인을 색출해 주시길 정식으로 요청드립―"

월토르가 다급히 외쳤다.

"그래! 내가 했소!"

"월토르!"

총책임자가 버럭 소리치며 그에게 삿대질했다.

"대체 무슨 연유로 프렌시프 양의 요리를 망친 것이냐!"

"그, 그건……."

그는 까득, 이를 갈며 시선을 내리깔았다.

"……로열 키친의 셰프들은 모두 프렌시프의 딸이 로열 키친에 들어오길 바라지 않을 겁니다."

"무슨 헛소리를—!"

"그렇지 않습니까! 우리 모두 천재 소리를 들으면서도 손에 물집이 가실 날 없이 수련했습니다!"

"허!"

"한데 프렌시프 영애가 입관한다면 어찌 편히 일하겠습니까. 가문의 힘으로 로열 셰프가 될지도 모르지—"

퍽! 책임자가 그의 얼굴에 주먹을 꽂았다.

"큿……."

"네놈은 퇴출이다! 궁을 떠나서도 다시 주방에 발 딛지 못할 것이야!"

월토르가 흠칫 놀라 책임자를 바라보았다.

"그, 그렇게까지……! 저는 어찌 살란 말씀입니까!"

"감히 로열 키친의 명예를 더럽혔으니 그래도 마땅하다!"

월토르가 책임자를 붙잡았지만, 책임자는 매정히 손을 떼어 내고 로열 키친의 다른 요리사들을 호출했다.

나와 마릴린은 로열 키친의 공식적인 사과를 받고 방을 나섰다. 마릴린이 "흥!" 하고 콧방귀를 뀌며 뒤를 노려보았다.

"기가 막혀서……. 그런데 아가씨."

"그래."

"저놈이 왜 저렇게 쉽게 토설했을까요?"

"토설할 수밖에 없었던 거야. 샤를리나가 진범이 되든, 자신이 진 범이 되든 오후의 사건에 관여하긴 했으니까. 그리고……."

샤를리나가 범인이 되면 아탈란이 그를 살려 둘 리 없다. 그게 두 려워서 그리 쉽게 자백한 것이겠지.

"아가씨?"

"아니야……. 어쨌든 마릴린, 잘했어. 실감 나는 연기가 아니었다 면 월토르가 네게 속지 못했겠지."

"사실 진심이 섞여 있었거든요."

마릴린은 사람들이 나와 샤를리나를 비교하는 게 정말로 화가 났다고 했다. 난 픽 웃으며 마릴린의 어깨를 두드렸다.

다음날, 월토르가 내 요리를 망쳤다는 소문이 알음알음 퍼졌다. 사람들은 '이게 무슨 기가 막히는 일이야!' 하며 기함을 했고, 로열 키친의 평판은 곤두박질했다. 물론 이번 소문도 내가 마릴린을 시 켜서 낸 거다.

'시험관들이 더 이상 다른 생각을 갖지 못하도록.'

남은 아탈란의 수족이 있다면 겁먹고 움직이지 못하게 만들려는 것이다. 테스트는 새롭게 출제되었고 난 꽤 좋은 성적을 얻었다. 그 렇게 이틀이 지났다.

*   *   *

조이는 시험 둘째 날에 내년을 기약하며 성을 떠났다. 시험관 앞에서 한 사람씩 해산물을 손질하는 것이 과제였는데, 시간도 부족한 데다 시험관은 압박을 주기 위해 일부러 신랄한 말을 뱉어냈다.

조이는 압박에 졌고, 소라 독을 완전히 제거하지 못해서 실격당했다. 그리고 오늘은 마지막 날을 하루 앞둔 셋째 날이었다. 나와 스위트피는 순위표 앞에 서서 기도하듯 손을 꼭 잡았다.

'7위까지만 남고 다른 사람들은 모두 떠난댔어.'

7위. 제발 7위까지만.

나는 긴장된 표정으로 벽보에 적힌 순위를 확인했다.

[1. 샤를리나 알레그레, 102점.

.

.

7. 세니아나 프렌시프 90점.

8. 피스 쥬다흐 샤르파크 88점.]

나는 깜짝 놀라서 스위트피를 바라보았다. 스위트피는 예상외로 침착했다.

"여기까지네."

"스위트피……."

그녀는 부러 밝게 웃으며 내 어깨를 툭툭 두드렸다.

"동부 아카데미에선 너만 남았어. 꼭 붙어서 동문의 자랑이 되어 줘. 알겠지?"

"……."

스위트피는 정말로 열심이었다. 학교에서도 이곳에서도 밤낮없이 요리에 매진했다. 그런 그녀가 탈락한 것이 너무나 슬퍼서 나는 대신 서러워졌다.

"뚝!"

"……"

"난 내년에 다시 올 거야. 꼭 붙어서 네 후배가 될 테니까 넌 여기서 날 끌어 주기 위해 최대한 성공해 놔야 한다?"

나보다 더 서럽고 슬플 텐데 내가 걱정할까 봐 내색도 하지 않았다. 떠나는 순간까지 스위트피는 미소 짓고 있다가, 검문소를 통과하고 나서야 우뚝 멈춰 서서 어깨를 가늘게 떨었다. 숙소로 돌아오자 샤를리나가 나를 반겼다.

"세니아나, 축하해요!"

그녀는 내가 마지막 7인에 남은 것이 몹시 기쁜지 내 양손을 꼭 잡으며 밝게 웃었다.

"아, 샤나가 일등이지요? 벽보 보았어요. 축하해요."

"꼭 함께 입관했으면—"

"샤나!"

멀리서 한 무리의 응시생들이 다가왔다. 남은 7인이었다. 나와 달리 샤를리나는 이곳에서 꽤 많은 인맥을 만든 모양이었다. 그들은 날 발견하고 주저하더니 어색하게 웃으며 샤를리나의 팔을 잡았다.

"식사…… 함께하자고 하려고 했는데, 프렌시프 양과 선약이 있으셨나 봐요."

"네."

"그럼 저희는 저희끼리 따로⋯⋯."

"그러지 말고 다 함께 먹는 게 어떨까요?"

샤를리나가 내 팔을 살짝 끌며 말했다. 난 눈을 동그랗게 뜨고 "그, 그래도 돼요?" 하고 물었다. 샤를리나는 입가를 가리며 부드럽게 웃었다.

"귀여워라. 당연하죠."

그러더니 다른 사람들을 보고 "괜찮지요?" 하고 되물었다. 사람들은 서로 시선을 교환하더니, 이내 고개를 끄덕였다. 난 다른 이들과 함께 쭈뼛쭈뼛 원탁에 둘러앉았다.

'우와⋯⋯!'

학교 친구들이나 가족 외에는 이렇게 둘러앉아 식사를 할 일이 없었기에 나는 가슴이 콩닥거렸다.

"이번에도 일등이네요. 나는 언제 일등 해 보나. 좀 봐주세요~"

샤를리나와 다른 사람들은 화기애애했지만, 내겐 질문이 돌아오지 않았다.

'나한테도 말을 붙여 줬으면 좋겠다.'

내가 용기를 내서 먼저 붙여 볼까, 하고 고민하는데 누군가 먼저 입을 열었다.

"세나."

"네, 네!"

나는 말을 걸어 준 게 기뻐서 냉큼 대답했다.

"아⋯⋯."

"네?"

"샤나, 라고 불렀는데요. 그러니까 샤를리나 양을…….."

말을 붙인 사람이 어색한 표정으로 스푼을 들었다.

"그, 그렇군요."

'세나'라고 부른 줄 알았다.

'그렇지, 여기선 날 세나라고 부르는 사람이 없어.'

식탁엔 침묵이 감돌았다.

내가 불편한가 봐. 괜히 식사에 끼어든 것 같네.

나는 식사로 나온 클램차우더를 조금 먹다가 불편한 분위기가 이어지자 슬그머니 식판을 들었다.

"그러고 보니까 아직 정리하지 못한 일이 있어요. 저는 이만 가 볼게요."

샤를리나가 "하지만 식사는…….." 하고 물어서 난 괜찮다는 듯 고개를 저었다. 사람들에게 인사한 후 식판을 가지고 모퉁이를 돌자 식탁에 앉은 사람들이 다시 종알종알 대화를 나누기 시작했다.

"어후, 불편해서 정말."

"가까이서 보니 고위 귀족답지 않게 수더분한 구석도 있는 것 같네요."

"눈치가 없잖아. 다들 불편할 텐데 일부러 식사에 끼어드는 건."

그러자 쨍! 하고 거칠게 스푼을 내려놓는 소리가 들렸다.

"샤, 샤나."

"세니아나는 좋은 사람이에요. 뒤에서 이런 얘기를 나누는 건 보기 좋은 일은 아니네요. 저는 이만 가 보겠어요."

"우리는 그게 아니라 — !"

"샤나, 사람에게서 좋은 면만 보려고 하지 말아요. 못 들었어요? 시험관이 부정을 저지른 일로 기회를 잡아서 샤나를 끌어내리려고 했다잖아요."

윌토르의 일로 샤를리나를 언급한 게 소문이 난 모양이었다.

'그런 게 아니었는데!'

윌토르가 샤를리나를 끌고 들어갈 수 없다는 걸 알기에 한 말이었다.

"그만들 하세요. 직접 본 것도 아니잖아요."

"그렇지만……!"

"애초에 소문이 왜 났을까요? 그런 건 시험관들만 알 일인데요. 마치 세니아나를 고립시키려고 악의적으로 낸 소문 같지 않나요?"

샤를리나가 벌떡 일어난 모양인지 끽! 의자가 거칠게 밀리는 소리가 났다.

"반성들 하세요."

또각, 또각 구두 소리가 가까워졌다. 모퉁이를 돈 샤를리나가 나를 보고 눈을 크게 떴다. 그녀가 나에게 속삭였다.

"저런 말에 휩쓸리지 마세요. 세니아나의 좋은 점을 몰라서 하는 말이니."

난 고개를 조그맣게 끄덕였다.

다음 날, 시험관은 남은 7인을 불러 마지막 과제를 내주었다. 황후와 세 황비 중 한 사람을 골라 요리를 내는 것이었다. 사람들은 고심했다.

"누구로 해야 하나."

"역시 황후 폐하지요?"

"전 남부 출신이라 코트니 황비님을……."

"가브리엘라 황비님이 점수에 후하다고 들었어요."

사람들이 하나둘 황족을 선택했다. 겹쳐서 선택하는 것도 가능해서 네 명이 한 번에 황후를 택했다.

"다음 황위 계승자의 모후에게 잘 보여 두는 게 좋으니까."

"아하하, 검은 속내를 그렇게 드러내도 되겠어요?"

"로웨나 황비님이 들으시면 경을 칠 텐데."

난 고민을 거듭했다.

'가브리엘라 황비님은 같은 동부 사람이고 상냥한 편이어서 편할 거야. 하지만 로웨나 황비님이…….'

이런저런 일에 도움을 많이 주었다. 게다가 내가 가브리엘라 황비를 택하면 잡은 줄을 변경하려는 걸로 알고 고민할 것이다. 난 마지막의 마지막까지 고민하다가 결국 로웨나 황비를 택했다. 시식자를 기입하러 가는데 내 곁에 샤를리나가 섰다.

"저도 로웨나 황비님께 요리를 내려고요."

저번에 들었기에 놀라운 일도 아니었다. 나와 샤를리나가 기입 후 돌아오자 시험관들과 응시생들이 우리를 빤히 쳐다보며 속삭였다.

"일등과 꼴찌의 시합이라."

"하지만 로웨나 황비님이 프렌시프 양에게 푹 빠지셨다면서요."

"그래요, 몹시 귀여워하신대요."

우리의 경합 결과가 몹시 궁금한 모양이었다.

마지막 시험은 다른 날과 달리 황비궁에서 진행되었다. 나는 응시생들과 함께 복도를 걸으며 고민했다.

'로웨나 황비님은 단 음식을 좋아하시니까 데리야끼 소스를 써 볼까.'

샤를리나도 말이 없는 게 고민이 많은 모양이었다.

"세니아나, 뭘 할 거예요?"

"저는 데리야끼 소스를 써서 닭조림을 할까 싶은데요."

"이런!"

그녀가 곤란한 표정으로 한숨을 내쉬었다.

"저도 그 생각을 했어요. 단 음식을 좋아하신다는 말을 들었거든요. 겹칠까 봐 물었더니…… 역시나…….."

"……."

"제가 다른 것을 할 테니 세니아나는 ㅡ"

그때였다. 복도 끝에서 "세니아나!" 하고 나를 부르는 익숙한 목소리가 들렸다.

"오빠들!"

난 화들짝 놀라 어깨를 좁혔다. 란슬롯과 가웨인이 나를 향해 다가왔다.

"잘 지냈어?"

"뭐야, 살 빠졌잖아. 시험관 놈들이 얼마나 애를 들들 볶았길래!"

가웨인은 내 어깨를 잡고 이리저리 돌리며 살폈고, 란슬롯도 내 뺨을 손등으로 가볍게 눌러 주었다.

"날이 추운데 왜 이렇게 얇게 입고 있어?"

"조리복이에요. 다들 이렇게 입는걸요."

"두툼한 조리복을 사야겠다. 시험이 끝나면 함께 쇼핑 가자."

응시생들은 다정한 오빠들을 보고 마른침을 꿀떡꿀떡 삼켰다. 남자들의 시선은 소년의 우상이라는 가웨인에게 꽂혀있었고, 여자들의 시선은 아무래도 란슬롯 쪽에 집중되어 있었다. 나는 응시생들의 눈치를 보고 란슬롯과 가웨인을 밀어냈다.

"시, 시험 준비를 해야 해요. 가세요……."

가웨인이 짓궂게 웃으며 내 볼을 살짝 꼬집었다.

"뭐야, 방해되니까 꺼지라는 건가?"

"그게 아니라."

"가웨인."

란슬롯이 내 볼을 잡고 있는 가웨인의 손을 쳐내며 낮게 말했다. 그러곤 응시생들을 쳐다봤다.

"내 동생과 함께 시험을 보는 사람들이군."

"프, 프렌시프 경을 뵙습니다!"

"이, 이, 이렇게, 뵈, 뵙게 되어 저, 정말이지 여, 여, 영광ㅡ!"

"하아아……."

란슬롯이 빙그레 미소 지으며 응시생들에게 악수를 청했다.

"저, 저희 같은 것들이 어찌!"

"내 동생의 지인이라면 프렌시프의 귀인이지."

가웨인은 귀찮은 표정이었지만, 란슬롯이 슥 쳐다보니 큼, 헛기침을 하며 남자 응시생들에게 악수를 건넸다. 오빠들과 악수를 한 응시생들은 모두 몽롱한 표정이었다. 란슬롯이 흥분해 있는 응시생들을 둘러보며 말했다.

"여린 아이니 잘 부탁한다."

"예, 옛! 물론!"

그러곤 여자 응시생을 보며 "레이디, 부디." 하고 눈매를 나붓이 휘었다.

"물론이지요……, 프렌시프 경……. 온몸을 바쳐서 영애를 잘……."

아니, 오빠들이 어떻게 온 거람? 내가 응시생들과 잘 지내지 못하고 있다는 걸 아는 것처럼. 난 고개를 갸우뚱하다가 옆에서 킬킬 웃고 있는 마릴린을 보았다.

"역시 연락드리길 잘—"

"마릴린?"

"……어머~! 아가씨의 펜을 놓고 왔네! 내 정신 좀 봐!"

그러더니 그녀가 헐레벌떡 뛰어갔다.

마릴린이 오빠들에게 전했구나! 나는 도망치는 마릴린을 기가 막힌 표정으로 보다가 오빠들에게 다시 시선을 돌렸다.

"저는 시험 중이니 사사로운 잡담은 불가해요."

란슬롯이 "인사일 뿐이야." 하며 다른 응시생들을 쳐다보았다.

"그렇지 않은가?"

"무, 무, 물론! 물론입니다!"

"예! 며칠 만에 본 동생이니 당연히 반가울 만도 하지요! 인사쯤은!"

"예, 예! 인사쯤은—!"

나는 기가 막혔고, 란슬롯은 내 손등에 입 맞추며 "저녁에 보자." 하고 인사했다. 가웨인도 픽 웃으며 내 머리를 마구 쓰다듬었다. 응시생들은 우리를 지나치는 오빠들을 보고 입을 "하아—" 하고 벌린 채 신음했다.

"듣기야 했지만, 란슬롯 님은 정말⋯⋯."

란슬롯이 조각처럼 아름다운 사람이었다고 호들갑을 떠는 사람이 있는가 하면—

"맙소사! 내가 가웨인 님을!"

가웨인과 악수한 몇몇은 악수한 손을 허공으로 들어 보이며 감격하기도 했다. 아무래도 이들은 란슬롯에게 배우를 본 것 같은 기분을, 가웨인에게서는 스포츠 스타를 본 것 같은 기분을 느낀 듯했다.

나는 한숨을 삼키며 슬금슬금 먼저 걸었다. 나를 보는 시선이 변한 것이 몹시 부담스러웠다. 샤를리나가 나를 따라 걸으며 빙그레 웃었다.

"형제들인가요?"

"네."

"영애를 몹시 아끼나 봐요."

나는 어색하게 웃고 "감사한 일이지요." 하며 말을 흐렸다.

주방에 들어가서 손을 씻은 뒤 본격적인 요리 준비에 들어갔다. 황비궁 주방에선 로열 키친의 요리사들도 함께 요리를 하기에, 우리는 그들을 방해하지 않으면서 황비의 마음에 드는 요리를 하는 것이 관건이었다. 그런데 이상하다.

'응?'

요리에 마늘과 생강을 과할 정도로 쓰고 있잖아? 저렇게 많이 넣으면 요리가 텁텁해질 텐데. 무엇보다 황제와 후·비들의 가장 큰 소임은 황족 생산이었다.

'황제를 모셔야 한다면 냄새나는 마늘과 생강을 주의해야 하는 게 아닐까?'

반대로 생각하면 마늘과 생강은 임신에 좋은 재료기도 하지만······.

아무래도 이상해서 응시생들을 감독 중인 헤리엇에게 슬쩍 물었다.

"혹시 로웨나 황비님께서 오늘 황제 폐하를 모시는 건가요?"

팔짱을 낀 채 턱을 매만지던 헤리엇이 움찔하고 나를 쳐다봤다. 다른 감독들도 "호오." 하고는 서로를 쳐다봤다.

"프렌시프 양은 세심하군."

"그렇군요."

"황비의 식사를 준비한다면 가장 먼저 살펴야 할 일이지."

"다른 놈들은 그저 시험에만 정신 팔려서 중요한 게 무엇인지 잊고 있군."

"그래도 로웨나 황비님을 택한 응시생들은 꽤 수준이 있는 모양인데."

"그래, 알레그레 양도 내게 질문을……."

헤리엇이 빙그레 웃으며 내게 말했다.

"오늘 밤은 아니야."

"오늘…… 은 아니라고요?"

"하지만 로웨나 황비님께서 곧 황손을 보셔야 하니 자궁에 좋은 음식을 준비하라는 얘기를 들었지."

그게 이상하단 말이다.

[나는 우리 전하면 된다.]

로웨나 황비는 제 아이에게 줄 여력도, 시간도, 마음도 부족하다고 했다. 그래서 아이를 갖지 않겠노라 단호히 말했다.

'마음이 바뀌었을 수도 있지만…….'

고민하는 나에게 헤리엇이 시계를 가리켰다.

"그렇게 끙끙거릴 시간이 없을 텐데."

"네……."

나는 조리대로 돌아가서 바구니를 끌어안았다.

'그래, 이것저것 신경 쓰지 말고 내 할 일에 집중하자.'

황비의 취향에 꼭 맞는 음식을 만들어야겠다. 데리야끼 소스를 쓴 닭조림을 할까 했는데, 내 옆에 있던 로열 키친의 요리사가 닭을 쓰는 것을 보고 포기했다. 소는 아무도 쓰고 있지 않으니까 소를 쓰는 편이 좋겠다.

'소, 하면 역시 ─'

소갈비지!

난 냉장창고에 들어갔다가 황홀한 표정으로 뺨을 감쌌다.

'과연 황궁의 재료 창고!'

어디를 봐도 신선한 재료로 가득하다. 난 질 좋은 갈비와 재료를 가지고 조리대로 돌아오다가 주방 한편에 세워져 있는 기계를 보고 고개를 갸웃했다.

이건 절단기잖아!

'세상에, 정말 없는 게 없구나.'

황궁의 주방, 최고야!

갈비는 정말로 맛있지만, 귀한 황비님이 손으로 들고 뜯어먹을 수는 없을 것 같아서 걱정했는데, 이게 있으면 LA갈비를 할 수 있겠다. 한결 먹기 편해지겠다는 생각에 나는 기뻐서 폴짝폴짝 뛸 뻔했다.

감독관의 도움을 받아 고기를 잘라서 다시 내 조리대로 돌아왔다. 설탕을 듬뿍 넣고, 간장과 배즙, 곱게 간 양파와 마늘 등을 넣어 양념을 준비했다.

'오래 재울 시간은 없으니까 간을 좀 세게 하는 편이 좋겠어.'

갈비를 한 시간가량 재워 두는 동안 냄비를 이용해서 갈비와 잘 어울리는 흰쌀밥을 지었다.

'새콤한 곁요리로는…… 그래, 피클이 있으니까 식초 물을 쭉 짜서 매콤하게 무치자.'

피클을 물에 헹구고 깨끗한 천으로 물기를 쭉 짠 후 오이지처럼 새콤하게 무쳤다.

'단맛이 빠지진 않았지만, 황비님은 달콤한 요리를 좋아하시니까.'

갈비를 졸이며 맛을 본 나는 흐뭇하게 웃었다. 오늘은 정말이지 요리가 잘 되었다. 시간 분배를 잘해서 꽤 여유로웠기 때문에 오래 졸일 수도 있고.

난 냄비 안에서 고기가 눌어붙지 않게 살피다가 옆 조리대에서 속삭이는 로열 키친 요리사들의 얘기를 들었다.

"주방 이동은 언제 한대?"

"이번 입관자들이 뽑히면 하지 않겠어? 보통 그렇잖아. 이동 요청했냐?"

"당연하지. 요즘만 같으면 황비궁 주방보다 병영 주방이 편하겠다."

"그러게. 로웨나 황비님의 신경이 갈수록 날카로워지시니……."

"하녀들도 난리다. 달에 몇 번이나 달거리를 하시는지, 매번 신경질이시라고."

샤를리나가 그들을 힐끔거리며 내 조리대에 다가왔다.

"다들 겁이 없네요. 황비님과 관련한 이야기를 저리 함부로……."

내가 어색하게 웃자 샤를리나가 속삭였다.

"어찌 되었든, 우리도 조심하는 게 좋겠어요. 자주 하혈하신다니 신경이 예민하실 거예요."

난 손을 우뚝 멈췄다. 과할 정도로 쓰는 생강과 마늘. 날카로운 신경. 하혈.

'설마!'

난 얼른 주변을 살폈다. 로웨나 황비님에게 올라가는 음식은 죄다 달고 기름진 것들이었다. 샤를리나도 기름을 잔뜩 쓴 튀김을 만드는 중이었다.

'안 돼!'

난 하던 요리를 얼른 치우고 양배추를 잡았다.

*　　　*　　　*.

온실에서 체스 말을 매만지고 있던 로웨나 황비는 하나둘 들어오기 시작하는 시녀들을 흘깃 쳐다보았다.

"프렌시프 양의 요리가 올라오는 날이 오늘이지?"

"예."

"제일 앞에 그 아이의 요리를 올려놓으렴."

"다른 응시생의 요리는 어찌할까요? 샤를리나 알레그레 또한 황비님의 식사를 만들었습니다."

"황후의 이복자매가?"

황비는 입매를 비틀고 체스 말을 던지듯 내려놓았다.

"본궁을 음독이라도 시킬 생각인가 보지?"

시녀가 고개를 푹 수그리자 로웨나 황비는 인상을 찌푸리곤 다리를 꼬았다.

"멀리 치워 둬. 음식에 무슨 수작을 부렸는지 모르니."

음식이 차려지고 감독관과 응시생이 온실 안에 들어왔다. 로웨나 황비는 눈썹을 까딱 들어 올린 채 그들을 쳐다봤다.

"프렌시프 양은?"

"그게…….."

감독관들은 당황스러운 표정으로 말을 흐렸다.

"프렌시프 양은 어디 있냐고 묻지 않아."

그러자 곤란한 표정을 짓고 있던 샤를리나가 한 발 앞서 나왔다.

"황비님."

그녀는 무릎을 꿇은 채 황비를 올려다보았다.

"프렌시프 양은 황비님께 더욱 훌륭한 요리를 내기 위해 다른 응시생들보다 오래 불과 싸우고 있습니다."

"……시간을 맞추지 못했다?"

"황비님."

샤를리나는 긴장한 표정으로 가슴 앞에 손을 모았다.

"세 시간을 꼬박 불 앞에서 고통받고도 더 멋진 요리를 황비님 앞에 대령하려 애쓰는 모습이 요리사의 귀감이었습니다."

"……."

"그러니 황비님, 부디 조금만 더 요리가 나오길 기다려 주시면ㅡ"

"됐다."

황비의 말에 샤를리나가 눈을 크게 떴다.

"좋은 요리를 내오기 위해서라니 기다려야지. 네 무릎을 꿇렸다고 황후궁에서 본궁을 핀잔하겠구나. 일어나렴."

"……예."

샤를리나가 일어나자 황비는 눈을 가늘게 뜬 채 그녀를 훑어보았다.

'성정은 황후와 다른가.'

경쟁자를 감싸는 모습이 퍽 진솔해 보였다.

'수작이라면 상당한 고단수고 말이야.'

그녀는 흥, 콧방귀를 뀌며 스푼을 들었다.

"샤를리나 알레그레의 것부터 맛보지."

시녀가 음식을 덜어 주자 황비는 향부터 맡아 보았다.

"특이한 음식인데."

"닭과 송이버섯을 튀겼습니다. 백설탕과 석류를 넣어 만든 소스에 찍어 드시면 더욱 맛이 좋을 거예요."

향은 합격점이다. 소스의 냄새도 새콤달콤해서 입안에 침이 고였다. 헤리엇은 샤를리나의 어깨너머로 접시를 응시했다.

'송이를 튀겨?'

송이의 가장 큰 장점인 향이 기름 냄새에 가려질 텐데.

게다가 크기도 일정하지 못하다. 어느 것은 너무 크고, 어느 것은 또 너무 작아서 도무지 수석인 응시생이 한 음식이라곤 믿기지 않았다. 황비는 송이 튀김을 소스에 찍어 맛보았다.

"향이—!"

입을 가린 그녀가 황홀한 표정으로 요리를 응시했다. 튀김옷이 약간 무른 데 반해 안에 있는 송이는 탱글탱글한 데다 향이 몹시 좋았다. 입에 넣자마자 기름 냄새는 온데간데없고 송이의 짙은 향이 입안에 가득 퍼졌다.

"송이는 말할 것도 없고…… 이 소스가 일품이구나. 어떻게 만든 거니?"

"별다른 것은 없습니다. 그저 좋은 석류를 골라 그중에서도 좋은 알을 한 알 한 알 골라내 짓이겨 즙을 냈지요."

헤리엇과 감독관들이 서로를 쳐다보았다.

'고생이었겠는데.'

'믹서라는 마도구가 있는데도 굳이…….'

'그렇지. 요리는 정성이야.'

얄미운 황후의 이복자매가 만든 음식은 더 입에 넣고 싶지 않은데, 어찌나 훌륭한지 홀린 듯 자꾸만 손이 간다. 송이를 두 점이나 맛보고 닭을 포크로 집었을 때였다.

똑똑! 다급한 노크 소리와 함께 세니아나가 들어왔다. 로웨나 황비는 상냥하게 웃으며 "왔구나." 하고 말했다. 세니아나는 황비에 포크에 들린 닭튀김을 보고 얼른 달려와 그녀의 손을 잡았다.

"드시면 안 됩니다!"

"뭐?"

샤를리나와는 너무나 다른 반응이었다. 경쟁자를 감싼 그녀와 달리 세니아나는 몹시 초조해 보였다. 감독관이 당황하여 말했다.

"프렌시프 양의 요리도 곧 시식의 기회가 있을 거요. 그러니 무례는 그쯤하고 어서 황비님의 손을—"

"드시면 안 돼요!"

황비가 굳은 얼굴로 세니아나를 쳐다봤다.

'이 애가 정말…….'

영리한 줄 알았더니 아니었던 걸까. 사람 많은 자리에서 이런 어깃장이라니. 차라리 샤를리나 쪽이 더 현명했다.

"프렌시프 양. 일단 내 손을 놓는 게 좋겠구—"

세니아나가 주변의 눈치를 보고 그녀의 귓가에 속삭였다.

"자궁에 문제가 생기셨지요?"

"······!"

"몸이 안 좋으신 거예요. 그렇죠?"

"너, 어떻게—!"

"달거리를 자주 하는 게 아니라 하혈하고 계시잖아요. 이렇게 기름기 가득하고 단 음식을 드시면 안 돼요."

로웨나 황비의 손이 가늘게 떨렸다.

*　　　*　　　*

나는 굳은 황비를 단호한 표정으로 바라보았다. 황비가 어째서 건강이 나쁜 것을 숨겼는지 알고 있다. 황후에게서 인장을 빼앗아서 내궁을 총괄하는 지금, 몸이 안 좋다는 것을 들키면 그 틈을 타 황후가 다시 인장을 돌려받겠다고 나설지도 모른다.

'게다가 비의 소임은 황족의 생산이야.'

자궁이 얼마나 안 좋은지는 모르겠지만, 영영 아이를 낳을 수 없다고 한다면 로웨나 황비의 추락은 불 보듯 뻔한 일이었다. 나는 요리를 식탁에 올려두고 조심스레 덮개를 치웠다. 자궁에 좋은 강황을 넣어서 만든 미음. 그저 미음이었다. 감독관들이 화들짝 놀라 나를 힐난했다.

"121번 응시생!"

"이게 무슨— 어디 이따위 요리를 황비님의 식탁에 올린단 말입니까!"

아프지 않은 사람에게 죽을 내는 건 길라게온에선 굉장한 무례였다. 널 병상에 드러눕게 만들어 주겠다, 하는 협박이었으니까. 황비는 제 몸이 아프다고 말할 수도 없었으므로 입만 꾹 다문 채 포크를 그러쥐었다. 샤를리나가 얼른 내게 다가왔다.

"아니에요! 프렌시프 양이 만든 요리는 이게 아니었어요. 분명 요리에 문제가 생겨서 어쩔 수 없이 낸 걸 겁니다. 황비님! 제발 영애를 용서해 주세요."

감독관들이 기가 막힌 목소리로 소리쳤다.

"요리에 문제가 생겼다고 황비님의 상에 죽을 낸단 말이오!"

"방자하기 짝이 없군! 프렌시프 영애라고 해서 이런 방종이 묵인되는 건 아냐!"

가장 분노한 건 로웨나 황비의 시녀들이었다. 그중 소수는 황비의 몸이 안 좋다는 것을 아는 듯 침묵했지만, 대다수는 모르는 모양인지 길길이 날뛰었다.

"프렌시프 영애가 황족을 모독했습니다! 지금 바로 경비병을—!"

"그만!"

황비가 손을 들어 올리자 그제야 온실 안이 고요해졌다.

"본궁이 고뿔을 앓고 있어서…… 그래서 이 아이가 죽을 내온 것이야."

"하지만 황비님—!"

"그만하라지 않았어!"

"……."

황비는 급히 스푼을 들고 내 미음을 맛봤다.

"맛이 좋구나. 그저 싱겁지만은 않은 좋은 음식이야. 본궁을 위해 애쓴 영애가 기특해."

황비가 빙그레 미소 지었다. 그녀는 내 미음 앞에 스푼을 내려놓았다.

"오늘의 승자는 프렌시프 영 — 흐……."

황비가 배를 쥐더니 몸을 웅크렸다. 로웨나 황비궁의 시녀장이 얼른 그녀를 부축했다.

"황비님!"

"……난 괜찮 —"

"황비님? 황비님!"

로웨나 황비가 무너지듯 쓰러졌다.

"꺄악!"

"황비님!"

"궁정의! 어서 궁정의를 — !"

온실이 터져나갈 듯 소란스러워졌다. 황비가 쓰러진 자리엔 피가 흥건했다.

나와 샤를리나는 구금되었다. 황비가 오늘 넘긴 음식은 오직 나와 샤를리나의 요리뿐이라서 음독의 가능성을 배제할 수 없기 때문에 우리가 황궁 옥사에 갇히게 된 것이었다. 경비병들은 곤란한 표정으로 옥사 안에 있는 나와 샤를리나를 힐끔거렸다.

"이게 무슨 일이야."

"카렌듈라의 딸과 프렌시프의 딸이 나란히 구금이라니……."

"괜히 우리한테 불똥 튀는 거 아니야?"

그들은 속닥거리다가 우리의 눈치를 보고 슬금슬금 옥사를 나섰다.

"저, 프렌시프 영애……."

샤를리나가 애써 웃으며 내 손을 잡았다.

"너무 걱정하지 마세요. 황비님께서 일어나시면 우리도 곧 풀려날—"

"왜 그런 요리를 만들었어요?"

"네?"

감독관들의 말에 따르면 그녀도 마늘과 생강을 자주 쓰는 이유를 물었다고 했다. 그리고—

[우리도 조심하는 게 좋겠어요. 자주 하혈하신다니 신경이 예민하실 거예요.]

난 샤를리나를 빤히 쳐다봤다.

"황비님이 하혈하셨다는 걸 어떻게 아신 거죠?"

"달거리를 달에 몇 번이나 한다고 했으니까 하혈이 아닐까 했던 거지요."

"주기가 짧은 사람들은 시기가 잘못 겹치면 달에 두 번도 달거리를 하기도 한다는 걸 여자인 영애가 모른다고요?"

샤를리나가 우뚝 굳어져 양손을 맞잡았다.

"'몇 번이나'라고 했으니까요. 두 번이진 않을 거라고 생각했—"

"샤를리나 카렌듈라."

목소리가 절로 낮아졌다. 나는 그녀를 똑바로 응시한 채 말했다.

"난 바보가 아니에요."

"……!"

샤를리나의 표정이 변했다. 그녀는 말을 고르듯 눈을 지그시 감고 있다가 천천히 눈꺼풀을 들어 올렸다.

"영애가 당황스러울 수 있다는 점, 이해해요."

그녀는 기가 막힌다는 듯 실소를 흘렸다.

"하지만 고작 하혈이라고 언급한 것 때문에 저를 의심한다는 건…… 글쎄요. 제가 보기엔 옳지 못한 판단인 듯싶네요."

나는 가늘어진 눈으로 한숨을 크게 내쉬는 샤를리나를 응시했다.

"증거가 없으니까?"

샤를리나는 산뜻하게 웃곤 "그런 의미가 될 수도 있겠네요. 듣기에 따라서." 하고 고개를 끄덕였다.

"물론 저는 황비님께 해를 가할 생각이 절대로 없었지만요."

"샤나."

"말씀하세요."

"진짜 선의와 가짜 선의는─"

나는 예고 없이 샤를리나의 손끝을 잡았다. 화들짝 놀란 그녀가 내 손을 세차게 뿌리쳤다.

"……!"

샤를리나는 내게 잡혔던 손을 다른 손으로 꽉 쥔 채 표정을 굳혔고, 나는 생긋 웃었다.

"본인이 제일 잘 아는 법이에요. 방금처럼."

만들어진 선의는 악취를 풍긴다. 나를 고아원에 버리고 가기 전의 아빠가 그랬고, 자신의 폭행으로 내가 몇 군데나 골절되자 경찰 앞에 선 원장이 그랬다. 아무리 가면을 겹겹으로 쌓아도 결코 숨길 수 없는 불쾌한 냄새. 그것은 샤를리나를 처음 볼 때부터 느껴졌다.

"나를 싫어하잖아요."

입매를 비틀던 샤를리나가 노래하듯 우아한 목소리로 중얼거렸다.

"가여워라."

"……."

"얼마나 고되게 살았으면 타인의 마음을 점쟁이라도 되는 양 다 안다고 생각할까."

내가 눈을 가늘게 뜨자 샤를리나는 입가를 살짝 가린 채 이어 읊조렸다.

"피해망상이라고 하죠, 그런 것을."

"……."

"나는 알아요, 영애. 우리는 비슷하니까."

샤를리나는 차분한 눈빛으로 나를 지그시 응시했다.

"비슷하면서 또 다르기도 하죠."

"뭐가요?"

"영애는 애초에 음지에서 살기 위해 태어난 사람이라고 대사제 께서 말씀하셨어요."

"음지?"

그녀가 내게 다가와 손마디로 볼을 쓰다듬었다. 불룩 솟은 뼈마디가 이상하게 싸늘한 기분이었다.

"영애는 오직 나를 위해 존재한다고."

"……."

"내가 진짜예요. 진짜 성녀, 진짜 귀족, 진짜 요리사."

"……."

"나는 궁금했어요."

샤를리나가 고개를 모로 기울인 채 빙그레 미소 지었다.

"어째서 다들 가짜를 진짜라고 여기는 걸까."

"무슨—"

"이전엔 억울하고 화가 났지만, 이젠 알아요. 어둠이 짙을수록 빛은 더 간절해지는 법이죠."

샤를리나는 내게서 떨어져 흘러내린 머리칼을 정리하며 눈매를 나붓이 휘었다.

"나는 영애에게 미안하게 생각해요. 내 선의가 가짜라고 느낄 만큼 열등감을 느꼈다면 사과하겠어요."

"아무래도 망상은 내가 하는 게 아닌 것 같군요."

샤를리나와 내 시선이 허공에서 부딪친 순간, 옥사 안으로 사람이 들어왔다.

"카렌듈라의 성녀님을 아발론으로 모시겠습니다."

샤를리나는 고개를 까딱 숙이곤 "그럼 먼저." 하며 옥사를 빠져나갔다. 나는 철창 안에 우두커니 서서 계단을 사뿐사뿐 걸어 올라가는 샤를리나의 뒷모습을 지켜보았다. 오싹한 기운이 경고하듯 전신을 옥죄었다. 에이레네를 만났을 적에도 느낀 적 없는 감각이었다.

내가 풀려난 건 할아버지와 아빠가 황궁을 발칵 뒤집은 후였다. 풀려났을 땐 이미 시험이 끝나 있었고, 최종 입관자는 로열 키친에서 개별 연락을 주겠다고 했다. 난 아빠와 할아버지 사이에 서서 걸으며 샤를리나와의 대화를 곰곰이 생각했다.

"……니안."

"……."

"세니안."

퍼뜩 고개를 들자 아빠와 할아버지가 나를 빤히 쳐다보고 있었다.

"네."

"무슨 생각을 그리하지?"

"황궁 놈들이 내 손녀를 홀대한 것이냐!"

나는 손을 내저으며 "그런 게 아니라……." 하고 말했다.

"하면?"

"샤를리나 알레그레는 아탈란의 사람이에요."

"……!"

할아버지와 아빠의 표정이 순식간에 차가워졌다.

"포털을 연다던데. 아탈란에서도 성녀를 데리고 있었단 말이냐?"

"그게 이상해요."

"이상하다고?"

"아탈란에선 에이레네 사비에르를 실험을 통해 성녀로 만들었잖아요?"

"그렇지."

"샤를리나가 있는데 군이 그럴 필요가 있었을까요?"

"포털의 개화가 요즈음이라면 에이레네 사비에르가 필요했을 수도 있지."

"하지만 그 애는 뭐랄까……."

나는 "으음." 하고 침음하다가 황궁을 돌아보았다.

"처음부터 아탈란에서 자란 사람 같았는데."

내 말에 할아버지가 미간을 좁혔다.

"무슨 소리냐?"

"예를 들면 그런 거예요. 그게, 저는 다른 세계에서 가난하게 자랐잖아요. 그래서 아빠와 할아버지가 선물을 엄청 많이 주셨는데도 일 피니가 엄청 소중하단 말이에요?"

아빠가 고개를 끄덕여서 난 말을 이었다.

"몸에 내재된 생활 방식이나 사상은 변하기 힘든데 샤를리나는……."

"모든 게 아탈란 쪽인 듯하다?"

"네."

아빠와 할아버지가 시선을 교환했다.

"수상하긴 하군."

"그래."

우리는 마차를 타고 저택으로 돌아가면서 정보를 서로 교환했다. 아빠는 르마르 공작을 통해 '2월'이 카렌듈라라는 것을 확신하고 있었고, 할아버지는 프렌시프 수중에 있던 오르가와 아탈란의 살수를 고신하여 정보를 캐냈다.

"서부와 남부의 대부분은 아탈란에 넘어간 듯싶더군."

"그럼 동부는요?"

"슬슬 동부 쪽에도 손을 뻗치고 있는 모양이다. 샤르파크 후작을 휘하에 두려 한 것을 보면."

그렇게나 많이 아탈란에 넘어갔다면 위험하다. 사람들은 날 성녀라고 부르지만, 난 사실 세계 평화 같은 건 관심이 없다. 나와 우리 가족의 안위. 내가 신경 쓰는 것은 오직 그것뿐이었다.

'하지만 일이 이렇게 되면 그마저 지키기 어려워질지도 모른단 말이지요.'

일단은 샤를리나의 도약을 멈출 필요가 있겠다.

'그렇다면 전면에 나서야 한다는 건데.'

나는 마차 창문턱에 기대며 한숨을 내쉬었다.

저택에 도착하자 사용인들과 오빠들이 나를 반겼다. 란슬롯은 무릎을 약간 굽혀 나와 시선을 마주치며 눈매를 나붓이 휘었다.

"오랜만에 보니 좋은걸."

"오전에도 뵈었는데요?"

"저택에서 말이야."

응응, 그렇긴 해.

나는 헤헤 웃고 란슬롯이 내미는 손을 잡았다. 그러자 눈앞에 또 하나의 손이 내밀어졌다.

"나도."

"……."

"왜 형만!"

"좋아요."

내가 가웨인의 손을 덥석 잡자 그는 "웬일로 순순히?" 하며 놀라다가 픽 실소를 흘렸다.

"집 떠나 있는 게 나쁜 일만은 아니군. 기왕 선심 쓰는 거, 업어 주는 것도 허락해 주면 어때?"

"그건 싫어요."

내가 오빠들의 손을 각각 잡고 고개를 젓자 하녀들이 입가를 가린 채 키득키득 웃었다.

"유리관으로 가자. 별을 보면서 식사할 수 있도록 준비해 놨어."

"백마를 하나 데려왔는데, 더 추워지기 전에 타 볼래?"

"특이한 호박이 들어왔어. 감정사가 보니 제법 괜찮은 모양이야. 구경하러—"

"네가 좋아하는 호두 밀푀유를 사 놨는데—"

나는 오빠들에게 "네.", "좋아요.", "멋져요." 하고 열심히 대답하다가 방 앞에 서 있는 사람을 발견하고 얼굴이 환해졌다. 오빠들의 손을 휙! 놓고서 얼른 그녀에게 뛰어갔다.

"마담 버지니아!"

"우리 아가씨!"

나는 버지니아의 품에 안겨 빙글빙글 돌았다. 이게 얼마 만이람!
졸업하고 영지에 내려가지 못해서 통 얼굴을 못 봤다.

"보고 싶었어요."

"기뻐라!"

"어떻게 오셨어요? 영지는 괜찮아요?"

"이제 파르뎅 남작이 제법 합니다. 움직여도 되겠다 싶어서 냉큼
올라왔지요."

할머니뻘인 마담 버지니아는 내가 정말로 좋아하는 사람이었다.
그녀도 나를 진짜 손녀처럼 귀여워해 줬다.

"다른 가신들도 함께 왔답니다."

"누군데요?"

로제스 자작, 뱅송 남작 등이 "아가씨!" 하며 내게 달려왔다. 두
사람은 가짜 세니아나를 몹시 혐오해서 나를 껄끄럽게 대했었는데
이젠 손녀나 딸이라도 되는 것처럼 예뻐했다.

"다들 어떻게 올라오신 거예요? 황도에 무슨 일이 있나요?"

"있지요!"

"무슨 일인데요?"

"우리 아가씨의 데뷔탕트가 있지요."

맞다. 아카데미 학칙상 신분을 드러낼 수 없어서 데뷔탕트를 미
뤄놨었는데 이제 졸업을 했으니 할 시기가 왔다.

'다들 입관 전에 한다고 했지.'

나는 데뷔탕트를 도와줄 엄마도, 할머니도 없어서 마담 버지니
아가 직접 온 모양이었다.

"아가씨의 데뷔탕트는 어르신과 영지의 일원들이 조금씩 준비했었어요. 남은 건 몇 가지 마무리뿐입니다."

"그렇군요. 그럼 초대장은요?"

"대부분 고위 귀족의 자제나 귀부인들에게 가겠지만…… 원하시는 분이 있다면 추가하겠습니다."

"저기, 그럼 저는 스위트피, 그러니까 피스 샤르파크 양과 조이…… 그리고……."

마담 버지니아와 가신들은 내가 아카데미에서 친구를 사귄 게 몹시 기쁜 모양이었다.

"그럼 아가씨 친구분의 좌석은 이쪽으로……."

"좋아요!"

내가 여는, 아니, 정확히 내가 준비한 건 아니지만 내 이름으로 여는 파티는 처음이라 콩닥콩닥 설렜다.

*　　*　　*

가족들은 음울한 표정으로 신이 난 세니아나와 가신, 행정관, 사용인들을 쳐다봤다.

'빼앗겼다.'

손녀를. 딸을. 동생을. 이제 시험도 끝나서 하루 종일 품에 끌어안고 예뻐할 수 있을 줄 알았는데, 데뷔탕트를 무기로 웬 도적 떼가 병아리를 빼앗았다.

"그럼 드레스는 이 두 벌로 하고 패물은……."

"제가 아가씨와 꼭 어울리는 질 좋은 에메랄드를 확보했습죠."

"에메랄드보다는 핑크 토르말린이—"

저희들끼리만 재잘재잘 떠들더니 드레스를 가봉하러 가야 한다며 세니아나를 끌고 상점 지구로 향했다. 그걸 본 나베리우스가 벌떡 몸을 일으키자 행정관들이 절규하듯 소리치며 그를 붙잡았다.

"어르신—!"

"안 됩니다!"

필사의 각오로 앞을 막아서자 나베리우스가 창대를 쿵! 바닥에 박았다.

"어떤 겁 모르는 놈이 감히 내 앞을 막는 것이냐."

"아, 아, 안 됩니다!"

"예, 예, 아, 아가씨 시험이 걱정되신다고 결재를 죄다 미뤄 놓으셨는데 이번에도 처리가 안 되면—"

나베리우스가 양팔과 양다리에 매달린 행정관들에게 매섭게 호통쳤다.

"이거 놓으라지 않느냐!"

나도 내 손녀와 쇼핑 갈 테다! 저놈들이 에메랄드와 토르말린을 사 준다지 않아! 나는 다이아를 사 줘야 한단 말이다!

"어르신—, 통촉하여— 주십시오—!"

방 밖에서 무릎을 꿇고 애원하는 행정관들을 본 집사들이 고개를 절레절레 흔들었다.

"우리가 고생이 많네."

"맞습니다."

"한데 자네, 왜 아직까지 사용인 명단을 가져오지 않나?"

영지의 총괄 집사가 저택의 집사, 마일로를 은근히 쏘아보자 마릴린과 시트론이 그 사이에 쏙 파고들었다.

"아가씨 아시면 또 끌어안고 '사이좋게 지내세 —' 하며 서로 등을 토닥이셔야 할 텐데요."

"네, 아가씨 걱정시키지 마시라고요."

집사들이 움찔하여 서로를 쳐다봤다.

"우리는 아가씨께 걱정을 심어드리려는 게 아니라 —"

"그, 그래. 내가 성질 급하게 나왔군. 명단은 천천히 넘기게."

"아, 아닙니다. 일은 빨리 처리해야지요."

한편, 마담 버지니아와 함께 황도에 올라온 영지의 소년 행정관은 눈두덩이가 거뭇해져서 한숨을 내쉬었다. 황제도 두려워하는 동부 최고의 권력자 어르신도, 천재로 이름 높은 프렌시프의 정예 행정관들도, 사용인들의 귀감이라 불리는 최고의 집사들도 어째 아가씨 앞에선 전부 머저리 천치였다.

소년은 고개를 끄덕이며 결심했다.

'이직해야지.'

*　　*　　*

시험이 끝나고 나흘. 나는 그간 쌓인 스트레스를 풀며 평화로운 일상을 보냈다. 데뷔탕트 준비로 조금 바쁘긴 했지만 반쯤은, 좋아하는 사람들과 함께 하는 게임처럼 느껴졌다.

"역시 에메랄드가—!"

"아니야! 핑크 토르말린이—!"

"멍청한 것들. 제일 비싼 다이아를 사야지!"

가신들이 옥신각신하는 모습을 대수롭지 않게 지켜보다가 보석상의 직원이 안내한 소파에 앉아 차를 마셨다.

'아, 향 좋다!'

아쌈에 우유와 크림을 듬뿍 넣은 밀크티는 따뜻하고 달콤했다. 밀크티를 호로록 마시다가 이따금 고소한 크래커를 씹으니 정말이지 행복하다. 내 주변으로 보석을 구경하러 온 귀족들이 재잘거렸다.

"샤를리나 알레그레라고요?"

"샤를리나 카렌듈라죠. 이번에 후작이 입적을 결정했대요."

"세상에, 완전히 신분 상승이네요."

"그럴 만한 능력이 있답니다. 저희 남편이 방금 직접 보고 왔는데—"

귀부인이 경탄하듯 어깨를 떨었다.

"역사상 최초로 세계 끝에 있다는 엘트라에 포털을 여셨대요."

엘트라?

나는 깜짝 놀라 귀부인들을 쳐다봤다. 그녀들은 내 시선을 느끼지 못했는지 여전히 대화에 열중이었다.

"전력석이 무더기로 있는 황금의 땅이라잖아요. 카렌듈라 양이 글쎄, 보그를 가져왔다지 뭐예요."

"아니에요, 보그가 있기는 하지만 가져오지는 못했대요."

"그럼 역시 보그는 프렌시프 독점 판매인가요?"

"아쉬워라. 경쟁하는 사람이 있어야 가격이 내려가는 법인데요."

보그……. 역시 트리스탄이 있는 엘트라가 맞는 모양이다.

'이런, 거기까지 포털을 열었다는 거야?'

샤를리나의 능력이 내 생각보다 강력한 모양이었다. 다른 가신들도 내 곁에 다가오다가 귀부인의 이야기를 들은 모양인지 딱딱하게 굳어졌다.

"아가씨."

"응, 아빠와 이야기를 나눠야겠어요. 아빠는 어디 계세요?"

"중앙탑으로 가시죠."

나는 고개를 끄덕이고 얼른 마담 버지니아를 비롯한 가신들을 따라 걸었다.

"앗!"

급히 걷다가 로브를 쓴 사람과 부딪쳤다.

"죄송합니다."

마음이 조급해서 사과만 한 뒤, 얼른 보석상을 나섰다.

* * *

흰 로브를 쓴 사내의 곁으로 구릿빛 피부와 푸른 눈을 가진 남자가 다가왔다.

[이리 빠져나오시면 곤란합니다, 왕자님.]

왕자라 불린 이는 흰 로브를 가볍게 벗었다.

"하지만 보고 싶었는걸."

[대륙어도 그리 함부로 쓰셔선 안 됩니다.]

흰 로브의 남자는 빙그레 미소 지으며 종종걸음으로 마차에 오르는 세니아나를 돌아보았다.

"드디어 만났다, 내 여신."

마그누스는 주변을 살피고 왕자의 로브를 다시 제대로 씌웠다.

[이곳은 신의 땅이 아닙니다. 호위에 틈이 생길 수 있으니 부디, 왕자님.]

"언제 여신과 만날 수 있지?"

[트리스탄 님.]

마그누스가 책망하듯 말하자 트리스탄은 빙그레 미소 짓고 마그누스의 목을 틀어잡았다. 순식간에 벽에 밀어 붙여져 울대뼈를 짓눌린 마그누스가 신음했다.

"나는 묻고 너는 대답한다, 가 기본이잖아. 응?"

순식간에 허리에 찬 단도를 장난치듯 목에 겨눈 트리스탄의 태도와 달리 눈은 순진한 빛을 띠었다.

[죽이시려거든 마지막으로 다른 호위를 호출할 틈을 주십시오.]

트리스탄은 마그누스의 변화 없는 표정을 보더니 단도를 빙글, 돌려 검집에 집어넣었다.

"재미없어."

그러자 그의 손에서 풀려난 마그누스가 손목으로 기침을 갈무리하며 그에게서 떨어졌다. 바람이 불었다. 트리스탄의 로브와 마그누스의 새카만 머리칼을 흩날리고 지나간 돌풍은 아름드리 나뭇잎을 세차게 흔들고 사라졌다.

＊　　＊　　＊

"아빠."

나는 중앙탑에서 나오는 아빠에게 달려가다가 그의 주변에 있는 다른 귀족들을 보고 후다닥 걸음을 멈췄다.

"안녕하세요."

내 인사에 귀족들이 허허, 낮게 웃더니 고개를 끄덕였다.

"아버님 마중을 나오신 겁니까?"

"네……."

"역시 딸이 귀엽군요. 제 아들놈들은 어려서도 아비 마중 나올 줄을 몰랐습니다."

'마중 나오는 건 어린애 같은 일인가?'

나는 실수했나 싶어 불안한 표정으로 아빠를 쳐다봤고, 아빠는 빙그레 웃으며 내 어깨에 재킷을 걸쳐 주었다.

"날이 차니 따뜻하게 입고 다녀야지."

"네! 그런데, 저기……."

나는 아빠의 팔을 잡고 귓가에 속닥거렸다.

"마차에 가 있을까요?"

내가 방해한 거 아닌가요?

─하는 표정으로 바라보니 아빠의 입가에 희미한 미소가 떠올랐다.

"자식이 마중 나온 것은 기쁜 일이지. 가자."

나는 귀족들에게 다시 한 번 묵례 후 아빠의 팔짱을 끼고서 마차로 함께 걸었다. 우리의 뒤로 귀족들의 탄성이 달라붙었다.

"일전에 프렌시프 령에서 보았을 때와는 전혀 다르군."

"저도 소문은 들었습니다만, 이리 보니 와전된 게 아닌가 싶습니다."

"이제 누가 프렌시프 영애를 미친개라 부르겠나."

인자한 웃음소리에 나는 헤헤 웃으며 아빠를 힐끔 쳐다봤다. 그러자 아빠가 "왜?" 하고 물었다.

"그냥요. 부끄러운 딸은 아니라 다행이에요."

"네가 뭘 하든 부끄럽지 않아."

"정말요?"

아빠가 고개를 가볍게 끄덕였다.

"여기서 업어 달라고 해도 좋지."

"오빠도 맨날 업어 준다고 하는데."

내 입술이 삐죽 튀어나오자 아빠는 바람 들 틈 없이 내 어깨를 꼭 끌어안았다.

"어릴 때 많이 못 해 줬으니 지금이라도 해 보려는 게지."

"음, 그렇기도 하겠어요."

나는 아무렇지 않게 "시집가면 못 하겠지요?" 하고 고개를 주억거렸다.

"……."

"……?"

"……."

"아빠?"

"너무 일러."

"뭐가요?"

시집?

우리의 뒤를 쫓아오던 가신이 껄껄 웃으며 손을 내저었다.

"이르긴요. 영애 또래의 숙녀들은 이제 곧 아이를 낳을 텐 —"

아빠가 입매를 딱 굳히자 마담 버지니아가 가신의 옆구리를 푹 찔렀다.

"하여간 눈치 없긴."

"예?"

"입 다물고 걷게."

"제가 무슨 잘못이라도 했습니까?"

아빠는 마차에 멈춰 서서 어리둥절해하는 가신을 돌아보았다.

"마차가 좁군."

"황도 마차 중에서도 이렇게 큰 마차는 몇 없지 않습니까?"

"좁아."

"무슨……."

"걸어와라."

그러더니 가신을 뚝 떼어 놓고 나와 단둘이서만 마차에 올랐다. 나는 당황해서 허둥지둥하는 가신들을 창밖으로 바라봤다.

이, 이래도 되는 거야? 문득 바라보니 아빠는 대수롭지 않은 표정으로 등받이에 몸을 기댔다. 창밖에서 "하여간 저 입!" 하며 분통을 터뜨리는 마담 버지니아의 목소리가 들렸다. 마차 바퀴가 저택을 향해 구르기 시작했다.

"아빠."

"그래."

"샤를리나 알레─ 카렌듈라가 엘트라로 포털을 열었다고 하던데……."

"그렇더군."

"그럼 이제 보그는 우리만 가져오긴 힘들겠어요."

보그를 독점하고 있는 건 프렌시프엔 꽤 많은 도움이 되었다. 협상이라든지, 영지의 안정이라든지.

'지금까지 헐값에 사 왔지만, 카렌듈라까지 보그를 확보하려고 한다면 어려울 테고.'

이제 영지에 무상으로 보그를 지급하긴 힘들겠다.

"세니안, 걱정이 많구나."

"네?"

아빠는 나를 빤히 보며 읊조렸다.

"네가 모든 것을 해결할 필요는 없어."

나는 깜짝 놀라서 눈을 크게 떴다.

"그게 아니라─"

"알아. 상냥한 아이니 아탈란이 너를 노리고 프렌시프를 조여 오는 것이 염려되겠지. 하지만 세니안."

"……."

"넌 아직 어려."

아빠가 내 헝클어진 머리를 다정히 정리해 주며 말했다.

"네가 다른 세계에서 몇 살로 살았든, 아직 어린애라는 건 변함이 없지."

"……."

"하고 싶은 것을 해라. 걱정보다 즐거운 생각을 더 해."

아빠는 축 늘어진 내 눈썹을 쿡 찌르며 말했다.

"가지고 싶은 게 있으면 사 달라고 조르고, 어리광도 부려."

"……."

"네게 헌신할 기회를 주는 것도 사랑의 한 방식이란다."

아빠가 무릎을 두드려서 난 그의 무릎을 폭 베고 누워 한숨을 내쉬었다.

"그럴게요."

아빠는 좌석 밑으로 흘러내린 내 머리칼을 매만지며 낮게 읊조렸다.

"두 번은 안 뺏긴다."

손길이 너무나 따뜻하고 다정해서 어깨를 짓누르던 책임감이 사르르 녹아 없어지는 것만 같았다.

저택에 도착해서 가족들과 둘러앉았다. 예상과 다르게 다들 아빠처럼 샤를리나가 엘트라로 포털을 연 것에 별 관심을 두지 않았다.

"그것 때문에 걱정한 거야?"

란슬롯은 내가 귀엽다는 듯 볼을 가볍게 잡아 흔들었다.

"하지만, 하지만 보그는 소중하니까……."

내가 변명하듯 웅얼거리자 가웨인이 뻐딱하게 앉아서 코웃음을 쳤다.

"그까짓 거."

"그까짓 거라니요. 황제 폐하께서도 탐을 내는 건데요."

"사비에르가 전력석을 독점한 시절에도 프렌시프의 위상은 드높았어."

그렇기야 하다만…….

나는 곰곰이 생각하다가 이내 고개를 끄덕였다.

'그래, 사비에르의 전력석 독점 시절에도 아무렇지 않았으니까. 아빠도 걱정하지 말라셨고.'

나는 안심해서 파하, 한숨을 내쉬며 찻잔을 잡았다.

"데뷔탕트에서 입을 드레스는 가봉을 마친 거야?"

란슬롯의 질문에 나는 "네!" 하고 쾌활하게 대답하고서 쇼핑백에서 부스럭부스럭 드레스를 꺼냈다.

"시착품인데, 보세요. 너무 예쁘지요!"

가슴에서부터 A라인으로 쫙 퍼지는 드레스는 꽃 뭉치를 가득 달아 놓은 형상이었다.

"입어 봐."

가웨인이 손가락을 튕기며 말하니 마릴린과 시트론이 "저희가 돕겠습니다." 하고 나섰다. 나는 그녀들의 도움을 받아서 시착품을 입고 돌아왔다.

"여기서 더 알록달록해지고 보석도 잔뜩 달릴 거래요."

"귀엽네."

"응, 잘 어울려."

오빠들이 칭찬하자 하녀들도 "맞아요, 아가씨." 하며 동조했다. 나도 드레스가 마음에 쏙 들었다. 항상 가족들이 골라 주거나 가짜 세니아나에게 있는 드레스를 수선해서 입었던지라 내가 고른 드레스는 정말로 특별했다.

"첫 춤은 누구와 출 거야?"

가웨인이 은근한 목소리로 물었다.

그렇지, 참.

데뷔탕트의 첫 춤은 가장 소중한 사람과 춘다. 나는 "으음." 침음하며 가족들을 돌아보았다.

"나지."

"나거든."

"나다."

"당연히 나지."

가족들이 으르렁거리듯 말해서 난 움찔, 어깨를 좁혔다. 가족들뿐 아니라 사용인들의 시선까지 모두 내게 집중되었다.

"누구와 출 거야?"

"편히 말해 봐라."

"그래, 편히 나라고 해."

"세니안."

고, 곤란해!

가족이 많은 것도 그렇게 좋은 건 아닌가 봐…….

나는 한숨을 내쉬고 금방이라도 치고받고 싸울 것 같은 아빠와 할아버지를 쳐다봤다.

"농땡이 피우지 말고 저리 썩 꺼져. 세니아나의 댄스 연습 상대는 나로 충분하다."

"관절을 조심하셔야 할 나이에 괜한 욕심 부리지 마십시오."

나는 우물쭈물하다가 댄스 강사로 초빙된 토투 남작을 힐끔 쳐다보았다.

"저……."

"예엣! 예! 여, 영애님!"

"차라도…… 너무 긴장하신 것 같은데……."

"아, 아, 아님! 아닙니…… 쿨럭!"

당황한 토투 남작은 사레가 들린 건지 격하게 잔기침을 했다. 아빠와 할아버지는 내 양옆에 앉아 남작을 쳐다봤다.

"가르쳐 봐."

"가르쳐라."

"저, 저, 저는 남성 스텝만 가르칠 수 이, 이, 있는ㅡ"

"그러니까 나를 가르치란 말이다."

"나를."

토투 남작이 새하얗게 질려 할아버지와 아빠를 쳐다봤다. 프렌시프에서 춤에 재능이 있는 사람은 란슬롯이 유일했다. 예술에 밝은 모친의 기질을 물려받은 거겠지. 반면 가웨인과 할아버지는 춤에 전혀 재능이 없었다. 감히 춤을 청할 레이디도 없었기 때문에 배울 생각조차 없었다.

'아빠는 과거엔 평범한 사람만큼은 한다고 했는데 춤을 안 춘 지 너무 오래됐다고 하고.'

그래서 강사를 초빙한 것이었다. 토투 남작은 가엽게도 벌벌 떨며 할아버지 허리에 손을 감고 삐걱삐걱 움직였다.

"제대로 해 봐."

"예, 옛!"

"닷새 동안 내 손녀의 상대로 부끄러움이 없도록 확실히 가르쳐라."

"그, 그건 어느 정도를 말씀하시는지…….."

할아버지는 턱을 쓰다듬으며 "흐음." 신음하다가 고개를 끄덕였다.

"카렌듈라 놈팡이만큼은 되어야지."

"그, 그, 그분의 스텝은 저조차 감탄할 만큼 ─ !"

"내가 그놈보다 못하단 말인가."

낮아진 목소리에 토투 남작은 오들오들 떨며 "아, 아, 아, 아닙니 ─ 쿨럭!" 하며 대답했다.

프렌시프 저엔 때아닌 댄스 붐이 일었고, 할아버지는 생애 최초로 재능이 없다는 사실에 절망했다. 그렇게 사흘 후, 새벽. 나는 할아버지의 방문에 빼꼼 고개를 내밀었다.

"……슬슬 정한 상대와 춤 연습을 해야지."

어쩐지 목소리가 시무룩한 것 같아서 문 안으로 쏙 들어갔다. 책상 앞에 있는 의자에 살포시 앉아서 양손으로 턱을 받치자 할아버지가 "크흠." 헛기침을 했다.

"할아버지랑 할래요."

할아버지가 실눈을 뜨고 은근한 눈빛으로 나를 보았다.

"나는 춤에 재능이 없는데……."

"그렇긴 하지요. 어제도 제 발을 네 번이나 밟으셨고."

"……."

할아버지가 다시 시무룩해져서 난 얼른 손을 내저었다.

"그렇지만 첫 춤의 상대는 실력으로 뽑는 게 아니라 제가 정하는 거잖아요?"

"정 할애비와 추어야겠다는 거냐?"

"네!"

할아버지의 입매가 부들부들 떨렸다.

"뭐, 크흠, 그렇다면 어쩔 수 없지. 손녀가 이리 원하니."

할아버지가 허허 웃다가 아차! 한 표정을 짓더니 이내 얼굴을 딱 굳혔다.

"따, 딱히 내가 추고 싶어서 그런 것은 아니야!"

"네네."

"정말이다!"

"아무렴요."

나는 활짝 웃고 "제가 간절히 부탁드리는 거지요." 하자 할아버지가 다시 헤벌쭉 웃었다.

"그럼 연습하러 갈까?"

그러자 사무관들이 죽을 기세로 소리쳤다.

"어르신, 결재부터 해 주셔야 합니다!"

나는 사무관들이 "이제 겨우 책상에 앉으시나 했더니……!" 하며 절규하는 목소리를 듣고 움찔했다. 할아버지의 등 뒤에서 가신들이 소리 없이 손을 비비며 내게 간절히 애원했다. 눈치를 보다가 펜을 놓으려는 할아버지의 손을 덥석 잡았다.

"이 서류만 다 보고요."

"이건 그리 바쁜 일이 아니야."

사무관들이 펄쩍 뛰는데요…….

나는 할아버지의 등 뒤에 있는 사무관들을 향해 미미하게 고개를 저었다. 안 하시겠다는 걸 어떡해요. 그러자 사무관들이 또 소리 없이 손을 비비며 애걸했다. 난 그들의 입 모양을 보며 웅얼웅얼 말했다.

"그러니까, 으음, 일, 하시는 할아버지, 멋, 있어요?"

"그, 그러냐?"

할아버지의 입매가 허물어졌다. 사실은 다 똑같이 보이지만 난 어색하게 웃으며 고개를 끄덕였다.

"네, 멋있어요."

할아버지가 곁에 있는 사무관을 힐끔 쳐다봤다.

"그, 뭐, 더 처리할 서류를 가져와 보든가."

"예?! 괜찮습니까?!"

"아니, 뭐, 시간이 났을 때 보는 거지. 가져와라."

사무관들이 엄청나게 기뻐하며 "어서! 서류를!", "멍청하긴, 그걸 낱장씩 가져오면 어떻게 해! 수레째로 가져와야지!" 소리쳤다.

할아버지가 일을 다 끝내고 나니 해가 뉘엿뉘엿 지고 있었다. 나는 할아버지와 함께 완성된 드레스를 찾으러 갔다가 내 데뷔탕트를 할 무도회장을 찾았다.

"저택에서 하는 게 아니라 이렇게 큰 무도회장에서 하는 건가요."

"내 손녀가 다른 것들에게 꿀릴 수야 없지."

나는 "와!" 소리치며 내부를 둘러보았다. 크고 화려한 무도회장은 내가 영화에서 보던 것과 한 치도 다르지 않았다.

'대리석…… 멋있어.'

마침 사람이 없어서 할아버지를 끌어당겼다.

"여기서 연습해요!"

"여기서?"

"저택에선 카펫을 깔고 연습하잖아요. 이런 맨질맨질한 바닥에서도 해 봐야 넘어지지 않지요!"

할아버지가 "그럼 그럴까?" 하며 내 어깨와 허리를 잡았다.

"오른발, 오른발, 왼발, 잘하시네요!"

내가 소리치자 할아버지는 으하하 웃었다.

"내 그리 못하는 것은 아니야. 아서보다 약간 부족할 뿐이다."

아빠는 스텝을 하루 만에 다 외우고 엄청 멋지게 췄는데, 할아버지는 아직 스텝도 못 외운 것 같은데요…….

하지만 굳이 말하지 않고 고개를 끄덕였다.

"네, 그렇…… 윽!"

할아버지가 내 발을 꾹 밟아서 난 울상을 지었다.

"이건, 그러니까, 그래! 네가 '오른발, 왼발' 말해 주지 않아서 ─!"

"네…… 오른발…… 오른발…… 왼발…….."

나는 아주아주 느리게 할아버지와 왈츠를 췄다.

'데뷔탕트 당일에도 악사들에게 곡을 아주아주 느리게 연주해 달라고 해야지…….'

그때였다. 나와 할아버지, 프렌시프의 사용인들만 있던 무도회장에 익숙한 면면이 나타났다.

"이런, 나베리우스가 아닌가."

카렌듈라 후작과 샤를리나였다.

"네가 무슨 일이지?"

할아버지가 얼굴을 왈칵 구기며 묻자 카렌듈라 후작은 빙그레 미소 지었다.

"내 딸의 데뷔탕트가 모레라 무도회장을 살피러 왔지."

"뭐라고?"

할아버지는 카렌듈라 후작 곁에서 새하얗게 질려 있는 무도회장의 관리인을 쳐다보았다.

"무슨 소리냐! 모레는 내 손녀의 데뷔탕트야!"

관리인이 바닥에 납작 엎드려 소리쳤다.

"송구합니다, 어르신! 제가 일정을 착각하여……!"

"멍청한 놈!"

할아버지는 카렌듈라 후작을 노려보며 낮게 읊조렸다.

"네놈이 물러서."

"그럴 수야 있나. 내 딸도 데뷔탕트를 기대했네."

"내 알 바 아니다."

"자네가 양보하지."

"개소리."

카렌듈라 후작이 나를 보며 인자하게 웃었다.

"부디 양보해 줬으면 좋겠군. 영애와 달리 내 딸은 입적한 지 얼마 되지 않았어."

"……."

"황도에 영애가 프렌시프의 딸이라는 걸 모르는 사람이 어디 있나. 하지만 내 딸은 달라."

그는 "양보해 주겠지?" 하며 내게 손을 내밀었다.

'야비해.'

나이 많은 어른이 청하면 젊은이들은 거절하기 어렵다. 할아버지가 울컥한 표정으로 입을 열려고 하던 찰나, 내가 먼저 말했다.

"싫어요."

"……나는 영애가 사려 깊다고 들어 왔는데."

"저도 각하께서 점잖은 분이라고 들었는데 어째서 제게 양보를 강요하시나요?"

카렌듈라 부녀의 표정이 굳었고, 할아버지는 히죽 웃으며 "그렇지!" 하고 동조했다. 단안경 속의 가느다란 눈이 날카롭게 빛났다. 카렌듈라 후작은 나를 빤히 보다가 수염을 쓰다듬으며 무도회장의 관리인에게 말했다.

"내 딸이 가여워졌으니 이걸 어쩐다. 일이 틀어지게 만든 놈의 목이라도 쳐야 하나."

"가, 각…… 각하."

새파랗게 질린 얼굴로 오들오들 떨던 관리인이 애원하듯 나를 쳐다봤다. 할아버지는 코웃음을 쳤다.

"저놈이 목을 치는 것은 두렵고, 내가 치는 것은 두렵지 않은 모양이지."

"어, 어르신……!"

카렌듈라 후작 곁에서 상황을 지켜보던 샤를리나가 모두를 말리기 시작했다.

"저는 괜찮습니다, 아버님."

"데뷔탕트를 기대하지 않았나."

"아버님의 딸이라는 것을 인정받는다는 게 기뻤던 거지, 데뷔탕트를 어디서 하는지는 중요하지 않아요."

그러자 관리인은 "오오! 과연 성녀님, 사려 깊으십니다!" 하며 울먹였다. 샤를리나가 제 부친의 팔을 잡고 나와 할아버지를 향해 가볍게 묵례했다.

"즐거운 파티가 되길 빌게요."

"……."

"초대를 청하고 싶지만, 아쉽게도 한날 파티를 하는지라……."

그녀는 곤란한 얼굴로 나를 쳐다봤다.

"초청객이 나뉠지도 모르겠네요."

—하며.

'초청객 수에 따라 가문의 힘이 여실히 보일 거라는 거야.'

저택으로 돌아간 후, 나는 소파에 앉아 고민을 거듭했다. 집사, 안토니오와 마일로가 내게 초콜릿이 든 접시를 내밀었다.

"달콤한 것은 쓴 고민에 큰 도움이 되지요."

"응, 고마워."

"무슨 일 있으십니까?"

"저기, 있잖아. 이 나라의 권력 관계가 어떻게 돼?"

마일로와 안토니오는 아빠와 할아버지가 깊이 신뢰하는 집사인 만큼, 내가 다른 세계에서 왔다는 것을 알고 있었다.

안토니오가 흠, 침음하며 말했다.

"글쎄요. 너무 포괄적인 질문이신지라."

"그럼 프렌시프와 카렌듈라는?"

그러자 마일로가 대답했다.

"백성들의 말을 빌리자면 프렌시프는 동부의 패왕, 황제 다음으로 영향력 있는 가문이지요. 그리고 카렌듈라는 그런 프렌시프와 유일하게 어깨를 겨눌 수 있습니다."

"비등하다는 거야?"

"가문의 힘은 숫자로 딱 떨어지는 것이 아닙니다. 군사의 수에서는 프렌시프가 조금 더 우위, 당파 수는 카렌듈라가 조금 더 우위. 이런 식으로는 나눌 수 있겠습니다만."

"그럼 황도에서의 영향력은?"

마일로가 잠시 침묵하자 안토니오가 대답했다.

"카렌듈라겠지요."

"황후의 외척이니까?"

"그렇습니다. 황위에 가장 가까운 미카엘 황자가 있는 한, 황도 내에서 카렌듈라를 따르는 귀족의 수를 넘길 순 없을 겁니다."

집사들은 말했다. 그건 역대 후작들의 성향 때문이기도 하다고.

"프렌시프는 중앙 권력 다툼에 참전한 적이 없으니까요."

"음유시인들은 프렌시프를 고독한 맹수라고 표현하죠."

나는 초콜릿을 오독오독 씹으며 고개를 끄덕였다.

'데뷔탕트 날, 카렌듈라에 훨씬 더 많은 사람이 몰릴 수도 있다는 건데.'

샤를리나가 우위를 점하는 것으로 보인다면 앞으로 판세를 뒤집기 힘들 거다.

'어쩌지……'

나는 끙끙거리며 고민했다.

그 후, 샤를리나는 황후와 함께 온갖 파티에 얼굴을 비쳤다. 황후는 마뜩잖은 기색이었으나 부친의 닦달에 어느 곳에서나 샤를리나를 데리고 다녔다. 그러한 까닭으로 샤를리나는 벌써부터 영향력 강한 귀부인과 미혼의 레이디를 꽤 많이 포섭했다.

"말도 안 돼!"

참석 의사가 적힌 편지를 정리하던 마릴린이 씩씩거렸다.

"다들 미친 거 아니야? 왜 우리 아가씨의 데뷔탕트보다 샤를리나 카렌듈라의 데뷔탕트에ㅡ!"

대부분 '초청에 감사하지만 그날은 선약이 있어 어렵겠다'는 편지를 보내왔다. 시트론이 가는 한숨을 흘렸다.

"황후 폐하와 미카엘 황자가 참석하니까요."

에이레네가 죽고, 미카엘에겐 약혼자가 없었다. 다들 이번 기회에 황후와 카렌듈라 후작의 눈에 들어 딸을 미카엘에게 붙여 주려는 것이다.

"사교계란 인맥의 세계인데, 인맥을 물려줄 귀부인이 없으니……."

마릴린이 중얼거리자 시트론이 "마릴린 님." 하며 그녀를 다그쳤다. 화들짝 놀란 마릴린이 "아, 아가씨, 제 말은 ─" 하며 손을 내저었다.

"왜? 맞는 말인걸."

프렌시프는 여성의 수가 절대적으로 적다.

'나를 포함하면 딱 세 명이라고 하니까.'

그중 두 명은 병환 중이라고 하고.

"그래도 샤르파크 후작 내외와 스위트피 아가씨는 이쪽으로 참석하신다고……!"

"으음, 그래서 총 몇 명이나 올까?"

"스물이 조금 넘어요."

"샤를리나는?"

"……."

"괜찮으니까 말해도 돼."

"초청객이 너무 많아서 1부, 2부로 나눠서 파티를 진행한다고……."

벌써 너무 차이 나네.

"흐으음."

"아가씨, 손님의 수 같은 건 별로 중요하지 않아요! 누가 오느냐가 중요하죠."

"가자."

"네?"

"내가 직접 초청하려고."

"네에 — !?"

나는 당황한 마릴린과 시트론을 달고서 주방에 들어갔다.

'응, 그건 좀 무리지.'

대부분의 젊은 레이디들은 부모님의 닦달 때문에 카렌듈라 쪽으로 가기로 했다니까.

나는 밀가루와 기름을 꺼내며 시트론에게 말했다.

"시트론, 시나몬 있지?"

"네."

"가져다 줘."

두 사람은 "요리를 하시려고요?" 하며 눈을 동그랗게 떴다.

"응, 선물로 가져갈 거야."

나는 찹쌀가루와 전분, 밀가루를 소량 넣은 다음에 뜨거운 물을 두세 차례에 걸쳐 붓고 반죽을 했다. 그리고 발효되는 동안 안에 넣을 잼을 만들기로 했다. 땅콩, 호두, 아몬드, 해바라기 씨 등을 잘게 부순 후에 쫑쫑 썬 대추와 흑설탕, 그리고 계핏가루를 조금 넣었다.

발효된 반죽을 동그랗게 굴린 후 안에 잼을 듬뿍 넣어서 기름을 부은 팬에 구웠다. 치이이익 — ! 기분 좋은 소리가 들리고, 고소한 기름 냄새가 주방을 넘어 흘러나가기 시작했다.

"무슨 냄새야?"

가웨인과 기사들이 호기심 어린 눈으로 다가왔다.

"호떡이에요!"

"호떡? 이상한 이름인데……. 이게 떡(Rice cake)이라고?"

"좀 다르긴 한데 아무튼 맛있어요."

겨울엔 호떡이지! 남녀노소 다들 좋아하는 따끈따끈한 겨울 간식. 선물로 주려고 만들었다기보단, 사실 내가 먹고 싶었다.

"드셔 보실래요?"

"뭐, 맛봐 주는 건 어려운 일이 아니지."

"그냥 잘 먹을게, 한 마디면 되는데."

밉살맞기는. 나는 치, 하며 호떡을 건넸고 가웨인은 헛기침을 하더니 내가 준 호떡을 받아서 입에 물었다.

"윽!"

"그렇게 급하게 드시면 안 돼요. 설탕소가 엄청 뜨겁단 말이에요."

가웨인이 손등으로 입가를 누르며 신음했다.

"일부러 늦게 말했지. 입천장 다 데라고……."

나는 눈을 도르륵 굴리며 모른 체했다.

"이게, 정말."

"시, 싫으시면 드시지 마세요. 줘요!"

"……누가 싫대?"

가웨인은 빼앗길세라 등을 돌려 호떡을 감추었다. 그리고 이번에는 호호 잘 불어서 먹는다.

"맛있죠?"

"……."

"맛없어요?"

"……먹을 만은 하네."

난 히히 웃었다. 귀족들이 먹는 티 푸드나 간식은 대부분 찬 것이었다. 호떡은 가장 맛있는 온도로 먹는 간식. 마음에 들 거라고 생각했다.

'뜨거운 간식이라는 건 생소할 테니까 재밌기도 할 거야.'

기사들과 하인들에게도 주었는데 반응이 좋았다.

"아, 뜨거!"

"으윽!"

"이렇게 잘 불어서 드시라니까요."

"하나 남은 건 내가……."

"무슨 소리야! 도운 내가 먹어야지!"

"아가씨~ 남은 건 제게 주시면 안 되나요?"

생각보다 더 좋은 반응인데. 나는 하나 남은 호떡을 가지고 싸우는 사람들을 보며 눈을 동그랗게 떴다.

"이건 내 거야."

"주군!"

"도, 도련님!"

다들 날름 호떡을 가져가는 가웨인을 보며 비열하다는 표정이었다.

"반만 주십시오!"

"이 새끼가 정신이 나가서……."

나는 호떡을 가지고 싸우는 사람들 틈에 들어가 "그만, 그만!" 하
고 소리쳤다.

"더 만들 테니까 싸우지 마세요!"

"……넉넉하게 여러 개 더 만들어."

"그렇게나 많이는 안 돼요. 반죽이 부족해서."

"반죽도 더 만들면 되잖아."

"굽는 데도 시간이 걸린단 말이에요. 나가 봐야 해서 안 돼요."

난 단호히 말하고 가웨인과 기사, 하인에게 딱 하나씩만 더 만들
어 준 후에 선물용 호떡을 구웠다.

"아가씨, 중앙탑으로 가시는 거지요?"

마릴린의 말에 난 고개를 끄덕였다. 중앙탑에 가서 아빠와 주변
의 사람들에게 호떡을 주면서 내 데뷔탕트에 초청할 생각이었다.

"응. 아, 할아버지도 중앙탑에 계시지?"

"아니요, 어르신은 이 근처에서 옛 동료분들과 만나고 계세요."

"동료?"

"네."

함께 대륙 전쟁에 나섰던 과거 공, 후, 백작들이었다. 대부분 아
들, 손주에게 작위를 물려주고 영지에서 여생을 보내느라 이렇게
만나는 일은 거의 없다고 했다.

"그럼 들러서 인사하고 가자."

마릴린이 "네." 하고 대답하며 마부석과 연결된 창을 열어 말을

돌렸다.

마차에서 내리자 아주아주 고풍스러운 객점이 보였다. 마치 아카데미 근처에 있는 호텔처럼 보였다.

"클럽이랍니다."

"클럽? 살롱과 비슷한 거야?"

"살롱엔 젊은 귀족들이 더 많이 다니지만, 클럽은 작위를 가진 고위 귀족이 찾지요."

클럽 안으로 들어가니 당구대와 카드 테이블이 보였다.

'으음, 과연 살롱과 비슷하네.'

귀족들의 놀이 시설 같은 곳인가?

나는 클럽을 구경하면서 걷다가 칼립스를 발견하고 종종걸음으로 다가갔다.

"아가씨께서 여긴 왜……."

"중앙탑에 가는 길인데 할아버지께 인사를 드리려고."

그는 빙그레 웃으며 "어르신께서 기뻐하시겠군요." 하며 안에 잠시 들어갔다가 나왔다.

"입실을 허가하셨습니다."

방 안으로 들어가니…….

'으윽!'

무슨 너구리 굴인가! 담배 연기가 안개처럼 자욱했다. 나는 당황해서 우뚝 서 있었고, 할아버지는 주변인들에게 벌컥 성을 냈다.

"환기를 시키라니까!"

"늙은 몸에 찬 바람이 얼마나 안 좋은지 모르나."

"몸에 안 좋기로 담배보다 나쁜 게 있어?! 내 손녀 건강이 상하면 다 삭은 목을 베어 버릴 테다."

"하여간 자네 성질은 어째 다 늙어서도 변하지를 않는군."

할아버지와 할머니들이 끌끌 웃었다. 하인들이 환기를 시키자 그제야 내부 모습이 제대로 보였다.

'와!'

영화에서나 나올 것 같은 우아한 할아버지와 할머니들이다.

'배우 같은걸.'

주름이 짙고, 흰머리가 성성하지만 고상한 데다 기이한 위압감까지 느껴졌다.

'과연 몇십 년간 권력의 정점을 지키던 사람들이네.'

마릴린은 이들을 백사자회라고 불렀는데, 정말이지 이름과 꼭 어울리는 모임이었다.

"안녕하세요, 할아버지, 할머니."

나는 덥석 고개를 숙여 인사했다. 그러자 노인들은 눈이 동그래져서 "뭐라고?" 하며 물었다.

"네?"

서로를 쳐다보던 그들이 이내 "으하하!", "오호호!" 하며 웃기 시작해서 난 의아해졌다.

"할머니라니. 처음 듣는 말이네요. 내 손주들도 '조모님'이라 격식 차려 부르는데 말이지요."

"누가 아니래. 나도 그렇네."

"귀엽군, 귀여워."

"나베리우스가 푹 빠진 이유를 알 것도 같군."

나는 실수했나, 하는 표정으로 할아버지를 보았다. 할아버지는 헤벌쭉 웃으며 제 옆자리를 두드렸다.

"이리 와라."

나는 우물쭈물 할아버지의 곁에 앉았다.

"식사는 했나?"

"호떡을 먹고 왔어요."

"호떡? 흠, 몸에서 기름 냄새가 나는군."

"네, 기름에 구운 빵 같은 거예요."

그러자 노인들이 "요새 애들은 재밌는 것을 먹네. 기름에 구운 빵이라니." 하며 웃었다.

"드셔보시겠어요?"

"좋지. 젊은 애들은 뭘 먹는지 궁금한데."

"주책이군. 다 늙어서 젊은 애들 하는 건 해 보고 싶은가 보지?"

"칼리안, 이 사람 밉살맞은 건 죽어서야 끝나겠어."

노인들은 그렇게 잡담을 나누며 카드를 돌리기 시작했다. 나는 칼립스와 마릴린에게 마차에 있는 호떡을 가져오라고 말했다. 그러고서 할아버지의 옆에서 카드를 구경했다.

'응?'

그런데 이상하다. 칼리안이라고 불린 할아버지가……

'반칙 쓰네!'

눈 깜짝할 새에 손목에 숨겨 둔 카드를 본인의 카드 패에 넣으며 안경을 슥 올렸다.

"오늘은 로자리오가 운이 나쁘군. 얼마나 잃었지?"

"이백만 피니쯤."

'이, 이, 이백만?!'

로자리오 할머니는 흐으음, 신음하며 곱게 땋아 올린 머리를 매만졌다.

'이건 도박이 아닐까.'

고민하고 있을 때, 로자리오 할머니가 자신의 카드를 내려놓으며 손을 올렸다.

"내가 졌어. 서부 항만은 내 쪽에서 맡지."

그러며 고개를 절레절레 흔들었다.

"이백만 피나나 들 생각을 하니 속이 쓰린걸. 거기, 단 과자를 가져와라."

때마침 칼립스가 내 호떡을 가지고 들어왔다.

"호떡도 단데 드셔 보시겠어요?"

"그럴까."

호떡이 하나씩 돌아가고, 노인들은 별말 없이 받아 입에 물었다.

"어머머!"

"오오!"

호떡은 적절하게 식어서 저택의 사람들처럼 입안을 데지 않고 바로 맛있게 먹을 수 있었다.

'너무 달지 않을까 싶었는데 잘 드시는걸.'

생각해 보니 미각이 다소 둔해진 연세라 그리 달다고 느껴지지 않는 것 같았다.

"마냥 단가 싶었는데 그건 아니군."

"그렇네요. 견과류가 약간 짭짜름하지 않나요?"

"쌀쌀한 날씨에 딱이야."

호떡 안의 설탕소만 쭙쭙 빨아먹는 노인도 있었다.

"이 사람이. 젊은이 앞에서 노인네 망신은 다 시키는군."

"잼이 맛있어."

치아가 없는 노인이 호떡을 든 채 손을 가느다랗게 떨었다.

"빵 자체도 상당히 부드럽습니다. 이가 약한 노인네들에게 잘 먹히는 간식이군요."

평가가 좋아서 나는 흐뭇한 기분이었다. 할아버지도 몹시 잘 드셨다. 설탕소가 손에 다 묻을 정도로. 나는 손수건에 물을 묻혀서 할아버지의 손가락과 소가 떨어진 소매를 닦았다.

"칼립스, 나이프를."

"예, 아가씨."

나는 호떡을 조그맣게 잘라서 포크로 집은 후, 그것을 할아버지의 손에 들려주었다.

"마음에 드세요?"

"흠."

이제는 안다. 할아버지가 짧게 침음을 흘릴 땐 긍정적인 답변이라는 걸.

"저택에 반죽이 남았으니까 내일 또 해 드릴게요."

"그래?"

"네."

노인들은 내가 하나씩 돌린 호떡을 깡그리 먹은 후에 다시 카드를 집었다. 게임에서 빠진 로자리오 할머니가 "아가, 먹어 보련?" 하며 땅콩 한 줌을 건넸다. 나는 땅콩을 오독오독 씹으며 게임을 관전했다. 우리 할아버지 미간에 주름이 짙게 잡혔다.

'아, 풀하우스다!'

돌아가는 상황을 볼 때 포카드(같은 숫자 네 장의 카드가 모인 것)만 아니면 할아버지의 승리였다. 판돈이 정말로 기함할 정도의 숫자라 할아버지가 이기길 바랐다. 그런데.

'응?'

칼리안 할아버지가 하품을 하는 척 손등으로 입가를 누르더니 순식간에 카드를 바꿔치기했다.

"아아앗 ─!"

내가 버럭 소리치자 노인들의 시선이 내게 집중되었다.

"뭐야?"

나는 칼리안 할아버지를 가리키며 말했다.

"카드, 또 바꿔치 ─!"

그러던 찰나 칼리안 할아버지가 급히 "쉬!" 하며 검지로 입을 꾹 눌렀다. 우리 할아버지가 내게 물었다.

"무슨 일이냐?"

"그게…… 으으음……."

노인정에서 고스톱 때문에 반백 년 지기가 절교하는 것을 숱하게 봐 왔다. 우리 할아버지 성격이라면 칼리안 할아버지를 그냥 둘 리 없다.

'어쩌지, 어쩌지.'

나는 고민하다가 우리 할아버지의 귓가에 손을 모아 속삭였다.

"이번 판은 포기하세요."

"내 카드는 괜찮은 편이야."

나는 눈썹을 착 늘어뜨리고 "할아버지……." 하며 웅얼거렸다. 할아버지는 잠시 고민하더니 "쳇." 혀를 차고 카드를 내려놓았다. 그러자 칼리안 할아버지가 껄껄 웃으며 카드 패를 공개했다.

"자네 운이 좋군. 나는 포카드였네."

'거짓말쟁이~!'

내가 힐난하는 눈으로 쳐다보니 그는 히죽 웃으며 내가 든 그릇에서 땅콩을 빼앗아 먹었다.

"늙은이들만 있는 자리니 자네 손녀가 심심하겠어."

칼리안 할아버지의 말에 우리 할아버지가 나를 슬쩍 내려다보았다.

"갈 테냐?"

나는 고개를 도리도리 저으며 "아니요." 말했다. 사실 내 또래보다는 노인들이 더 편했다. 선생님과 살기 시작했을 때의 나는 초등학생이었는데, 선생님은 저녁까지 식당 일을 하느라 매일 집에 혼자 있었다. 그래서 옆집 할머니를 따라 노인정에 자주 갔다.

"아가도 게임을 함께하는 게 어떠냐."

로자리오 할머니가 상냥하게 웃으며 물었다.

"저는 이렇게 큰 판돈을 못 거는데요……."

"아가는 돈을 걸지 않으면 되지."

"하지만 그건 재미없잖아요. 그리고 이런 포커는……."

나는 고개를 절레절레 저었다. 본격적인 도박 같아서 하기 싫다.

'어릴 때 윤세나의 아빠를 따라갔던 도박장에서 포커를 쳤었지.'

"요새 젊은 애들은 무얼 하고 놀려나."

로자리오 할머니가 한 손을 뺨에 대며 중얼거리자 다른 노인들이 대답했다.

"모르지. 내 손주들은 나만 보면 도망치기 바쁘니."

"내 손녀도 나를 어려워해서."

"자식들도 아비를 멀리하는데 손주들이야 오죽할까."

나는 클럽의 노인들이 안쓰러워졌다.

'그렇구나. 영화에서도 권력가 집안엔 여러 가지 가정불화가 많다고 했어.'

노인정의 할머니, 할아버지들은 그래도 명절에 자식들 오기를 기다릴 수는 있었는데. 나라도 잘해 드려야겠다.

나는 "저기, 저기!" 하며 손을 번쩍 들었다.

"바니바니 당근당근 같은 거요!"

사실은 나도 젊은 애들이랑 놀아 본 적이 없어서 잘 모르기 때문에 전에 티브이에서 본 유명한 게임을 말했다.

"바…… 뭐?"

"그러니까 지목받은 사람이 바니바니하면 양옆에 사람은 당근당근하고 외치는 건데요."

게임을 설명하자 노인들의 눈이 동그래졌다. 로자리오 할머니는 곤란한 표정으로 "요즘 애들은…… 이해할 수 없어." 하며 고개를 절레절레 흔들었다.

칼리안 할아버지가 껄껄 웃었다.

"패배하는 자는 어떻게 되지?"

티브이에서는 벌주를 마셨던 것 같은데 노인들에게 폭탄주 같은 것을 마시라고 할 수는 없었다.

"으음, 꿀밤?"

"꿀밤?"

"맞는 거예요, 이렇게."

내가 내 이마에 시범을 보이자 노인들의 눈이 번뜩 빛났다.

"이거 잘하면 잘난 나베리우스의 낯짝에 한 방 먹일 수 있겠어."

"하지만 남사스러워서……."

"젊은 애들은 한다잖아."

"요새 애들은 참……."

낯부끄러운 사람은 빠지기로 하고 게임이 시작되었다.

"바니바니 바니바니!"

"당근! 당근!"

애들이 하는 게임이 어떤 건지 알려만 주려고 했는데…….

"바니 ― !"

"네놈은 당근이지!"

"나를 지목했잖아!"

"눈도 고장이 난 게야?!"

"오호호 — !"

다들 즐거워하니 됐지, 뭐.

한 시간가량 게임을 한 노인들은 발그레 달아오른 뺨에 부채질을 했다.

"꽤 운동이 되는군."

"공은 운동을 좀 하셔야지요. 활동이라곤 뒷짐을 지고 몇 걸음 걷는 것뿐이니 골골대는 겁니다."

"덥지 않나? 이봐, 창문을 좀 열게."

"담배 태울 시간도 없이 했구려."

노인들이 재잘재잘 이야기를 나누는 동안 나는 칼리안 할아버지에게 다가갔다.

"할아버지 이마가 새빨개요."

"빌어먹을 놈들……. 무슨 흉계를 부린 게 틀림없어. 아니면 왜 나만 당하느냔 말이야!"

나는 얼음주머니로 칼리안 할아버지의 이마를 문질렀다.

"할아버지처럼 속임수는 못 쓰셨을걸요?"

그때 우리 할아버지가 얼음주머니를 휙 빼앗아 던지며 나를 끌어당겼다.

"남의 손주에게 그리 붙어 있지 마라."

"더럽고 치사해서, 원. 누가 보면 닳는 줄 알겠어."

"닳진 않아도 노인네 쿰쿰한 냄새가 배지."

"저도 늙어 꼬부라진 놈이……. 홍."

난 킥킥 웃다가 시계를 보고 화들짝 놀라서 일어났다.

"저는 이만 가 봐야겠어요. 초대장을 돌리러 가야 하거든요."

"초대장? 네 데뷔탕트 말이냐?"

칼리안 할아버지의 질문에 나는 고개를 끄덕였다.

"네."

"네가 직접 초대장을 돌린다고?"

로자리오 할머니는 "그렇지." 하며 안타까운 신음을 흘렸다.

"황후가 사교계를 장악하고 있으니 모두 카렌듈라의 새로운 영애에게 가겠구나."

"아무래도요."

"파티를 미루는 건 어떠니?"

그러자 칼리안 할아버지가 얼음주머니를 쥐며 "그건 안 되지." 하고 중얼거렸다.

"아기가 지레 겁먹고 도망치는 줄 알 것 아니냐. 면 상하는 건 피차 같겠군."

로자리오 할머니가 "흐음." 침음했다.

"이리 착한 아가의 면이 상하면 안 되지. 내게도 한 장 다오."

"괜찮으세요?"

내가 반색하며 묻자 로자리오 할머니는 후후 웃으며 고개를 끄덕였다. 그러자 칼리안 할아버지도, 막심 할아버지도, 안젤라 할머니도, 모두 초대장을 달라고 했다.

"칼리안 할아버지도 오시게요?"

"왜? 싫으냐?"

"아니요! 좋아서요!"

칼리안 할아버지는 헤헤 웃는 날 보고 픽 실소를 흘렸다.

"거 참, 귀엽단 말이야."

"할아버지도 귀여우세요."

"뭐라?"

칼리안 할아버지의 눈이 동그래졌다. 그는 멍하니 나를 보다가 이내 껄껄 소리 높여 웃었다.

"으하하! 하하!"

"······?"

"나베리우스 이놈은 무슨 복에 너같이 깜찍한 것을 두었을꼬. 그래, 초대장을 다오. 내 아기의 데뷔 선물을 가져가마."

"오시는 것도 큰 선물이에요."

"아니지, 아니야. 내 좋은 선물 하나 가져가야지."

"하지만······."

우리 할아버지를 힐끔 쳐다보자 그는 픽 웃으며 고개를 끄덕였다.

"어른 선물을 한사코 거절하는 것도 예의는 아니다. 죽어서 돈을 싸 짊어지고 갈 것도 아니니 받아 두어라."

"······네, 감사합니다."

다들 좋은 사람들이야.

할아버지 친구들은 전부 유쾌했다. 나는 할아버지에게 좋은 친구가 있다는 것에 기뻤다. 그리고 내게도 오늘, 다소 나이 차이가 나지만 좋은 친구들이 생겼다.

＊ ＊ ＊

햇살 좋은 오후의 황후궁. 샤를리나는 카렌듈라 후작, 그리고 황
후와 차를 마시며 빙그레 미소 지었다.

"가족이 모여 한갓진 시간을 보내는 건 참으로 기분이 좋네요, 언
니."

황후의 눈초리가 날카로워졌다.

"되지도 않는 호칭 거둬. 본궁이 미천한 너와ㅡ!"

"황후 폐하."

그녀를 부르는 후작의 목소리가 꾸짖는 듯 낮았다. 황후가 입안
의 여린 살을 짓씹으며 찻잔을 꽉 그러잡았다.

'하필이면.'

미천한 계집이 자신과 같은 핏줄 행세하는 것도 기막힌데 하필
성녀에, 하필 제 아들보다 어리다. 온기가 뚝뚝 흐르는 샤를리나의
얼굴은 볼 때마다 불쾌했다.

'로웨나를 마주할 때보다 더 께름칙해.'

샤를리나가 황후의 찻잔에 각설탕을 넣어 주며 상냥한 어조로
말했다.

"언니, 이제 한 가족이니 저는 언니를 위해 헌신할 생각이랍니
다."

"헛바닥은 융단보다 부드러운데, 눈빛은 뱀보다 표독하구나."

"그런…… 서운한 말씀 마셔요, 언니."

"그 언니 소리 좀 그만하지 못하겠니!"

"황후!"

황후가 치맛자락을 꾹 말아쥐었다. 카렌듈라 후작은 황후가 뭘 하든, 어디에 있든 샤를리나를 그 옆에 붙여 두었다. 황후가 화를 참듯 미간을 검지로 꾹 눌렀다.

"너는 나가 있어라."

후작을 힐끔 쳐다본 샤를리나는 황후를 향해 묵례한 후 방을 나섰다. 황후가 후작을 노려보며 소리쳤다.

"아버님이야말로 자중하십시오!"

"뭐라?"

"자식뻘 되는 이복동생이 기꺼울 리 있습니ㅡ"

"딸아."

"말씀하십시오."

"추하구나."

황후가 흠칫, 찻잔을 말아 쥐었다. 떨리는 눈으로 부친을 쳐다보았으나 그의 표정은 아주 고요할 뿐이었다.

"궁의 전권은 로웨나 황비에게 빼앗기고, 황제의 총애는 가브리엘라 황비에게 빼앗겼지 않으냐."

"……."

"권력이라도 움켜쥐지 않는 한 카렌듈라와 서부는 설 자리를 잃을 것이다."

"제게는 미카엘이 있어요! 그 애가 있는 한ㅡ!"

"국모라는 이름만은 유지할 수 있겠지. 허울뿐이겠으나."

"미카엘과 세니아나 프렌시프를 결혼시키면 다시 일어설 수 있습니다."

"미련한 것. 하면 동부와 프렌시프도 함께 크겠지."

"하지만……!"

"세니아나 프렌시프가 중앙에 등장한 후 동부는 커질 대로 커진 아귀가 되었어."

"……."

"네가 그 계집애를 손에 넣는 것이 아니라 그 계집애가 너를 집어 삼킨다는 것을 어찌 몰라."

황후가 인정하지 못한다는 것처럼 고개를 돌렸고, 카렌듈라 후 작은 인상을 찌푸렸다.

"순순히 샤를리나의 기반을 마련해 줘라. 하면 내가 너를 황태후 의 자리에 올려 줄 터이니."

"아버님의 딸은 저를 집어삼키지 않는다고 어찌 장담합니까?"

황후의 눈빛에 서리가 서렸다. 후작은 입꼬리를 비죽 올리며 읊 조렸다.

"그건 네가 제국을 치마폭에 감싼 후의 문제지 않으냐."

"……."

"샤를리나가 세니아나 프렌시프를 누른다면 우리는 이 제국을 손아귀에 넣을 수 있어."

황후가 입술을 꾹 깨물며 표정을 굳히자 후작이 그녀의 뺨을 툭, 툭 두드렸다.

"귀부인들을 단속해라. 한 명도 세니아나 프렌시프에게 빼앗겨 서는 안 될 것이다."

인장을 빼앗기고, 총애에서 멀어진 상황에 부친까지 등을 돌리면 자신과 아들은 설 자리가 없어진다. 폐가 비틀릴 것처럼 자존심이 상했지만, 황후는 억지로 입술을 열었다.

"……예, 아버님."

후작이 만족스러운 미소를 띠고 방을 나섰다. 문 앞에서 대기하고 있던 샤를리나가 그를 향해 곤란한 표정을 지었다.

"저로 인해 언니가 마음이 상하셨을까 봐 염려됩니다."

"마음이 상해 봐야 제깟 것이 어쩌겠느냐."

여상하게 대답한 그가 샤를리나를 쳐다보았다.

"손에 든 건 무엇이냐?"

"황제 폐하께 드릴 커스터드 파이랍니다."

그는 흐뭇한 얼굴로 고개를 끄덕였다.

"그래, 황제의 혼을 쏙 빼놔. 네가 귀여워 어쩔 줄 모르도록."

"황제 폐하께선 모후인 소피아 대부인에게 정이 깊으시다고 들었어요."

"그래."

"퇴궁 전에 대부인을 뵈어 친분을 쌓는 것이 어떨까요?"

"영특하구나."

그가 껄껄 소리 내 웃자 샤를리나는 눈꼬리를 사르르 접었다.

"한데, 아버님."

"그래."

"언니는, 뭐랄까, 조금…… 남들 보기에 답답한 구석이 있는 것 같아요."

후작의 눈초리가 날카로워졌다.

'맹랑한 것. 벌써부터 그라니아(황후)와의 싸움을 준비하는군.'

세니아나를 이길 수 있다는 확신으로 가득한 것이 흡족했다.

"그래, 이 제국의 앞날을 맡기기엔 부족하지."

"어서 성장해 아버님을 기쁘게 해 드릴게요."

그녀가 카렌듈라 후작의 팔짱을 끼며 애교 있게 웃었다.

"네가 성장한다면 세니아나 프렌시프, 그깟 계집애가 무슨 수로 너를 이길까."

"과찬이세요."

"가자, 황제가 기다릴 터이니."

황후궁 복도를 걷는 카렌듈라 후작과 샤를리나의 그림자가 일렁였다.

*　　*　　*

시간이 흘러 데뷔탕트 당일이 되었다. 나는 무도회장 휴게실에서 긴장된 표정으로 드레스를 이리저리 살폈다.

"나 어때? 괜찮아?"

"그럼요. 우리 아가씨는 항상 아름다우시지만, 오늘은 유난히 더 아름다우세요."

마릴린이 흥분한 표정으로 소리쳐서 난 조금 민망해졌다. 내가 볼을 붉적이니 옷매무새를 점검해 주던 시트론이 웃음기 어린 목소리로 물었다.

"긴장되세요?"

"처음 여는 파티인데 서른 명이나 온다니까······."

그러자 마릴린이 불만 어린 얼굴로 투덜거렸다.

"샤를리나 카렌듈라의 파티에 간 사람들은 모두 후회할 거예요. 우리 파티가 더 재미있을걸요! 아가씨가 요리 준비를 직접 지휘하셨잖아요."

결국 내 데뷔탕트에 오기로 한 사람은 서른여 명이 전부였다. 그에 반해 샤를리나에겐 내 세 배가 넘는 사람이 몰렸다. 초청객이 하도 많아서 1, 2부를 나눠서 하는 데다가, 본래 예정했던 회장을 내 데뷔탕트 홀과 비슷한 크기의 홀로 변경했다고 했다.

"이제 들어가셔야지요?"

"으응."

나는 숨을 크게 들이켜고서 홀 안으로 들어갔다. 가족들을 비롯한 초청객들이 벌써부터 회장을 채우고 있었다.

"스위트피! 조이! 와 줬구나!"

나는 반가움에 그들에게로 얼른 다가갔다.

"세상에, 이게 누구야. 요정이 따로 없네."

"오오, 오늘은 봐 줄 만한걸."

스위트피와 조이가 내 손을 각각 잡고 호들갑을 떨었다.

"왜 이렇게 일찍 왔어?"

"초청객 수가 얼마 안 된대서 우리라도 계속 홀을 채우고 있으려고 했지. 그런데 —"

조이가 질린다는 얼굴로 내 귓가에 속삭였다.

"초청객들이 다 무시무시하잖아. 금좌가 넷이나 있다고!"

아빠와 할아버지, 그리고 샤르파크 후작과 오뵈르 백작이었다. 오뵈르 백작과는 백작 부인의 임신으로 인연을 맺었는데 본래 카렌듈라 후작과 더 친했지만, 고맙게도 내 파티에 참석해 줬다.

"좀 한산한 편이긴 하지만…… 이 정도면 질적으로 훌륭하잖아?"

조이의 말에 스위트피가 울컥 인상을 썼다.

"질이 뭐야. 그리고 한산하긴 뭐가 한산해. 회장이 워낙에 넓어서 그런 거지. 역대 황후 폐하들이 모두 이 홀에서 데뷔를 했을 만큼 큰 홀이잖아."

"그래도 이건 너무하지."

다른 초청객들도 당황스러운 표정이었다. 나와 친분이 있는 게 아니라 프렌시프와의 인맥을 위해 참석한 이들이 쯧쯧, 혀를 찰 만큼.

"차라리 카렌듈라 쪽에 가는 편이……."

"입 조심하세요. 어르신과 각하께서 들으시면―"

"그래도 초청객 수로만 따지면 지방 영애, 영식의 데뷔보다 못한……."

나는 민망하게 웃었고, 스위트피는 고개를 저었다. 그때, 출입구 쪽에서 경비병이 소리쳤다.

"칼리안 앙투안 대공, 막심 라그렝 백작, 안젤라 K 블란제 공 드십니다!"

할아버지의 친구들이다! 나는 활짝 웃으며 그들에게 다가갔다.

"할아버지, 할머니!"

"초청해 줘서 영광이구나."

안젤라 할머니가 오호호, 웃으며 내 손을 잡았다.

"먼 길 와 주셔서 영광이에요."

내가 얼른 치맛자락을 잡고 무릎을 굽히자 노인들은 귀엽다는 듯 나를 보았다.

"할머니, 좋은 냄새가 나요."

내가 안젤라 할머니의 품에 폭 안기자 "우리 아가는 사람을 참 기분 좋게 해." 하며 등을 두드려 주었다. 그런데 —

'으응?'

왜 사람들이 이렇게 술렁거릴까.

"마, 마, 말도 안 돼!"

"어떻게 저분들이 — !"

"황궁 행사에도 절대로 얼굴을 비추지 않던 전 금좌 11석이 왜 여기 모인 거야?!"

사람들의 목소리에 나는 고개를 갸웃했다.

'전 금좌 11석?'

한적한 곳에서 샴페인을 마시며 얘기하던 샤르파크 후작과 오뵈르 백작까지 펄쩍 뛰었다. 두 사람이 헐레벌떡 달려와 허리를 굽혔다.

"노, 노공(老公)들을 뵙습니다."

"어찌 연락도 주시지 않고 귀한 발걸음하셨습니까!"

금좌인 두 사람이 이렇게 절절매는 건 처음 본다. 황제 앞에서도 이렇게 당황하진 않은 것 같은데.

막심 할아버지가 "샤르파크의 꼬맹이로군." 하며 허허 웃었다.

"꼬맹…… 노공, 저도 이제 마흔 줄입니다."

"선대에게 궁둥짝 맞는 것도 보았다, 이놈."

"노, 노공!"

샤르파크 후작이 다급히 주변을 돌아보다가 헛기침을 했다. 할아버지의 친구이니 꽤 높은 귀족이리라 생각했지만, 이제 보니 생각보다 더 대단한 분들이었다.

'칼리안 할아버지는 대공이시고…….'

대공, 하니까 머릿속에 번뜩 이전 세니아나의 기억이 떠올랐다. 플리뱅스 공국의 왕. 대륙 전쟁을 기점으로 제국에 통합되었으나, 대공의 호칭과 예우는 그대로 따른다고 했다.

처음엔 그냥 도박 사기꾼인 줄로만 알았는데. 역시 사람은 겉으로 보기만 해선 모르는 거구나. 깨달음에 고개를 주억거리다 불현듯 '선물을 주겠다'던 말이 떠올라서 눈이 동그래졌다.

대공 전하의 선물이라니. 체면이 있으니까 호화로운 것일 텐데. 역시 거절할 걸 그랬나 봐! 나는 불안한 얼굴로 칼리안 할아버지의 소매를 잡았다.

"저기, 할아버지, 선물은……."

괜찮아요, 하는 말이 이어지지 않았다. 칼리안 할아버지는 껄껄 웃으며 내 볼을 손바닥으로 북북 쓰다듬었다. 안젤라 할머니와 막심 할아버지가 따라 웃으며 "선물을 조르는 손녀는 귀엽지."라든가 "이리 귀여운 어리광을 볼 줄 알았더라면 나도 준비해 왔을 텐데." 하고 말했다.

"그게 아니라요. 저는 너무 과한 선물은 받고 싶지 않아요. 오신 것만으로도 기쁜걸요."

"로자리오가 옳았군. 상점 지구의 일부를 네게 줄까 하였는데, 부담스러워할 거라더구나."

상점 지구의 일부라니……. 지금 있는 건물에서 들어오는 세도 무서워서 잘 쓰지 못한다. 막심 할아버지와 안젤라 할머니가 선물 이 무엇이냐 묻자 칼리안 할아버지는 씩 웃었다.

"이제 곧 올 때가 되었으니 직접 보시게."

"기대는 된다만, 나만 하겠나. 나는 이텁시온이 직접 세공한 30 캐럿 다이아 목걸이를……."

"나도 말이지, 꽤 재미난 것을 선물로 가져왔어. 세니아나, 이 두 노인네보다 내 것이 마음에 들 거란다."

그러던 찰나, 경비병이 목소리를 높였다.

"헬리오스 로젠카로튼 님 드십니다!"

순간, 파티장이 터져 나올 듯 거세게 술렁였다.

*   *   *

"말도 안 돼!"

통신구에 떠오른 문자를 본 귀부인이 기겁하여 소리쳤다.

"어머, 부인. 좋은 날 교양 없이 무슨 소란이에요."

다른 귀부인이 공작 깃을 뽑아 만든 부채를 나붓나붓 흔들며 핀 잔을 주었다.

"프렌시프 영애의 데뷔탕트에 어떤 분들이 가셨는지 아십니까?"

"뭐, 프렌시프 휘하 귀족들이겠지요. 뻔한 것 아니겠어요? 샤르 파크라든지."

부채를 흔드는 귀부인이 "금좌가 오는 것 때문에 이렇게 소란을 벌이는 거라면 부인의 꼴만 우습답니다." 하며 고개를 내저었다.

"이곳에도 금좌는 넘치지요. 무엇보다 미카엘 황자께서 오시는 자리라고요."

"아니, 그게 아니라 —"

"이 나라에 4황자(미카엘)보다 나은 남편감이 어디 있답니까. 잘만 하면 우리 딸이 황후의 금관을 쓸지도요."

우후후, 웃는 소리에 주변에 있던 귀부인들이 "야망도 크셔라." 하며 키득거렸다.

"그게 아니라 — !"

통신구를 쥔 귀부인이 다른 이의 귓가에 무어라 속삭이자 소란에 핀잔을 주던 자들이 입을 모아 비명을 내질렀다.

"뭐, 뭐라고! 노공들이!"

동, 서, 남, 북부의 기둥. 황제보다 만나기 어렵다는 이들이 어째서 황후가 주관한 이복동생의 데뷔탕트가 아니라 세니아나 프렌시프에게 갔단 말인가. 그들은 나베리우스와 카렌듈라 후작의 정확히 중앙에 서 있었다. 노공들과 달리 일선에서 물러나지 않은 두 남자, 양극의 어느 쪽으로도 가까이 가지 않는 자들이었다.

통신구를 쥔 귀부인이 서둘러 이어 말했다.

"그게 중요한 게 아니라 —"

미소를 띤 채로 손님들과 인사를 나누던 샤를리나의 시선이 소란스러운 무리에게 향했다.

"상드르 백작 부인, 팔리에르 백작 부인."

샤를리나는 귀부인을 부르며 사뿐사뿐 다가갔다.

"불편한 점이라도 있으신지요."

다정하게 웃으며 "아직 배울 점이 많으니 딸처럼 편달해 주시면 기쁠 거예요." 하고 말하자 귀부인들이 난처한 표정을 지었다.

"그게……."

"부인, 뭐하러 그런 이야기를 전하십니까. 속이나 상하실 텐데."

때마침 황후와 미카엘이 회장으로 들어왔다. 미카엘은 평소처럼 미소를 두르고 있었으나, 어쩐지 오늘은 다가가기 힘든 분위기였다.

"4황자께서 끌려 나온 모양인걸요."

"사실 불편한 자리지 않습니까. 저보다 어린 이모라니……."

"그렇지요."

"차라리 프렌시프 영애의 파티에 가는 쪽이 낫겠어요. 괜히 말 붙이려다 눈 밖에 나지 않으면 다행이겠네요."

샤를리나의 표정이 일순 날카로워졌다. 카렌듈라 후작은 회장의 미묘한 분위기를 살피다가 샤를리나에게 다가갔다.

"무슨 일―"

묻기도 전에 다른 무리에게서 고함이 터져 나왔다.

"황태자가 프렌시프 영애의 데뷔탕트에 갔다고?!"

뭐라고?

카렌듈라 후작과 샤를리나의 얼굴이 얼어붙었다. 가고 싶지 않은 자리에 억지로 나오고도, 주인공이 되지 못한 황후 또한 못마땅한 기색이었다. 그 사이에서 미카엘만 묘한 표정으로 창밖에 보이는 세니아나의 무도회장으로 시선을 돌렸다.

'황태자라.'

꽤나 깜찍한 짓을 벌였군. 어디로 튈지 모르니 매번 흥미를 일으킨다.

통신구를 통해 소식을 접한 이들이 술렁였다.

'미카엘 황자에게 딸을 붙이긴 글렀고…… 차라리 황태자 쪽이.'

'황후의 위세가 기울었으니 어쩌면 황태자가 옳은 선택일지도.'

'노공까지 있다고 하니…….'

귀족들이 딸을 데리고 하나둘 샤를리나에게 향했다.

"어쩌지요, 영애. 급한 약속을 잊고 있던지라 돌아가 봐야겠습니다."

"사실은 저도 몸이 좋지 않아서……."

"친정의 아버님께서 황도에 올라오셨다지 뭐예요."

샤를리나가 치맛자락을 꾹 말아 쥐었다. 절로 얼굴이 어두워진다. 카렌듈라 후작은 표정 관리를 하지 못하는 샤를리나를 향해 미간을 좁혔다.

"……리나."

"……."

"샤를리나."

"예, 아버님……."

그는 쯧, 혀를 차며 바짝 힘이 들어간 딸의 손을 쳐다보았다.

"영리해서 쓸 만할 줄 알았더니, 멍청하기 짝이 없군."

힐난하는 듯한 어투에 샤를리나가 홱 고개를 들었다.

'안 돼!'

애써 쌓은 신뢰가 무너진다. 그녀는 얼른 후작의 옷깃을 잡았다.

"저는 그런 게 아니라, 아버님!"

후작이 매정히 샤를리나의 손을 쳐냈다. 그게 마지막이었다. 그는 인사도 없이 등을 돌렸고, 황후는 입가에 조소를 걸치며 제 아비에게 다가갔다.

"이번엔 오판을 내리신 모양입니다."

"그라니아!"

"제가 뭐라 했습니까. 저 애가 세니아나 프렌시프를 이기긴 힘들 거라 하였지요."

후작이 인상을 찌푸리자 황후는 쿡쿡, 웃으며 샴페인을 내려놓았다.

"이번엔 아버님보다 제 판단이 옳았던 모양입니다. 미카엘, 얼굴을 비추었으니 이제 환궁하자꾸나."

미카엘은 고개를 푹 수그리고 손마디가 새하얘지도록 치맛자락을 꾹 쥔 샤를리나를 힐끔 쳐다보았다.

"예, 모후."

목적이던 황후와 미카엘, 카렌듈라 후작까지 떠나자 초청객들은 꽁지에 불이 붙은 것처럼 서둘러 문을 빠져나갔다. 미어질 것 같던 파티장이 금세 한산해졌다.

"가서 음식을 더 가져와라."

"초청인 수에만 넉넉하게 맞춰 준비한지라……!"

"요리사들을 불러. 저택에서라도 재료를 가져와!"

프렌시프의 사용인들은 환희에 찬 비명을 내지르며 종종걸음으로 회장을 들락거렸다. 노공들과 황태자의 등장 후, 귀족들은 돌아가는 길에 얼굴을 비추러 왔다며 회장에 모였다. 마릴린은 술이 잔뜩 든 카트를 밀며 연신 싱글싱글거렸다. 그러자 시트론이 픽 웃으며 물었다.

"그리 좋으세요?"

"샤를리나 카렌듈라의 데뷔가 완전히 망했잖아요! 시트론 님은 기쁘지 않으세요?"

"뭐……."

시트론이 의뭉스럽게 말끝을 흐리자 마릴린은 양손으로 입가를 가린 채 킬킬거렸다.

"1부에 참석한 사람의 대다수가 이쪽으로 왔대요. 2부는 결국 취소했나 봐요."

나는 그녀들과 함께 걸으며 정신없이 회장에 있는 요리사의 수를 헤아렸다.

"큰일 났다!"

우뚝 멈춰 서서 소리치자 마릴린과 시트론이 날 쳐다봤다.

"왜요, 아가씨?"

"재료는 포털로 가져온다고 쳐도 요리사가 부족해. 이 많은 수의 손님을 어떻게 대접한담……."

"이익을 좇아서 이리저리 붙는 하이에나들인걸요. 초대에 응하겠다는 말도 없이 왔으니 비스킷 하나도 과하지요."

마릴린이 흥! 콧방귀를 뀌며 말했고, 시트론은 내 손에서 요리사 명단을 가져갔다.

"그보다 회장으로 돌아가셔요. 주인공이 자리를 비우시면 안 되지요."

"그렇기는 한데……."

사전에 약속한 손님들은 아니지만 축하하러 온 이들이었다. 제대로 응접하지 못하면 두고두고 입에 오르내릴 것이다. 세니아나 프렌시프의 파티에는 갔으나, 역시 샤를리나 카렌듈라 쪽이 훌륭하더라 — 라는 말이 나오면 곤란하다. 그때, 스위트피와 조이가 내게 달려왔다.

"어떻게 음식은 해결할 수 있겠어?"

"아무래도……."

"남는 조리복 있지. 우리가 도울게."

"괜찮아?"

"물론! 서서 지겨운 대화나 나누느니 요리하는 쪽이 훨씬 즐겁지."

조이도 "친구 좋다는 게 뭐야." 하며 팔을 걷어붙였다.

'든든해!'

나는 활짝 웃다가 다시 "아." 하고 신음했다.

"그렇지만 미리 주방을 예약하지 않아서 우리가 쓸 수 있는 건

제3 주방뿐이야."

지금이라도 쓰겠다고 했지만, 이전에 예약한 사람이 있어서 그들의 파티로 조리 기구가 모두 나갔다고 했다. 조이가 "홀 안에 오픈 키친이라도 내 올까?" 하고 물었다. 그건 요리를 데우거나 즉석에서 고기를 굽기 위해 마련된 조리장이었다.

"아……!"

순간 머릿속의 전구가 번뜩였다.

좋은 생각이 났어!

* * *

황태자는 무료한 표정으로 샴페인 잔을 흔들었다. 대부인 칼리안의 청 때문에 어쩔 수 없이 참석한 자리라 따분하기 그지없었다. 그는 성의 없이 제 쪽에 몰려드는 이들과 대화를 나누다가 잔을 내려놓았다.

'이만하면 얼굴마담은 한 듯하고.'

돌아갈까.

칼리안에게 인사만 한 뒤 떠나려는데 드르륵, 하는 바퀴 소리와 함께 카트를 미는 세니아나가 등장했다.

'사교 데뷔를 하는 영애가 조리복을 입었어?'

세니아나 프렌시프는 발그레 달아오른 얼굴로 주변을 돌아보았다.

"사교 데뷔를 축하하러 와 주신 분들께 감사드립니다."

그러니까. 어째서. 왜 사교 데뷔를 하는 영애가 조리복을 입고 있는가. 회장에 가득 들어찬 사람들이 의아한 표정으로 수군거렸다. 세니아나는 술렁이는 분위기에도 차분히 말을 이었고, 내내 입가에 여유로운 미소를 띠고 있었다.

　"미리 긍정적인 답장을 주신 분들도, 그렇지 않은 분들도 이리 뵙게 되어서 정말로 기뻐요."

　헬리오스의 눈에 흥미가 담겼다.

　"사교 데뷔는 저를 소개하는 자리잖아요? 말로 하는 것보다 직접 보여드리는 것이 더 분명하게 전달될 듯하여 이렇게 조리복을 입었답니다."

　황태자 헬리오스는 문 쪽으로 향하던 걸음을 다시 바로 하고 세니아나를 주시했다.

　"저는 세니아나 프렌시프입니다. 앞으로 저와 만날 일이 많으실 거예요. 이제 조부님과 아버님의 안전한 울타리에서 나와 세상을 알 나이이니, 여러분께서 많이 가르쳐 주세요."

　똘똘한 말에 나이 든 귀족들이 딸, 손주 보듯 허허 웃었다.

　"이런 소개는 처음이네요."

　"어른들 앞에 두고 사교 데뷔하는 아이들이 다 큰 체하는 건 징그럽잖아요. 훨씬 나은걸요."

　노공들이 "귀엽기도 하지." 하며 껄껄 웃었다. 회장의 분위기가 온화해지자 세니아나는 빙그레 웃었다.

　"그리고 평생 식칼을 잡고 살자고 결심했답니다. 오늘 제 요리를 맛보고 괜찮으시다면 응원을 부탁드려요."

헬리오스는 웃음을 삼켰다. 얼마나 순진하면 이런 자리에서 두고두고 곱씹힐 이야기를 하는 걸까 싶었는데 말재주는 있었다. 답장을 주지 않고 참석한 이들을 언급해 계획이 어그러진 점을 짚어 두고 조리복을 입었으니 다들 상황을 파악했다.

'음식이 부족할 만도 하지.'

'그냥 돌려보내지 않고 뭐라도 하려는 게 기특한걸.'

무엇보다 오뵈르 백작 부인의 임신으로 세니아나에겐 특별한 힘이 있다고 여기는 사람들이 많았다. 행운을 부른다는 성녀의 요리를 맛본다면 일부러 시간을 낼 만한 가치가 충분했다.

*　　*　　*

회장을 둘러본 나는 칼자루를 꼭 말아 쥐었다.

'다행히 싫은 기색은 아니야.'

천박한 데뷔탕트로 사교계의 물을 흐려 놨다고 할까 봐 걱정되었는데.

"무슨 요리를 할 건가요?"

"일전에 황자 검술 시합에서처럼 술을 빚는 걸까……?"

이런 질문이 돌아오길 기다렸다.

"그런데 여러분이 도와주셔야지 좋은 요리가 나올 수 있어요."

절호의 타이밍에 마릴린과 시트론이 트레이를 끌고 들어왔다. 물에 적신 수건을 하나씩 건네자 사람들은 의아한 표정이었다. 얼마 지나지 않아 스위트피와 조이도 커다란 볼을 들고 나타났다.

"반죽은 이 정도면 돼?"

"충분히 휴지되지 않았는데 괜찮을까."

나는 반죽을 꾹 눌러 확인하고 고개를 끄덕였다. 이 정도면 충분하다. 씬피자를 만들 거니까!

'재료만 준비되어 있으면 굽기만 해도 되지. 간단해.'

거기다 오븐만 크면 대량으로 먹을 수 있으니 얼마나 좋은가. 난판에 반죽을 잘 펼치고 그 위에 토마토소스를 듬뿍 발랐다. 이건 쟝 뤼크가 만들어 둔 특제 소스인데 애걸을 해서 받아 왔다. 그리고 조리대 앞에 바짝 선 꼬마 아이를 향해 물었다.

"소공자님이 좋아하는 재료는 뭘까요?"

"으으음, 고기. 베이컨 좋아요. 채소는 싫어……."

웅얼웅얼거리는 말에 꼬마 아이의 손을 붙잡고 있던 귀부인은 "제제, 편식하면 못써!" 하고 볼을 붉혔고 회장에 웃음소리가 터져 나왔다.

"하지만 쓰고 매운걸……."

"좋아요. 그럼 고기와 옥수수를 듬뿍 올려 줄게요."

나는 베이컨과 얇게 저민 고기, 옥수수 등을 듬뿍 올리고 그 위에 치즈를 잔뜩 뿌렸다. 스위트피는 판을 미리 예열해 둔 오븐에 넣었고, 난 다시 다른 귀부인에게 물었다.

"마담께선 어떤 것을 좋아하세요?"

"과일을 주로 먹어요. 채식 중이라. 그런데 치즈가 올라가나요? 과일과 치즈는 어울리지 않는데요."

"잘 어울리는 종류의 과일이 있지요!"

올리브와 피망, 양파를 파바밧 썬 후에 그것들과 함께 파인애플을 올려 하와이안 피자를 만들었다. 다음은 신사.

"단 게 좋지. 졸인 고기를 좋아하거든."

저민 고기에 설탕과 간장을 넣고 빠르게 볶았다. 치이익―! 고기가 익는 소리가 들려옴과 동시에 팬을 한 손으로 휙휙 돌리자 "어머머!" 하는 소리가 터져 나온다. 고기가 대충 익은 것을 확인한 후, 조이에게 팬을 넘겼다. 조이는 마저 고기를 볶았고 나는 다른 재료들을 올렸다.

그리고 다음. 또 다음. 다음, 다음. 몇 판이나 되는 피자를 만들어서 오븐에 넣으니 회장에 온 대부분의 사람들이 눈을 반짝였다. 사람들은 피자란 것을 잘 몰랐다. 요리가 발전한 나라에서 왜 피자를 모를까 고민하다가 나는 혼자서 고개를 끄덕였다.

'하기는.'

피자 시초는 기원전이지만, 윤세나의 세계에서 익숙하게 여기는 토마토소스의 피자는 오래지 않았다.

'이탈리아에서 토마토가 쓰인 건 콜럼버스가 발견하고도 2세기 후라고 하니까.'

곧 오븐에서 고소한 냄새가 퍼져 나오기 시작했다. 삼삼오오 모여 이야기를 나누던 사람들이 입맛을 다시며 오븐을 힐끔거렸다. 음식이 곳곳에 비치되어 있긴 하지만 역시 분자가 휘발하며 퍼지는 향이 가장 강렬한 법이다.

이십 분이 넘어가자 첫 피자가 나왔다. 고기를 사랑하는 꼬마 공자님의 피자였다. 나는 일부러 조리대에서 피자를 들었다. 기름진 치즈가 주우욱— 늘어나며 옥수수 알이 폭신한 도우에 툭, 툭 떨어졌다.

"우와아—!"

접시에 잘 담아서 주니 눈이 반짝반짝하다. 포크로 치즈를 긁어모아 볼이 빵빵해지도록 도우를 문 꼬마애가 "완전 맛있어!" 하며 폴짝거렸다.

"얘가 왜 이런담. 제제, 교양있게 굴어야지."

어머니가 타박했지만, 꼬마애는 우걱우걱 피자를 먹고 얼른 접시를 내밀었다.

"엄청 맛있어요! 채소가 없어서 좋아!"

나는 킥킥 웃으며 스위트피에게 피자 판을 넘겼다. 스위트피는 "채소가 들어간 것도 엄청 맛있을 텐데~?" 하며 피자를 주었다 뺏었다 장난을 쳤다.

"줘요, 줘요!"

"다음 것도 먹겠다고 약속하면."

"약속, 약속!"

꼬마애에게 피자가 하나 더 돌아가고 힐끔힐끔 눈치를 보던 아이들이 몰려들기 시작했다.

"나도 먹을래요."

"주세요."

고기가 잔뜩 든 피자는 스위트피에게 맡겨 두고 하와이안 피자를 꺼냈다. 하와이안 피자를 주문한 귀부인은 눈을 흡뜨며 "어머머, 정말 치즈와 잘 어울리잖아." 놀라워했다. 다음 피자, 또 다음 피자.

나는 정신 없이 피자를 나눠 줬다.

*　　*　　*

헬리오스는 세니아나가 "처음 드시는 분들은 콤비네이션 피자부터 도전해 보세요." 하고 추천한 줄에 다가가 피자를 받았다.

'피자라.'

비슷한 음식을 로열 키친에서 내온 적이 있기는 하지만, 묘하게 다르다. 빤히 내려다보다가 포크로 일부를 잘라 입에 넣었다.

'……!'

황태자 주변에 있던 귀족들이 그의 표정을 보고 눈을 동그랗게 떴다.

"전하, 입에 안 맞으십니까?"

"아니……. 맛이 좋군. 모두 들어 보시오."

크게 손이 많이 간 요리는 절대로 아니었다. 만드는 모습을 지켜보지 않았는가. 그런데 제법 균형 잡힌 맛이 나고 굉장히 자극적이었다. 느끼한데도 하나를 끝까지 다 먹고, 아쉬워서 그릇 바닥을 긁을 만큼. 헬리오스가 줄 선 이들을 지그시 보다가 크흠, 헛기침을 하고 맨 앞사람을 물러나게 했다.

"뒤로 가지."

"아……. 예, 전하."

당황한 사내가 주춤주춤 물러나고 헬리오스는 새 접시를 조리대에 올려 두었다. 피자를 자르던 세니아나가 활짝 웃으며 말했다.

"줄 서서야지요."

"……뭐라고?"

"줄이요."

"나는 길라게온의 황태자 헬리오스 로젠카로튼이다."

"그러니 더더욱 본을 보이셔야 하잖아요?"

움찔한 황태자가 주변을 둘러보다가 접시를 세니아나 쪽으로 밀었다.

"황태자가 두 번이나 시식한다는 건 큰 영광이야."

"그렇죠!"

"그러니까 어서—"

"두 번이나 줄 서서 드셔 주신다니 정말로 기뻐요."

황태자가 당황하자 뒤에서 쿡쿡 웃는 소리가 들려왔다. 프렌시프의 장남 란슬롯이었다.

"이 아이 고집이 쇠심줄입니다, 전하."

"알긴 하는군!"

"폐하께도 고집을 접지 않아 때로는 다소 당황스럽기도 하죠."

황제도 물러날 땐 물러나는데 황태자가 어깃장을 놓을 순 없다는 의미였다. 황태자는 혀를 차고 돌아서려다 땡! 오븐이 다 돌아간 소리를 듣고 우뚝 멈추었다.

헬리오스가 가장 좋아하는 음식이 감자였는데 지금 오븐에서 막 나오고 있는 피자는 그런 감자를 무려 튀겨서! 올린 피자였다. 길라게온에서 감자는 평민들의 음식으로 여겨지는 탓에 황태자의 상엔 올라오지 않았다.

군주의 기본은 '욕망하지 말 것'. 그래서 황태자는 재물은 물론 음식까지 원하는 바를 입 밖에 낼 수 없었다. 황태자는 번뇌에 휩싸였다.

'저까짓 것 안 먹으면 그만이지.'

지금 매몰차게 돌아가면 황태자에게 맹랑했던 세니아나는 자연히 사람들의 도마 위에 오른다. 그럼 싫어도 제게 공손해질 수밖에 없는데, 그런데.

'간다, 밖으로.'

"감자가 포슬포슬한 게 부드럽고 촉촉한 치즈와 잘 어울리네요."

으으윽! 포테이토 피자 줄에서 칼리안이 황태자를 향해 손짓했다.

"전하, 전하."

"……지금 줄 서신 겁니까?"

"규칙이라지 않습니까. 감자 좋아하시잖아요, 이쪽으로 오십시오."

칼리안의 목소리가 성자를 유혹하는 악마의 속삭임처럼 느껴졌다. 나이 어린 레이디 손에 들린 포테이토 피자가 제게 눈빛을 보내며 '먹고 싶지? 나를 먹고 싶지요?' 하고 조롱하는 것만 같았다. 얼마 후, 정신없이 피자를 돌리던 세니아나는 팬을 털며 중얼거렸다.

"죄송하지만 포테이토 피자는 이제 끝…… 전하, 줄 서셨군요. 만백성이 본받을 길라게온의 차기 태양이십니다."

세니아나가 활짝 웃자 황태자의 얼굴이 일그러졌다.

　　　　　*　　　*　　　*

　데뷔탕트는 성황리에 끝났다. 무도회장에서 돌아온 나는 소파에 주저앉아 팔을 주물렀다. 피자를 몇 판이나 만들고 나눠 줬는지 모르겠다. 게다가 예정한 건 아니었지만, 도우가 하나를 하기엔 많고, 두 개를 만들기엔 모자라서 어떻게든 늘려 보려고 반죽을 휙휙 돌렸다.

　'우와아―!'

　'멋지다!'

　저 반죽이 얼마나 늘어나는지 궁금하다고 사람들이 눈을 빛내는 통에 예정에도 없던 퍼포먼스 같은 반죽 돌리기까지 해 버렸다.

　'아르바이트를 서너 개쯤 끝내고 온 것 같아.'

　소파 등받이에 머리를 기대고 있자 시원달콤한 민트티가 쑥 내밀어졌다.

　"고생 많았다."

　"아빠……."

　나는 힘 없는 손으로 민트티를 받아들었다. 머리카락이고 옷이고 전부 기름 냄새가 배어서 산뜻한 걸 마시고 싶었는데 어떻게 아셨을까.

　"제가 오늘…… 아빠를 부끄럽게 했으면……."

　내 나름대로 손님 대접이었고 생각한 바가 있었지만, 부모가 보기에는 싫은 일일 수도 있었다.

　"반죽, 잘 돌리던걸."

"네?"

"아카데미에서 그런 재주를 배우나."

아빠 희미하게 웃으며 내 옆에 앉았다.

'다행이다. 괜찮으신가 봐.'

난 아빠의 팔짱을 끼고 듬직한 팔에 머리를 기대면서 "그런 건 아니고요……." 하며 히히 웃었다.

"씻고 자야지."

"네……."

"꿉꿉할 텐데."

"네에……."

선생님 향기를 맡으면 언제나 안심이 되었듯, 아빠의 냄새도 나를 안심시켰다. 긴장이 풀어지니 눈이 슬슬 감겨왔다.

"대답만 잘하는군."

낮게 웃는 소리가 귓속으로 스며들었다.

"세니아나, 나는 피자를 성에 차게 못 먹었으니까 만들어 줘. 반죽 돌리는 것도 다시 보게. 잘하던 —"

가웨인의 목소리가 들리는 듯하였는데 퍽! 책 부딪히는 소리와 함께 "끄악!" 비명이 터졌다.

무슨 일…… 싸우면 안 돼……. 그런 생각을 하다가 잠이 들었다.

아침에 일어났을 땐 내 침대 위였다. 나는 후다닥 몸을 일으키고 이불을 살폈다.

'으아아, 좋은 이불에 음식 냄새가 뱄어!'

시무룩하게 이불을 내려보다가 곧 온몸이 꿉꿉하다는 것을 깨달았다. 욕실로 가서 얼른 씻고 나오자 왜인지 저택이 시끄러웠다.

"아가씨!"

시트론이 종종걸음으로 내게 다가왔다.

"무슨 일이야?"

"아가씨께 손님이 오셨어요."

"손님?"

저택에 내 손님이 왔다고? 올 사람이 누가 있지. 조이는 초대를 해도 무섭다며 오지 않았다. 쟝뤼크도 마찬가지였고.

'아, 도미니크!'

—는 아니겠지. 남들 시선이 있으니 쉽게 오갈 수 없다. 그러면……. 나는 핫! 하고 숨을 들이켰다. 스위트피가 제도에 있지!

묵을 곳이 없어서 곤란해하기에 초대를 했었다. 나는 얼른 1층으로 내려갔다. 응접실에 도착하자 할아버지와 함께 등 돌리고 있는 여성이 보였다.

"아가야."

"로자리오 할머니!"

스위트피가 아니었구나.

'맞다, 어제 할아버지 친구들이 다 오셨는데 로자리오 할머니는 안 오셨지.'

나는 냉큼 달려가다 우뚝 멈춰 서서 치마를 잡고 무릎을 굽혔다.

"저택에 오신 것을 환영해요."

"예의 바르기도 하지."

"젖은 채로 인사드려서 죄송해요. 친구가 온 줄 알고."

"예정 없이 왔으니 실례는 내가 범한 게지. 머리를 말리고 오렴. 전해 줄 말이 있단다."

"네."

나는 순순히 대답하고 다시 응접실을 나섰다.

'로자리오 할머니가 내게 전해 줄 말이 뭘까?'

고민하는데 어느새 나를 쫓아온 마릴린이 뒤를 흘끔거리며 말했다.

"카르샤 백작께서 무슨 일이실까요."

"로자리오 할머니의 가문이 카르샤 가였어?"

"네. 정보 길드의 수장이세요. 양지의 것부터 음지의 것까지."

"그렇구나."

"활동은 쭉 음지에서 하신다고 해요."

"어둠의 세력 같은…… 뭐 그런 거?"

마릴린아 고개를 끄덕였다.

"그래서 지하의 거목이라는 샤르파크 후작과는 돈독한 사이시죠."

헉, 저렇게 인자한 로자리오 할머니가 노공들 중에 제일 무서운 사람이었나.

'그런데 왜 내게?'

나는 고개를 갸웃 기울이며 계단을 올랐다. 시트론과 마릴린이 양옆에 붙어서 머리를 말려 주었다. 말끔한 드레스까지 차려입고 다시 내려갔을 때 로자리오 할머니는 우리 가족 모두와 함께 차를 마시고 계셨다.

"기다리게 해서 죄송해요."

"차가 좋아서 기분 좋게 있었단다. 다들 흰칠하니 꽃밭에 있는 기분이었고."

나는 농담이라고 생각해서 웃어 버렸다.

"그런데 할머니."

"그래."

"제게 전해 주신다는 이야기가······."

"두 가지가 있지."

"두 가지나요?"

"하나는······."

로자리오 할머니가 소파 테이블에 편지를 내려놓았다.

"로열 키친 응시 결과란다."

"······."

나는 떨리는 눈으로 봉투를 쳐다보았다. 조심스럽게 집자 할아버지가 급히 레터 나이프를 건넸다. 맞은 편에 앉아 있던 가족들이 모두 소파 뒤로 다가와 편지에 집중했다. 나는 눈을 꽉 감고 편지를 펼쳤다.

눈을 감은 채 잠시 숨을 고르고 있었는데, 주변이 고요해졌다. 나보다 먼저 내용을 보았을 가족들도 말이 없었다. 불길한 예감이 스멀스멀 올라왔다.

'떨어졌나.'

나는 조금씩 실눈을 뜨고 편지를 바라보았다. 첫머리에 있는 인사말을 지나 시선이 아래로, 아래로 내려갔다.

[세니아나 프렌시프 님께 합격을 알려드립니다.]

'합격'이라는 글자가 클로즈업이라도 된 것처럼 커다랗고 진하게 보였다.

'하, 합격……!'

입을 틀어막고 가늘게 떨던 난 이내 만세를 부르며 소리쳤다.

"됐다! 합격했어요!"

내가 좋아서 어찌할 바를 모르자 가족들과 로자리오 할머니가 웃음을 터뜨렸다.

"정말로 다행이에요. 마지막 과제 때문에 합격을 못 할지도 모른다고 생각했거든요."

내가 활짝 웃으며 말하니 로자리오 할머니가 티 코스터에 찻잔을 내려놓으며 말했다.

"간도 하지 않은 죽을 내었으니 걱정이 될 만도 하지."

과연 정보 길드의 수장이다. 황궁의 일을 빤히 아는 것을 보면.

할아버지가 "미음을 내었다고?" 말하자 가웨인도 의아한 얼굴로 "왜?" 하고 물었다.

"아무리 시험이 중요해도 사람 몸에 해로운 음식을 낼 수 없으니까요."

"해롭다?"

아빠와 란슬롯이 묘한 눈으로 내 말을 곱씹었다. 그러다 무언가 깨달은 듯 시선을 교환한다. 황비가 소금기조차 해로울 정도로 몸이 상했다는 것을 알아차린 모양이었다.

로자리오 할머니는 후후 웃었다.

"나베리우스는 복이 많군. 이리 영리하고 귀여운 손녀를 두었으니."

내 뺨을 살짝 두드리곤 무릎에 손을 포갰다.

"다음 소식은 데뷔탕트 선물이란다."

"선물이요?"

"그래, 이 소문을 취합하느라 어제 아기의 파티엔 가지 못했어. 파티장을 찾겠노라 약속하였는데, 미안하구나."

"아니에요. 일이 우선이지요."

나는 대수롭지 않게 대답하며 로자리오 할머니가 입을 열길 기다렸다.

"아가야."

"네."

"로열 키친 합격자들이 부서를 지원할 수 있다는 걸 알고 있니?"

"들었어요."

대부분 아발론(황제의 궁)을 선호하는 것도.

'샤를리나도 황제 궁을 지원한다고 했었어.'

로자리오 할머니는 고개를 끄덕이며 이어 말했다.

"한 곳에 지원이 몰리면 성적순으로 자르지. 희망하지 않은 궁에 들어가지 못하는 사람은 관리자들이 임의로 배정시킨단다."

"그렇군요."

"그러니 너는 황제 궁을 지원해선 안 돼."

"……제가 수석이 아니군요."

로자리오 할머니는 침묵으로 대신 답변했다.

"황제 궁엔 카렌듈라의 성녀가 가게 될 거야."

샤를리나가 수석이구나.

"그런데 왜요? 임의로 배정되어선 안 되는 이유가 있나요?"

"그래. 네가 로웨나 황비나 황태자 궁에 들어가면 곤란해질 거야."

"그 말씀은……."

로자리오 할머니의 눈이 선득하게 빛났다.

"곧 황태자가 바뀔 거다. 가장 가능성 큰 사람은 당연히 ─"

"미카엘 황자로군요."

내가 굳은 얼굴로 말하자 할머니가 고개를 가볍게 끄덕였다.

로자리오 할머니가 돌아가고 우리 가족들은 소파에 둘러앉아서 생각을 정리했다.

'황태자가 바뀐다고 확신하는 건 황제가 마음을 정했다는 거겠지.'

할머니가 직접 와서 내게 선물이라며 소식을 전한 건 카렌듈라와 맞서지 말라는 뜻일 거다. 미카엘이 황위에 오르면 내가 위험해질 테니까, 이제라도 끈을 만들어 두라는 의미.

소파 팔걸이를 검지로 툭, 툭, 두드리던 할아버지가 입을 열었다.

"이제 결단을 할 때가 왔지."

란슬롯이 고개를 가볍게 끄덕였다.

"누가 황제가 되느냐에 따라 많은 것이 바뀔 겁니다."

가웨인은 "미카엘만은 안 돼. 그자의 외척인 카렌듈라는 아탈란이 확실하잖아." 하고 혀를 찼다. 다들 동의하는 기색이었다. 그렇다면 선택지는 둘이다. 황태자 헬리오스이냐, 도미니크이냐. 황태자에게선 이미 황제가 마음을 돌렸고, 도미니크는 황제가 가장 사랑하는 아들이지만 모친의 신분에 문제가 있다.

가족들이 모두 아빠를 쳐다보았다. 결정은 그의 손에 달렸다.

＊　　＊　　＊

시녀가 가져온 쟁반을 본 헬리오스가 인상을 찌푸렸다.

'저놈의 약.'

어찌나 많은지 약만 먹어도 배가 부를 지경이었다. 헬리오스는 신경질적으로 약을 쥐며 시녀에게 물었다.

"궁정의가 오늘도 요양해야 한다더냐."

시녀가 말을 못 하고 고개를 수그리자 헬리오스는 인상을 찌푸렸다.

"왜 오늘도…… 윽!"

고함을 내지르자 머리가 핑그르르 돌았다. 막 황태자의 방에 들어오던 로웨나 황비가 깜짝 놀라 달려왔다.

"전하!"

"……크으."

"의사! 의사를 불러라!"

황태자가 로웨나 황비의 팔을 잡고 이를 악물었다.

"됐습니다. 의료원에 황제 폐하의 눈이 몇입니까. 오늘도 통증이 있었다고 다 고해바칠 거예요."

"하지만……."

로웨나 황비가 걱정되는 눈으로 바라보다가 한숨을 내쉬었다.

"요 며칠은 건강하셨는데 어째서 다시……."

세니아나 프렌시프의 데뷔탕트의 앞뒤로 며칠은 건강해서 안심하고 있었더니.

"어제 무리해서 등청하셨나 봅니다. 오늘은 누워서 푹 쉬세요."

"매일 같이 누워만 있으니 등에 진물이 생기겠어요."

"전하, 몸이 우선이에요."

"나으면 무얼 합니까! 나아 봤자 황제 폐하께선 불러 주시지도……! 사신단 접대까지 미카엘에게 맡기셨습니다!"

수년간 왕래하는 나라의 접대라면 몰라도, 첫인사를 나누는 접대 자리에선 나라의 후계가 빠지지 않는다. 이번 접대는 엘트라와의 첫인사 자리였다.

'그쪽에서도 나라의 후계가 나온다고.'

로웨나 황비는 한숨을 내쉬고 시녀에게서 물컵을 받아 황태자에게 쥐여 주었다.

"어미가 노력하고 있어요. 어떻게든 엘트라의 사신단과 만나는 자리에 전하께서 나서게 만들 겁니다."

"……."

"그러니 전하께서는 건강에 더욱 신경을 쓰셔야죠. 접대 날에 쓰러지시면 안 되잖습니까."

황태자가 칫, 혀를 차고 침대에 걸터앉았다. 때마침 노크 소리가 들려왔다.

"전하, 아침 식사를 들이겠습니다."

로웨나 황비가 대신 "들여라." 명하자 트레이를 밀고 시종들이 들어왔다. 메뉴를 설명하기 위한 요리사도 함께였는데 그 옆엔……. 황태자와 로웨나 황비의 눈이 커졌다.

"프렌시프 영애!"

로웨나 황비가 활짝 웃으며 세니아나에게 다가갔다.

"오늘 입관하였구나."

그러자 요리사가 곤란한 표정으로 말했다.

"황비님, 이제 이 아이는 황궁 요리사의 신분이니 영애라는 호칭은 거두어 주십시오……."

"아아, 그렇지. 한데 어떻게 제1황자궁에 온 거지? 누가 배속시킨 거야? 기특한 일을 하였네."

"프렌시프가 제1황자궁을 희망하였습니다."

"세상에! 이렇게 기쁠 데가!"

로웨나 황비는 활짝 웃었지만, 황태자는 못마땅한 얼굴이었다.

"미카엘이 음식에 독이라도 넣으라 시키던가."

"전하, 그런 말씀을……."

황비는 민망한 얼굴로 세니아나를 쳐다봤다.

"나쁜 뜻으로 한 말은 아니란다."

황태자가 "나쁜 뜻이 맞습니다." 하고 빈정거렸다. 모든 입관 예정자들은 스스로 희망하는 궁을 택할 수 있지만, 대부분의, 아니, 거의 모든 자들이 황제 궁을 희망했다. 그게 예의라고 여겼던 것이다.

'그런데 황후가 며느리로 들이고 싶어서 안달을 하는 세니아나 프렌시프가 내 궁에?'

꿍꿍이가 있는 것이 분명했다.

*　　*　　*

우와, 밉살맞아!

이곳이 일터만 아니었더라면 나는 인상을 팍 쓰고 쏘아붙였을지도 모른다. 로웨나 황비는 몇 차례나 "전하, 제발……!" 하며 황태자를 말렸다.

"오늘 유난히 심기가 불편하셔. 영애, 아니, 네가 이해하렴."

"예, 황비님."

나와 선배 요리사는 황태자가 식사를 다 마칠 때까지 벽 쪽에 붙어 대기하다가, 그가 스푼을 놓고 나서야 밖으로 향했다. 선배 요리사는 복도를 걸으며 "으으." 신음했다.

"살얼음판이다, 살얼음판."

"……"

그가 나를 흘끔 쳐다보았다.

"너는 왜 하필 제1황자궁에 온 거야? 로웨나 황비님의 궁에 갔다면 편했을 텐데. 아니면 황후궁이나."

내가 황자 중에 요리를 해 주고 싶은 사람은 도미니크뿐이었다.

'하지만 도미니크는 여기 없는걸.'

또 황후궁이나 로웨나 황비궁을 갔으면 일을 배우긴커녕, 두 사람과 내도록 붙어 있어야 했을 거다. 그러니까 차선책을 택한 거지 뭐.

"경쟁률이 적을 것 같아서요."

내가 어색하게 웃으며 말하자 선배 요리사는 고개를 끄덕였다.

"그렇기야 하지. 끈 떨어졌다고들 하니까…… 헉."

무심코 중얼거리다가 주변을 휙휙 살피고 나를 붙잡았다.

"다른 사람들한텐 비밀이다?"

"그럼요."

"어쨌든 너도 기간만 채우고 빨리 이동 요청을 해. 미카엘 황자님 궁이 제일 좋을걸."

그렇게 중얼거리곤 "가자." 하고는 나를 재촉했다.

"마음 단단히 먹는 게 좋을 거야. 오늘 넌 죽었거든."

"……네."

주방에 들어간 나는 선배 요리사의 말을 실감했다.

"접시!"

"막내들, 뭐 하는 거야! 빨리 못 움직여?!"

"굼떠! 재료는 재깍재깍 가져와야 할 것 아냐! 이봐, 접시!"

전쟁통이었다. 이렇게 바쁜 건 세니아나가 되고 처음이라 나는 눈이 팽팽 도는 것 같았다.

"막내들!"

"막내!"

"야!"

들어온 지 2년 이내의 막내들은 정말 조금도 쉴 틈이 없었다. 선배 요리사들이 요리를 마치고 쉴 때도 다음 타임 재료 준비를 해야 했다. 내일 아침 준비까지 마치니 깊은 밤이었다.

"흐윽, 흑!"

나와 함께 입관한 동기들이 펑펑 울며 조리복 소매로 눈을 북북 비볐다.

"이런 일을 하고 싶어서 로열 키친에 들어온 게 아니라고. 식당 보조와 뭐가 다르냐 말이야!"

"……황후궁 키친의 선배 말이 우리 같은 새끼 요리사들은 식칼도 제대로 못 잡는다더라."

"황제궁으로 간 샤나와 미카엘 황자님 계시는 제2황자궁은 편하겠지……."

"거긴 궁인 수가 무시무시해서 보조 일은 하인, 하녀가 대신하니까."

"빌어먹을!"

퇴궁할 시간이었지만 아무도 움직이지 못했다. 다리가 퉁퉁 부어서 일어나려고만 하면 새끼 염소처럼 후들후들 떨며 주저앉을 수밖에 없었다. 동기들이 이를 악물고 중얼거렸다.

"공을 세워야 해. 그럼 새끼 요리사들도 승급할 수 있다면서. 그래야 이런 지옥에서 벗어나지!"

"그야 그렇지만, 로열 키친에서 몇 년씩 일한 선배들을 제치고 어떻게?"

"궁에 큰 행사가 있을 땐 새끼 요리들도 식칼을 잡는데. 가령 곧 있을 엘트라 사신단 접대 같은 일 말이야."

다들 눈을 부릅떴다. 우리는 한 시간가량 끙끙거리다가 겨우 몸을 일으켰다.

'너무 힘드니까 마차로 가지 말고 궁 결계만 넘으면 포털을 열어야지……'

끙끙거리며 어두운 복도를 걷던 난 인기척을 듣고 우뚝 걸음을 멈추었다.

"전하."

맞은 편에서 걸어오던 황태자가 날 발견하고 인상을 썼다.

"이 늦은 시간에 왜 퇴궁하지 않고. 내 음식에 수작을 부리려고 틈을 노리고 있는 거냐?"

"내일 아침 준비 때문에 퇴궁이 늦어졌을 뿐입니다."

미심쩍은 시선으로 날 바라보던 그가 주변을 둘러보고 큼, 헛기침했다.

"그, 뭐, 포테이토 피자란 건 맛있었나?"

"그렇죠, 참. 결국 전하는 못 드셨군요."

포테이토 피자가 막 소진되었을 때가 황태자의 차례였다. 없으니까 기다려서 받으라고 하니 인상을 쓰며 그냥 휙 돌아갔다.

"그 뒤에 세 판 더 만들었는데 아쉽네요. 인기가 좋았거든요."

"……"

"감자가 포슬포슬해서 짭짤한 베이컨, 고소한 치즈와 엄청 잘 어울렸어요."

내가 만들었지만 참 맛있었지, 하는 표정으로 고개를 끄덕이자 그는 마른침을 삼켰다.

"가서…… 라."

뒷말이 뭉개져서 뭐라고 하는지 모르겠다. 내가 "네?" 되묻자 황태자가 허공으로 시선을 돌리며 말했다.

"가서 야식을 만들어 오란 말이다."

"번을 서는 요리사들이 있습니다. 주방에 말을 전하지요."

"됐으니까 네가 만들어 오란 말이야. 검증된 요리로. 그…… 뭐, 피자라던가……."

나는 눈을 동그랗게 떴다가 이내 고개를 저었다.

"저는 황족의 요리를 할 수 있는 직급이 아니에요."

새끼 요리사인 내가 황족의 요리를 했다는 걸 알면 로열 키친에선 프렌시프의 영애가 특혜를 받았노라 떠들 터였다.

"안 하겠다는 거냐?"

"규칙이니까요."

"어떻게 한 마디도 지지 않지?"

"물으셔서 답변한 것뿐인데요."

"……."

"……?"

황태자는 얼굴이 붉으락푸르락해져선 나를 휙! 지나쳤다.

'왜 저러시지?'

내가 그렇게 마음에 안 드시나.

나는 휴, 한숨을 내쉬고 다시 주방에 가서 "전하께서 야식을 들이

시라 명하셨습니다" 하고 전했다. 번을 서던 요리사들이 후다닥 버섯 수프를 만들었다.

"나는 재료 점검을 하러 갈 테니 야식은 네가 가져다드려라. 드시기 전에 레몬즙을 조금 뿌리고."

"네."

쟁반을 들고서 황태자가 있는 제1황자궁의 집무실에 들었다. 경비병에게 야식을 전하러 왔다고 하니 문을 열어 주었다. 탁자에 쟁반을 올려 두고 나오려는데, 집무실과 이어진 서재 쪽에서 가는 신음이 들렸다.

"크흑······."

무슨 소리지?

'설마 몸이 안 좋으신가?'

조심스럽게 서재 쪽으로 향해서 "전하······?" 하고 불렀는데.

"전하!"

그가 바닥에 쓰러져 몸을 웅크린 채 밭은 숨을 내쉬고 있었다. 나는 후다닥 달려가 그를 부축했다.

"전하! 괜찮으세요?"

"저리······ 으윽······ 꺼져."

"얼른 가서 의사를 데려올게요!"

황태자가 얼른 내 옷깃을 잡았다.

"부황에게······ 내가 쓰러졌다고 일러바칠 셈이냐."

"하지만."

이렇게 괴로워하잖아! 나를 제대로 붙잡지도 못하면서. 일단 어디라도 눕게 해야 할 것 같았다. 그를 부축하려다가 목덜미를 만지고 화들짝 놀랐다.

"놔!"

황태자가 나를 거칠게 떠밀었다.

"고장 난 물건이라고 고해바치려는 걸 내가 모를 줄 알—"

"떽!"

내가 뺙 소리치자 황태자의 눈이 커다래졌다.

"너, 감히……."

"이렇게 열이 펄펄 끓잖아요!"

"……."

"황제 폐하께서 아픈 걸 아시면 좀 어때요. 들키지 않으려고 하다가 죽는 것보다 낫지!"

나는 얼른 그의 팔을 목에 걸고 끙끙거리며 일어났다. 힘이 빠진 그를 부축해 겨우겨우 서재 너머에 있는 소파로 옮겼다. 일단 쟁반에 놓여 있던 냅킨을 음수에 적셔서 그의 이마에 올렸다.

"의료실에 전하의 사람은 없나요? 몰래 데려오면 황제 폐하께 들키지 않고 진료받을 수 있을 거예요."

"……왜 이렇게 잘해 주지? 뭘 얻어 가려고."

황태자가 경계 어린 눈으로 봐서 난 한숨을 푹 내쉬었다.

"전하."

"……."

나는 흘러내리려는 물수건을 다시 잘 올려 두고 그의 눈을 빤히 들여다보았다.

"저는 전하의 편이에요."

"……!"

그가 믿을 수 없다는 표정으로 날 보았다.

"거짓말."

"진짜예요."

그쪽이 황제가 되길 바란다고요. 도미니크는 하기 싫댔거든.

〈다음 권에 계속〉